小書痴的下剋上

為了成為圖書管理員不擇手段！

第五部 女神的化身IV

香月美夜——著
椎名優 繪 許金玉 譯

本好きの下剋上
司書になるためには手段を選んでいられません
第五部 女神の化身IV

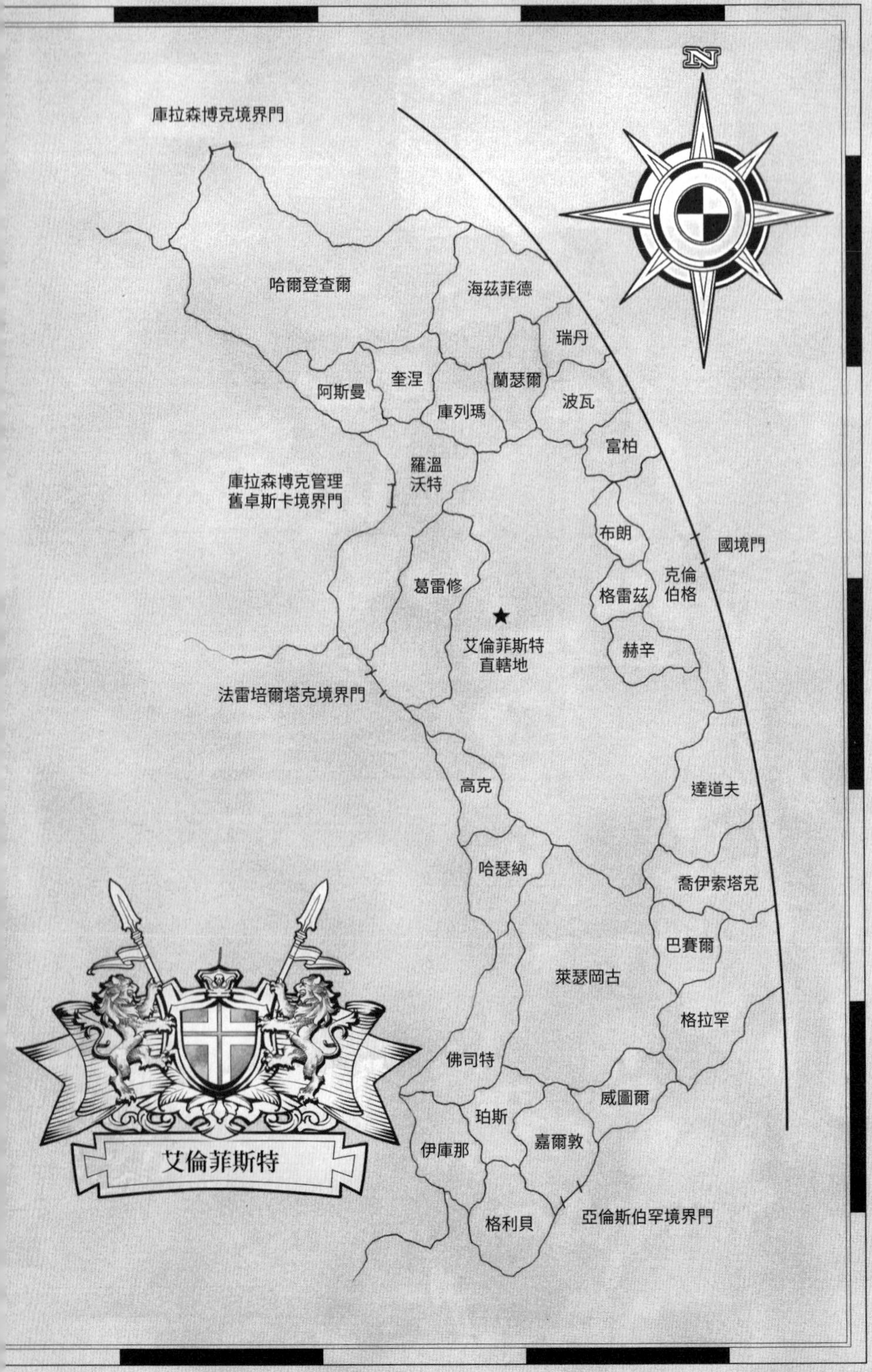
N
庫拉森博克境界門
哈爾登查爾
海茲菲德
瑞丹
奎涅
蘭瑟爾
阿斯曼
波瓦
庫列瑪
富柏
羅溫
沃特
庫拉森博克管理
舊卓斯卡境界門
布朗
國境門
克倫
伯格
葛雷修
格雷茲
艾倫菲斯特
直轄地
赫辛
法雷培爾塔克境界門
達道夫
高克
哈瑟納
喬伊索塔克
巴賽爾
萊瑟岡古
格拉罕
佛司特
威圖爾
珀斯
嘉爾敦
伊庫那
格利貝
亞倫斯伯罕境界門
艾倫菲斯特

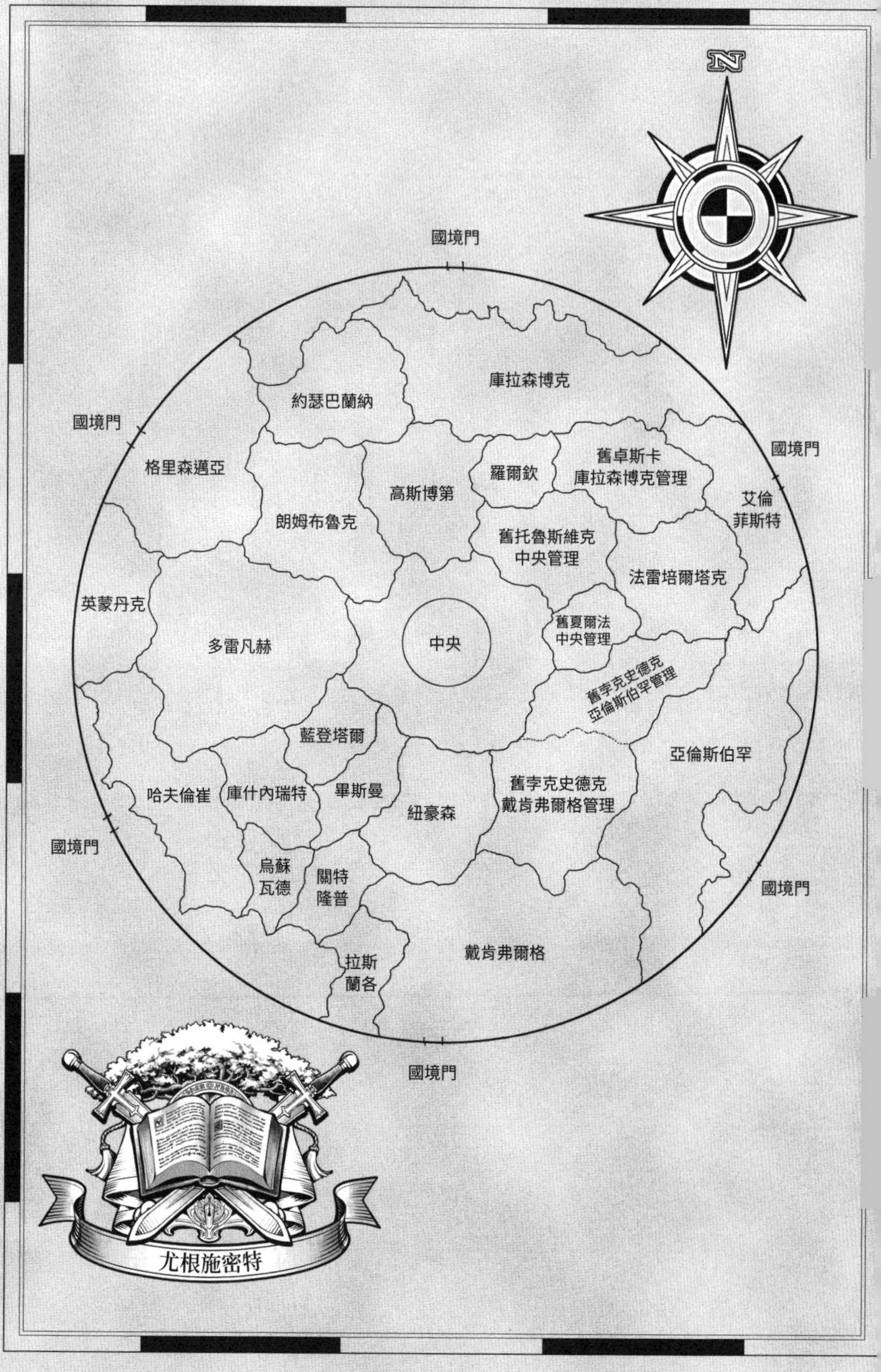
N
國境門
庫拉森博克
約瑟巴蘭納
國境門
格里森邁亞
羅爾欽
舊卓斯卡
庫拉森博克管理
國境門
高斯博第
艾倫
菲斯特
朗姆布魯克
舊托魯斯維克
中央管理
法雷培爾塔克
英蒙丹克
多雷凡赫
中央
舊夏爾法
中央管理
舊孛克史德克
亞倫斯伯罕管理
藍登塔爾
亞倫斯伯罕
哈夫倫崔
庫什內瑞特
畢斯曼
紐豪森
舊孛克史德克
戴肯弗爾格管理
國境門
烏蘇
瓦德
關特
隆普
國境門
拉斯
蘭各
戴肯弗爾格
國境門
尤根施密特

CONTENTS

第五部　女神的化身Ⅳ

登場人物

第四部 劇情摘要

進入貴族院就讀後，羅潔梅茵既是問題兒童，也是連續兩年的最優秀者。在學期間，她因為釋出祝福成了魔導具的主人，還與大領地比了迪塔、為王族提供戀愛方面的建議，更打倒了黑色魔物、治癒採集場所……與此同時，因知曉斐迪南出生秘密的中央騎士團長所提出的建言，國王下令要斐迪南入贅至亞倫斯伯罕。斐迪南於是奉命前往了亞倫斯伯罕……

艾倫菲斯特的領主一族

羅潔梅茵

本書主角。稍微長高後，外表看來約九歲左右，但內在還是沒什麼變。到了貴族院，依然是為了看書不擇手段。現為貴族院三年級生。

韋菲利特

齊爾維斯特的長男，羅潔梅茵的哥哥。貴族院三年級生。

齊爾維斯特

收養羅潔梅茵的艾倫菲斯特領主，羅潔梅茵的養父。

芙蘿洛翠亞

齊爾維斯特的妻子，三個孩子的母親。羅潔梅茵的養母。

夏綠蒂

齊爾維斯特的長女，羅潔梅茵的妹妹。貴族院二年級生。

麥西歐爾

齊爾維斯特的次男，羅潔梅茵的弟弟。

波尼法狄斯

齊爾維斯特的伯父，卡斯泰德的父親，羅潔梅茵的祖父。

斐迪南

艾倫菲斯特的領主一族。奉國王之命前往亞倫斯伯罕。

羅潔梅茵的近侍

黎希達
羅潔梅茵的首席侍從。

莉瑟蕾塔
貴族院六年級生，中級見習侍從。安潔莉卡的妹妹。

布倫希爾德
貴族院五年級生，上級見習侍從。

谷麗媞亞
貴族院四年級生，中級見習侍從。已獻名。

哈特姆特
上級文官兼神官長。奧黛麗的么子。

繆芮拉
貴族院五年級生，中級見習文官。已獻名。

羅德里希
貴族院三年級生，中級見習文官。已獻名。

菲里妮
貴族院三年級生，下級見習文官。

柯尼留斯
上級護衛騎士。卡斯泰德的三男。

萊歐諾蕾
上級護衛騎士。柯尼留斯的未婚妻。

安潔莉卡
中級護衛騎士。莉瑟蕾塔的姊姊。

馬提亞斯
貴族院五年級生，中級見習騎士。已獻名。

勞倫斯
貴族院四年級生，中級見習騎士。已獻名。

優蒂特
貴族院四年級生，中級見習護衛騎士。

泰奧多
貴族院一年級生，中級見習護衛騎士。貴族院限定的近侍。

達穆爾
下級護衛騎士。

奧黛麗　上級侍從。哈特姆特的母親

[redacted]艾倫菲斯特的貴族

卡斯泰德	騎士團長，羅潔梅茵的貴族父親。
雷柏赫特	芙蘿洛翠亞的上級文官。哈特姆特的父親。
奧斯華德	韋菲利特的首席侍從。
蘭普雷特	韋菲利特的上級護衛騎士。卡斯泰德的次男。
亞歷克斯	韋菲利特的上級護衛騎士。
巴托特	貴族院五年級生，韋菲利特的中級見習文官。已獻名。
艾薇拉	卡斯泰德的第一夫人，羅潔梅茵的貴族母親。
奧蕾麗亞	蘭普雷特的妻子。
朵黛麗緹	卡斯泰德的第二夫人。
尼可拉斯	卡斯泰德與朵黛麗緹的兒子。
托勞戈特	貴族院五年級生，上級見習騎士。曾是羅潔梅茵的近侍。
貝兒朵黛	布倫希爾德的妹妹。羅潔梅茵的近侍候補。
布麗姬娣	伊庫那的中級貴族。曾是羅潔梅茵的近侍。
拉塞法姆	斐迪南的下級侍從。
艾克哈特	斐迪南的護衛騎士。卡斯泰德的長男。
尤修塔斯	斐迪南的侍從兼文官。黎希達的兒子。
妥斯登	韋菲利特的文官，莉瑟蕾塔的未婚夫。
薇羅妮卡	齊爾維斯特的母親。現正受到幽禁。

神殿相關人員

法藍	神殿長室的首席侍從。
薩姆	負責管理神殿長室。
莫妮卡	神殿長室與廚房的助手。
妮可拉	神殿長室與廚房的助手。
吉魯	負責管理工坊。
弗利茲	負責管理工坊。
葳瑪	負責管理孤兒院。
羅塔爾	神官長室的侍從。
伊米爾	神官長室的侍從。
坎菲爾	青衣神官。
法瑞塔克	青衣神官。
莉莉	灰衣巫女。
戴莉雅	見習灰衣巫女，戴爾克的姊姊。
康拉德	孤兒。菲里妮的弟弟。
戴爾克	孤兒。戴莉雅的弟弟。
貝特朗	孤兒。勞倫斯的異母弟弟。
瑪塔	哈塞小神殿的見習灰衣巫女。

其他

尹勒絲	渥多摩爾商會的廚師。
利希特	哈塞鎮長。

[redacted]他領貴族

特羅克瓦爾	國王。亦稱君騰。
亞納索塔瓊斯	中央的第二王子。
漢娜蘿蕾	戴肯弗爾格的領主候補生，貴族院三年級生。
克拉麗莎	戴肯弗爾格的上級文官，哈特姆特的未婚妻。
奧爾特溫	多雷凡赫的領主候補生，貴族院三年級生。
喬琪娜	亞倫斯伯罕的第一夫人。齊爾維斯特的姊姊。
蒂緹琳朵	亞倫斯伯罕的領主一族。斐迪南的未婚妻。
萊蒂希雅	亞倫斯伯罕的領主候補生。
賽吉烏斯	斐迪南的侍從。
蕊兒拉娣	約瑟巴蘭納的上級見習文官，貴族院三年級生。

羅潔梅茵的專屬

雨果	專屬廚師。
艾拉	專屬廚師。
羅吉娜	專屬樂師。

平民區的家人

昆特	梅茵的父親。
伊娃	梅茵的母親。
多莉	梅茵的姊姊，專屬髮飾工藝師。
加米爾	梅茵的弟弟。

平民區的商人

班諾	普朗坦商會的老闆。
馬克	普朗坦商會的都帕里。
路茲	普朗坦商會的都帕里學徒。
谷斯塔夫	商業公會長。
芙麗妲	商業公會的學徒，渥多摩爾商會的小姐。
康吉莫	渥多摩爾商會的都帕里。
歐托	奇爾博塔商會的老闆。珂琳娜的丈夫。
珂琳娜	奇爾博塔商會的裁縫師。

古騰堡成員

英格	木工工坊的師傅。
海蒂	墨水工匠。約瑟夫的妻子。
約瑟夫	墨水工匠。海蒂的丈夫。
薩克	鍛造工匠。負責研究構思。
約翰	鍛造工匠。負責提供技術。
丹尼諾	鍛造工匠，約翰的徒弟。

第五部

女神的化身IV

序章

冬之主的討伐結束後，暴風雪也停了。天空久違的短暫放晴，迴廊明淨敞亮。單是有陽光灑落下來，就讓人連心情也輕快不少。帶著這樣的心情，蘭普雷特快步走向騎士團長室。

……希望是有關休假的事情就好了……

今年剛入冬不久，肅清行動便突然提早進行，然後又是冬之主的討伐。參與了這兩件事的騎士們忙得不可開交，幾乎所有人都被困在宿舍裡，抽不出時間返家。蘭普雷特身為領主一族的護衛騎士，父親卡斯泰德還對他說：「現在你們的主人去了貴族院，不必做護衛騎士的工作，想必閒暇時間很多吧。」然後遠比平常要大力使喚他。唯一的例外，就是羅潔梅茵的護衛騎士們吧。在大家最忙碌的時候，他們好像還是得到了休假，有好幾次都曾一整天沒見到人影。

……真沒想到居然只有妻子生產的時候，獲得了返家許可。雖說奧蕾麗亞生產一事要保密，但父親身為騎士團長都給予柯尼留斯他們休假了，也該為我通融一下吧。

往年因為主人去了貴族院，除了討伐冬之主的那段時間外，很容易就能請到假。然而，現實卻完全出乎蘭普雷特的預料。不僅肅清提前到初冬進行，後來又只能在人數變少的情況下努力討伐冬之主，導致今年的冬天特別難熬。討伐結束以後，又先從下級騎士開始輪流休假，所以蘭普雷特時至今日還未能返家。

「打擾了。」

他走進騎士團長室後，滿臉疲憊的卡斯泰德便輕揮起手上的木板。

「蘭普雷特，從明天開始給你兩天的休假。雖說只有短短兩天，但回去與家人團聚吧。把這份命令交給北邊別館。」

「是！」

遞來的木板上寫著騎士團長下達的休假命令。接下木板的同時，蘭普雷特以有些埋怨的眼神望著卡斯泰德。

「您給了羅潔梅茵的護衛騎士們好幾次休假吧？我也希望多放點假。」

「你胡說八道什麼。柯尼留斯他們是因為奧伯與神官長哈特姆特的要求，必須留在神殿舉行儀式，才允許他們不參加訓練，可不是在放假。」

由於他們的主人羅潔梅茵今年不回來，蘭普雷特還以為護衛騎士們也不用去神殿。他這時候才知道，原來近侍們得填補主人不在的空缺。

「領主一族的護衛騎士竟然在做青衣神官的工作，這種事傳出去不好聽吧？所以我們才沒告訴眾人，他們為何可以不參加訓練，但現在看來反倒讓情況變得棘手哪。要是被人以為羅潔梅茵大人的護衛騎士受到偏袒，或是只有他們經常取得休假，往後會難帶領底下的人。這可真教人頭痛。」

卡斯泰德用手按揉眉心。

「不過，現在君騰似乎也認可了儀式具有成效，也許不至於損壞名聲吧？」

聞言，蘭普雷特想起自己討伐完冬之主回來時，曾聽侍從這麼抱怨：「貴族院那邊下了命令過來，說因為要在貴族院舉行儀式，得為韋菲利特大人準備儀式服。真是給人添麻煩。」主人他們送回來的報告上也寫著，羅潔梅茵在貴族院有多麼不受控制。

……不光是騎士團，父親大人也會留意羅潔梅茵的情況嗎？實在辛苦。

這時，蘭普雷特才仔細端詳起父親的面容，發現他看起來非常疲倦。既然是從下級騎士開始輪流休假，卡斯泰德身為騎士團長，能取得休假的日子想必比自己還少吧。為了能長期處理團內事務，雖然在宿舍裡應該會確保時間休息，但肯定還沒回過家。

「希望騎士團長也能很快取得休假。」

「嗯，希望領地對抗戰前能請到一次……我也很期待回家。」

卡斯泰德似乎很期待見到自己的第一個孫子。聽見他小聲補上的這句話，蘭普雷特露出苦笑，離開了騎士團長室。隨後他拿著寫有休假命令的木板，直接前往北邊別館。

「你終於可以休假了嗎？真是太好了。」

「蘭普雷特，你也回去好好休息吧。」

到了韋菲利特的近侍室，提交木板告知要休假以後，同為近侍的夥伴們都開口慰勞終於取得休假的蘭普雷特。因為侍從與文官比較容易能請到假。

蘭普雷特回以笑容，辦好手續後，再向妻子奧蕾麗亞與母親艾薇拉送去奧多南茲，告知自己取得了休假。兩人很快捎來回覆。

「我是艾薇拉。奧蕾麗亞正在我的監管之下，所以你今天直接回本館吧。還有，別把戰鬥的氣味和血腥味帶到家裡來。回來前記得先在宿舍梳洗乾淨，然後換套衣服。」

「我是奧蕾麗亞。那我期盼您的歸來。」

聽見兩人送來的奧多南茲，夥伴們「嗚哇～」地輕輕聳肩。

「艾薇拉大人還真恐怖，居然會監管來自亞倫斯伯罕的兒媳婦……」

「而且她明明是騎士團長的第一夫人，卻厭惡戰鬥的氣味和血腥味嗎？」

對於眾人的你一言、我一語，蘭普雷特輕嘆口氣。

「你們聽起來可能會以為她對奧蕾麗亞很不好，但其實這是不想讓從亞倫斯伯罕嫁來的奧蕾麗亞被人懷疑。為了安全起見，她還是在母親大人的監管下比較好。」

與奧蕾麗亞一同從亞倫斯伯罕嫁來的貝緹娜，嫁給了基貝．威圖爾的兒子。由於丈夫一家人已向喬琪娜獻名，也查出了她自己會透過亞倫斯伯罕的老家與喬琪娜勾結，所以已經遭到逮捕並被處刑。

奧蕾麗亞自從嫁過來後，一直是在艾薇拉的監管之下，又交給艾薇拉過濾與她往來的對象，和亞倫斯伯罕以及舊薇羅妮卡派貴族全無交流。因此，蘭普雷特聽說她並沒有被帶到騎士團接受問話。

……況且，母親大人會要我別帶著戰鬥的氣味和血腥味回去，是為了小寶寶吧。

蘭普雷特的孩子出生以後，艾薇拉便成了祖母。感覺得出為了保護奧蕾麗亞和孩子，艾薇拉傾盡所能。

「但還是有些反應過度了吧，根本不用管這麼嚴，蘭普雷特的妻子怎麼可能被逮捕嘛。她可是下任領主韋菲利特大人的護衛騎士的家人。我們當初也支持過薇羅妮卡大人，就算被捕也不奇怪，但事實上韋菲利特大人的近侍沒有半個人被逮捕吧。」

就連領主夫婦的近侍也有好幾個人被解任，或是被捕後受到處罰。然而，韋菲利特的近侍們卻沒有半個人被捕。對此夥伴們都樂觀以待，也不知是否不想面對現實，甚至還說要拜託主人為自己的家人說情。

……將近侍解任，是主人該做的事。說不定是等韋菲利特大人回來，就會依罪行下達應有的處分吧？

蘭普雷特一點也樂觀不起來。但是，為免有人逃跑或使情況陷入混亂，他沒打算多嘴說出自己的猜測。

照著艾薇拉的吩咐，蘭普雷特先在宿舍換了套衣服，隨即跳上騎獸返家。冬季的寒風冰冷刺骨，但天空難得萬里無雲，陽光照在身上帶來暖意。

「歡迎回來。」

「我回來了……哦？妳摘掉面紗了嗎？」

艾薇拉與奧蕾麗亞都出來迎接。這時，蘭普雷特發現妻子沒有戴著面紗。

「因為婆婆大人訓斥我，這樣孩子要怎麼認得母親的長相呢……」

「原來如此。那我兒子呢？」

蘭普雷特除了之前在奧蕾麗亞生產時趕回來，這段時間都沒返家，因此非常期待見到兒子。眼看兒子沒在這裡一起迎接自己，他不禁感到不滿。

「我知道你想快點見到孩子，但還是先用餐吧。為了能和你一起用晚餐，奧蕾麗亞排開了許多事情。你可不能讓奧蕾麗亞與奶娘她們的努力白費。」

蘭普雷特也知道，因為魔力的關係，哺乳是母親的工作。但是，他都不曉得為了能夠夫妻一起用晚餐，原來還得付出努力才能配合彼此的時間。

「我們家的繼承人非常健康又有活力，你就放心吧。好了，我們去餐室吧。得趕快用完晚餐。」

家裡的繼承人會正式定下，是在艾克哈特決定前往亞倫斯伯罕那時候。因為必須由蘭普雷特或柯尼留斯其中一人接管艾克哈特的宅邸，並且暫時幫忙保管他的行李。也就是在這時候，他們討論了該由誰離家獨立。

由於對於柯尼留斯與萊歐諾蕾這樁婚事，萊瑟岡古一族皆是喜聞樂見，親族們都希望能由柯尼留斯成為繼承人。而且親族當中，也有人認為不該由亞倫斯伯罕出身的奧蕾麗亞成為繼承人的第一夫人。想到妻子明明不好融入，日後卻還得費心與親族打成一片，蘭普雷特便對繼承人沒有太大的興趣。蘭普雷特於是提議，由他們離家獨立，再由柯尼留斯他們住進別館。

但是，艾薇拉並不同意。

「肅清行動前後，亞倫斯伯罕出身的奧蕾麗亞究竟是住在騎士團長家還是搬了出去，旁人看她的眼光會截然不同。其實，繼承人不管是蘭普雷特還是柯尼留斯都無所謂。但既然奧蕾麗亞是從他領嫁過來，還即將要生產，你應該優先考慮她的處境與安危。」

讓蘭普雷特他們離家是相對容易的選擇，也能讓親族滿意。儘管如此，艾薇拉卻決定護住奧蕾麗亞以及即將出生的孩子的安全。她的選擇對蘭普雷特來說無疑是有力的後盾，而且即便因為肅清行動與冬之主的討伐而無法回家，他也不用擔心妻子的安危。

「但我沒想到奧蕾麗亞現在住在本館的客房。」
「因為住在別館太危險了。」
亞倫斯伯罕出身的奧蕾麗亞因為是騎士團長家的一員，據說受罰的舊薇羅妮卡派貴族以及與喬琪娜關係深厚的人們，都寄了會面邀請函給她。為免奧蕾麗亞因此受到牽連、遭人懷疑，所以為了她的安全著想，艾薇拉便讓她搬到本館來，並以自己的名義回絕了所有會面請求。
「奧蕾麗亞，妳不會害怕嗎？」
「不會，我和孩子都過得平靜安穩。聽說本來在我剛生產完的時候，騎士團曾找我過去問話，婆婆大人也幫我回絕了。你之後也記得道聲謝。」
由於奧蕾麗亞的日常生活與人際關係都在艾薇拉的監管之下，似乎是以此為由成功推掉了騎士團的傳喚。卡斯泰德又很清楚奧蕾麗亞的實際情況，顯然也濫用了職權，盡力幫忙維護。了解了背後的詳細情況後，蘭普雷特鬆一口氣，向艾薇拉道謝。
「道謝就不用了。更重要的是，肅清行動過後，旁人都會嚴格檢視舊薇羅妮卡派的貴族，尤其是亞倫斯伯罕出身的人，這點你也知道吧？」
「是的。我聽說服侍領主夫婦的舊薇羅妮卡派近侍中，也有人遭到逮捕。」
「是呀。犯了罪的人，被捕也是理所應當。但是，這段時間對其身邊的人來說會非常難熬吧。其實，就連朵黛麗緹也被逮捕了。畢竟她一直以曾是薇羅妮卡大人的侍從為榮，還做過許多事情。」
朵黛麗緹是卡斯泰德奉薇羅妮卡之命迎娶的第二夫人。艾薇拉身為第一夫人早就看不慣她的言行舉止，因此藉著這次肅清，也向騎士團提交了幾項她為薇羅妮卡做事時留下的罪證。

「朵黛麗緹的兒子尼可拉斯，目前人在城堡的兒童室裡。得小心別讓他以異母弟弟的身分接近羅潔梅茵，你也要幫忙留意。柯尼留斯向我報告過，說羅潔梅茵對於年紀小的孩子特別容易心軟。我不希望她因為想幫助尼可拉斯，便請求我們對朵黛麗緹伸出援手，或是設法讓她減刑，甚至是讓尼可拉斯留在本館長大。」

羅潔梅茵有個傾向，就是只要在自己眼前的人誰都想救。但要是因此讓舊薇羅妮卡派貴族有了可乘之機，肯定會發展成非常麻煩的事態。只不過，留意羅潔梅茵的舉動，是她的近侍柯尼留斯他們該做的工作。蘭普雷特自己與羅潔梅茵很少有交集。

「結婚前我原是蒂緹琳朵大人的護衛騎士，如果身體狀況還和以前一樣，不可能輸給尚未進入貴族院就讀的小孩子，但是現在……」

「奧蕾麗亞，妳別逞強，我會提醒羅潔梅茵的。因為我也不想讓尼可拉斯住進本館。」

尼可拉斯已經以見習騎士的身分開始訓練，體格也偏健壯。蘭普雷特也不想讓他靠近剛出生的孩子，以及剛生產完還無法及時反應的奧蕾麗亞。

「此外，朵黛麗緹住過的別館已經封起來了。我也遣散了在那裡工作的人，沒有讓半個人進入本館。」

「但突然在冬天的時候遭到解雇，下人們應該不知所措吧？」

平民下人們原本是受雇於朵黛麗緹，預計留在別館過冬，被遣散時多半都沒作好要回家過冬的準備吧。想到他們竟然在寒冬中被趕出去，蘭普雷特心生同情。但艾薇拉僅是輕嘆口氣，語氣淡漠地道：

「這也無可奈何。不過，城堡正在招人照顧被騎士團逮捕的那些人，我已經建議他們可以去城堡找工作。除此之外的事情便與我無關了。畢竟我不能讓朵黛麗緹身邊的人進入本館。我的職責，便是保護這個家以及媳婦和孫子。」

艾薇拉定下了非常明確的優先順序，稍有危險便大力排除。儘管有些冷酷無情，但身為騎士團長的第一夫人，處理危機的能力堪稱完美。

「考慮到現在的情勢，我決定奧蕾麗亞產子一事也向親族保密。雖然對升格成為父母的你們兩人與剛出生的孩子十分過意不去，但孩子受洗前也不會重新舉辦慶祝會。」

一般等孩子出生、檢查過魔力以後，便會通知交情深厚的親族舉辦慶祝會。但是，這次就連這件事也要取消。儘管覺得母親有些操心過頭了，但也多虧這樣，即便被騎士團的工作綁住，蘭普雷特也完全不用擔心妻子。

「蘭普雷特大人，可以麻煩你向羅潔梅茵大人報告這件事嗎？」

奧蕾麗亞輕聲細語道。

「羅潔梅茵大人一直很期待小寶寶的出生，對我也關照有加。還請你親口告訴她這件事情。」

羅潔梅茵對奧蕾麗亞非常關照。不僅在奧蕾麗亞剛嫁來時開口與她攀談，還在推廣新布料的場合上陪著她，更在她懷孕的時候招待了故鄉的魚類料理。因此，蘭普雷特可以明白她想告訴羅潔梅茵這項消息的心情。

「但與其我到了城堡再偷偷告訴她，不如請羅潔梅茵回家一趟就好了吧？若由母親大人叫她過來，也不用擔心被人發現小寶寶的存在……」

蘭普雷特邊說邊觀察母親的臉色。只見艾薇拉依然面帶微笑，斷然回道：

「萬萬不可。不能讓舊薇羅妮卡派的貴族們發現羅潔梅茵與奧蕾麗亞有著深交，也不能讓想擁戴她為下任領主的萊瑟岡古一族心生無謂的期待，所以現在最好盡量別讓羅潔梅茵到我們家來。」

第一個理由姑且不論，但第二個理由卻讓蘭普雷特無法充耳不聞。母親始料未及的發言令他瞠大雙眼。

「萊瑟岡古的貴族們為何想擁戴她？兩人訂婚以後，不是說好下任領主是韋菲利特大人，第一夫人則是羅潔梅茵，他們也接受了嗎？」

「前些日子，前任基貝・萊瑟岡古已經登上通往遙遠高處的階梯；臨終前還說，肅清總算一雪長年來的恥辱。」

「曾祖父大人嗎……？」

蘭普雷特現在才知道這個消息。身為領主一族的護衛騎士，他會被告知有哪些人因肅清而遭到處刑或受罰。但除此之外的死訊，蘭普雷特完全沒收到過。他深感今年冬天的社交活動實在不足。

「明明最不樂見韋菲利特大人成為下任領主的曾祖父大人都前往遙遠高處了，為何大家又想讓羅潔梅茵成為下任領主?!」

「因為那位大人認為，肅清已消滅了他們長年來的宿敵，如今最後的心願，便是讓羅潔梅茵成為下任領主。長老們都極力想完成他的遺願，同時也有人認為，應該拿回被薇羅妮卡大人搶走的一切。」

艾薇拉厭煩地嘆了口氣。父母親的態度始終非常堅決，無意讓羅潔梅茵成為下任領主，所以絕不可能回應親族的要求吧。

「話說回來，薇羅妮卡大人與她身邊的人所做的事情，跟奧伯以及韋菲利特大人無關吧？薇羅妮卡大人以前確實百般刁難過萊瑟岡古一族，但現在的領主一族卻是不惜捨棄自己的派系也要清理領內的毒瘤，怎麼能把他們混為一談。」

蘭普雷特自認為這樣的主張再合理不過，艾薇拉卻是付之一笑。

「哎呀，你在說什麼呢？這次的肅清不是有很多人明明是無辜的，卻因為親族犯了罪而被逮捕嗎？」

貴族院的學生們雖然藉由獻名免於連坐，大人卻沒有這樣的機會。即便沒有遭到處刑，還是有多不勝數的人得接受處罰。因此艾薇拉說了，面對與薇羅妮卡有血緣關係的領主一族，大家也會以同樣的標準嚴格看待吧。

「可是，薇羅妮卡大人失勢到現在，好幾年都過去了……」

「對於時間的流動，最好不要以為長老們的感覺會和你一樣。」

母親目光犀利，說以長老們的年紀來看，他們眼中的六年之於蘭普雷特就像兩年一樣短暫。不僅如此，他們還因為薇羅妮卡的關係，超過三十年以上的時間都在痛苦中度過。聽到痛苦早在自己出生前就持續著，對於如此漫長的時光和深沉的怒火，蘭普雷特不禁感到暈眩。

「再者，如果齊爾維斯特大人是在一當上領主後就讓薇羅妮卡大人垮下臺來，那倒也就算了。但是實際上，他默許了很長一段時間，韋菲利特大人的洗禮儀式還是由薇羅妮卡大人來操辦。很少有貴族能理智地將他們分開來看待吧。」

平常在韋菲利特身邊侍奉的時候，蘭普雷特從不會意識到這樣的觀點。他也受過薇羅妮卡的刁難，但可能是因為時間不長，也可能是生性樂觀，所以他無法理解萊瑟岡古貴族們的怨恨，為何會這麼久以來都未見消滅。

「暫且不論奧伯至今的言行，但他這次不惜捨棄自己的派系也要進行肅清，這點確實值得稱許。但是肅清過後，萊瑟岡古便成了領內最大的勢力，奧伯難以抗衡也是不爭的事實。領主一族必須比以往更團結一心吧。」

在蘭普雷特眼中，領主一族早已非常團結，他實在看不出還能再怎麼加強。他接著想起近侍夥伴們曾說，應該要想辦法遏阻萊瑟岡古貴族不斷壯大的勢力。

「無論經過多少時間，奧伯與韋菲利特大人永遠也擺脫不了薇羅妮卡大人的影響。同樣地，無論如何保持距離，羅潔梅茵也擺脫不了萊瑟岡古。」

「那乾脆就由羅潔梅茵來帶領萊瑟岡古的貴族們……」

蘭普雷特只是原封不動地照搬了近侍夥伴們說過的話，但他似乎把這件事想得太簡單了。艾薇拉的目光頓時凌厲無比。

「別說蠢話了。羅潔梅茵受洗前一直是在神殿生活，就連成為了養女，奧伯與我們也都擔心她會被萊瑟岡古一族拉攏，所以極力避免她與親族往來。事到如今，怎能還對她抱有這樣的期待？」

面對母親的厲聲駁斥，蘭普雷特連忙開始動腦思考，想要平息她的怒火。因為他很清楚，這種時候千萬不能惹得艾薇拉不高興，使她不願提供協助。否則，今後若想取得萊瑟岡古貴族的相關消息，或是要為韋菲利特辦事的時候，都將遇到困難。

「啊……不是的，那個，因為像羅潔梅茵帶頭推廣的印刷業，雖然一開始先關照了曾為她近侍的布麗姬娣，但後來選上的基貝土地，全是自己的親族吧？我還以為她都會趁造訪的時候與親族加深交流……」

「那麼，韋菲利特大人身為印刷業的代表也會造訪各地，他與萊瑟岡古貴族交流的次數，可以說和羅潔梅茵一樣頻繁吧。既然你一直以護衛騎士的身分跟在他身邊，想必也與自己的親族加深了交流囉？」

這次蘭普雷特再也答不上話。他曾與韋菲利特一起拜訪基貝的土地，確認他們是否作好了要加入印刷業的準備。但是，每次他都是以護衛騎士的身分造訪，從未以親族的身分與基貝等人有過交流。

……代表羅潔梅茵也一樣嗎？

「真是的……蘭普雷特，論從小到大的交情，你與親族的關係可是比羅潔梅茵還要親密。假使韋菲利特大人真的想與萊瑟岡古貴族打好關係，不應該是仰賴羅潔梅茵，而是你該站出來才對。」

自從成了韋菲利特的近侍，蘭普雷特就與萊瑟岡古那邊的親族沒什麼往來，更別說他現在還迎娶了亞倫斯伯罕出身的奧蕾麗亞。要他站出來擔任溝通橋梁，未免太強人所難了。但是，這種話他在奧蕾麗亞面前自然說不出口。因為她肯定會心生歉疚，覺得都是自已嫁過來的關係。

「我們之所以讓羅潔梅茵與親族保持距離，就是不想讓她成為下任領主。現在你居然想要求她與親族親近往來，難不成韋菲利特大人的近侍們還是那麼愚不可及，從不動腦思索、也不認真蒐集情報嗎？」

「不，怎麼可能……」

實際情況恐怕正如艾薇拉所言，但這種時候蘭普雷特總不能老實承認。打從韋菲利特在訂婚後確定會成為下任領主，大家蒐集起情報好像早就不如以往認真。

「該如何蒐集情報、服侍主人，是你要思考的事情。但是，如今舊薇羅妮卡派已是窮途末路，你的處境多半又會十分艱難吧。如果韋菲利特大人願意為你考慮那倒也罷，但那位大人好像一向比較偏袒舊薇羅妮卡派。」

雖然周遭的貴族一再把韋菲利特歸為舊薇羅妮卡派，但其實他早在受洗後沒多久便與薇羅妮卡分開。之後約莫六年的時間，都是遵循著領主夫婦的教育方針生活至今。更何況，他的個性本就不會特別偏袒某個派系。

「我的主人不會如此愚昧。而且他的個性坦率，十分願意傾聽他人的意見。」

蘭普雷特語氣堅定地如此表示後，艾薇拉緩緩吐了口氣。

「是嘛。那麼，韋菲利特大人就交給你說服了。但我絕不允許你們在協調派系關係時利用羅潔梅茵，否則只會讓萊瑟岡古的貴族們覺得有可乘之機。」

聽到這句提醒，蘭普雷特直想嘆氣。看來若想瞞著艾薇拉取得協助，得找柯尼留斯或羅潔梅茵商量才行了。

「你們一定要小心。教人傷腦筋的是，好像就連波尼法狄斯大人也被拉攏過去了。他似乎一心想讓羅潔梅茵離開神殿……」
「祖父大人嗎？」
「沒錯。若取得了波尼法狄斯大人的協助，激進派的勢力繼續壯大，很有可能真的將韋菲利特大人排除。畢竟韋菲利特大人曾因白塔一事留下污點，之所以能成為下任領主，全是因為與羅潔梅茵訂了婚約。一旦韋菲利特大人不在了，最適合成為下任領主的便是羅潔梅茵，這點任誰也看得出來。」
蘭普雷特感覺到自己狂冒冷汗。一直以來他從沒想過會與波尼法狄斯為敵的可能性，這下情況可糟了。
「你要提醒韋菲利特大人，今後採取任何行動，一定要以不刺激到萊瑟岡古一族為優先考量。至少得先等到領主夫婦下完處罰，重新編排好自己的近侍人選；又或者是等到他與羅潔梅茵結婚，萊瑟岡古的貴族們終於不得不放棄……」
蘭普雷特點頭聽著母親的忠告。若要等到領主夫婦重新編排好近侍人選，那不至於等上太久吧。
「抱歉打擾了。奧蕾麗亞大人，小少爺似乎肚子餓了。」
晚餐快用完之際，負責看顧孩子的奶娘前來呼喚奧蕾麗亞。看這樣子，真的連頓飯也無法悠閒地吃。奧蕾麗亞道聲失陪後先行離席。
「蘭普雷特，母親的生活將完全以孩子為中心。雖說你難得休假，但可不能為了自己的事情去麻煩奧蕾麗亞，反而應該多為她分憂解勞。」

艾薇拉睨了蘭普雷特一眼，然後包含自己的經驗在內，開始滔滔不絕地講述起產後的女性有多麼辛苦。也許是近來在撰寫故事的關係，艾薇拉一打開話匣子，便格外停不下來。

「再加上奧蕾麗亞生產時不可能找自己的親族過來，最近又因為肅清的關係，從別館搬到了本館。她平常生活有多麼戒慎恐懼，這我無法確切得知。但身為婆婆的我再怎麼盡心盡力，終究比不上丈夫的細心關懷。像我那時候，卡斯泰德大人他可是……」

「那我便聽從母親大人的教誨，趕緊回房去為奧蕾麗亞分憂解勞吧。」

察覺到再聽下去會沒完沒了，蘭普雷特立刻決定逃離現場。因為關於自己出生時的情況，他早就不知道聽過多少遍了。與其聽母親抱怨和說教，他更想去看自己的孩子。

為蘭普雷特帶路的侍從告訴他，奧蕾麗亞與孩子現在住在本館的客房。

「既然搬來了本館，我還以為奧蕾麗亞會住進我的房間。」

「蘭普雷特大人房裡有不少武器魔導具，並不適合女性與剛出生的孩子居住。另外，也因為剛生產完不久，奧蕾麗亞大人不想再花心力移動或是汰換家具。」

據說奧蕾麗亞表示，她現在什麼也不想思考，所以與其花費心思布置房間，更想搬到生活必需品皆已備好的房間。蘭普雷特可以理解，也覺得這很像她會說的話。

「現在小少爺正在喝母乳，請您安靜入內，千萬別嚇到他。」

在侍從的催促下，蘭普雷特躡手躡腳地走進房間，終於見到自己的兒子。記得剛出生時，兒子的臉蛋紅通通又皺巴巴的，整個人像小動物一樣，但此刻看來已是普通的人類嬰兒。當時甚至小得彷彿張開雙手便能捧住，但現在可能要動用兩條手臂才抱得起來了。原先纖細的四肢也像尋常的嬰兒那樣變得白白胖胖，感覺就很好摸。

光是看著兒子拚命吸奶的模樣，感動之情便在蘭普雷特心中油然升起。

「……他長大了呢。」

「是呀，感覺一天比一天還要重。」

奧蕾麗亞輕笑回道。

「妳在本館過得還好嗎？那個，畢竟要在母親大人的監管之下，會不會不自在？」

「哪裡，一點也不會。婆婆大人不僅代替我回絕了所有會面邀請，也拜託了公公大人，讓我不必剛生產完就要去騎士團接受問話。她還幫忙找了值得信賴的奶娘，防止可疑人士入侵。我能夠專心照顧這個孩子，全是多虧了婆婆大人。」

奧蕾麗亞似乎非常感謝艾薇拉。和煦的笑容看得出是發自內心，而非貴族特有的客套假笑。

「我的親生母親已經不在了，與妹妹的關係也不算好。即便當初留在亞倫斯伯罕結了婚，父親大人的第一夫人也不會這麼為我費心吧。多虧婆婆大人，我們過得非常舒適自在，你也要說聲謝謝才行。」

奧蕾麗亞說之前肅清行動開始的時候，看到朵黛麗緹被捕，她還以為亞倫斯伯罕出身的自己下場只會更淒慘。沒想到艾薇拉竟挺身而出，負責與騎士團周旋，還要自己躲到本館避難。

「和我結婚以後，你現在的處境十分為難吧？如今還無法讓孩子在親族面前亮相，對此我也相當過意不去。」

「這不是妳該煩惱的事情，我反而對妳感到抱歉。從他領嫁過來以後，妳心裡一定很惶恐不安，最辛苦的時候我卻不能陪在妳身邊。」

蘭普雷特注視著努力吸奶的兒子，強烈感到想在近距離下更用心見證兒子的成長，以及自己身為父親一定要保護好孩子。

「因為領主一族的近侍必須把主人擺在首位。雖然只有一段時間，但我也服侍過蒂緹琳朵大人，所以可以理解你的處境。」

蘭普雷特的主人並不是親妹妹羅潔梅茵，而是韋菲利特，近侍當中還多為這次遭到肅清的舊薇羅妮卡派貴族。往後與其他近侍相處時自己會面臨怎樣的情況，他多少預料得到。

「韋菲利特大人不是會在意派系的人，而且也願意與人溝通。」

「我也很擔心羅潔梅茵大人。先前我懷孕時，她不是十分關心我，還為我做了許多事情嗎？所以，我希望她不要受到親族的擺布。」

當年奧蕾麗亞是奉父親之命修習騎士課程，又為了討好喬琪娜而被迫成為蒂緹琳朵的近侍，留下過不好的回憶。所以，她不希望羅潔梅茵也遭遇到一樣的事情。

「母親大人很愛操心，凡事都喜歡提前煩惱，但也因此總會先想好對策，所以妳不用擔心。況且羅潔梅茵打從一開始就無意成為下任領主，不管萊瑟岡古的長老們說了什麼，我想她也不會改變主意。再加上領主候補生們的感情很好，以下任領主韋菲利特大人為中心非常團結，不會因為一點小事就產生嫌隙吧。」

蘭普雷特笑著向奧蕾麗亞保證。就在這時，嬰兒「噗哈」地放開小嘴，奧蕾麗亞便將他抱起來輕輕拍背。蘭普雷特看得目不轉睛，正好與打嗝的兒子四目相接。

「看來是喝了很多，心滿意足吧？他在笑耶。」

「哎呀，你認得父親大人嗎？那請父親大人快點為你想好名字吧。」

奧蕾麗亞握著嬰兒的小手微笑道，蘭普雷特也笑了起來。

「沒回來的這段時間我想了很多，個人最推薦的名字是傑克雷特。」

度過了一段悠閒假期的蘭普雷特並不曉得——

韋菲利特在與奧爾特溫談過話後，打從回領便對羅潔梅茵產生了不信任感；以及近侍當中有人正悄悄煽風點火，讓不信任感更是成長茁壯……

回領與衆人的近況

「噢噢噢噢！羅潔梅茵，妳回來了嗎！」

利用轉移陣才剛從貴族院回來，我馬上聽到波尼法狄斯以驚人的大嗓門熱情迎接。與此同時他還張開雙手，夾帶著彷彿有「咚咚咚」效果音的氣勢直奔而來，讓我嚇得一縮。下一秒，安潔莉卡與柯尼留斯便牢牢扣住波尼法狄斯的手臂：「請您冷靜一點！」達穆爾也抓住他的披風說：「您嚇到羅潔梅茵大人了！」在護衛騎士們的合力阻攔下，波尼法狄斯總算停了下來，不知所措地觀察我的反應。

「羅、羅潔梅茵，妳看，一點也不可怕喔。」

「祖父大人，我只是被您的氣勢嚇到了而已。我回來了。」

我在寒暄的同時環顧四周。往年領主夫婦、卡斯泰德與艾薇拉他們都會來迎接我，但今天在場的只有波尼法狄斯，以及領主候補生的護衛騎士們與幾名騎士團員。今年回領的順序也和往年不太一樣，齊爾維斯特吩咐過了：「別管年級，你們領主候補生要一起回來。」感覺得出氣氛不同以往、十分凝重，我莫名有些不安。

「羅潔梅茵，妳快點從魔法陣下來吧，不然夏綠蒂沒辦法回來。」

幾步路外被護衛騎士們團團圍住的韋菲利特開口提醒我。我點點頭後與黎希達一起走下魔法陣，接著就和韋菲利特一樣，馬上被自己的護衛騎士們圍起。

「羅潔梅茵大人，恭迎您的歸來。」
「達穆爾、柯尼留斯、安潔莉卡，我回來了……哎呀，怎麼沒看到哈特姆特呢？」
「這次規定只有騎士能來迎接。此刻哈特姆特正不甘心地哀嘆著為何只有護衛騎士能來，奧黛麗則負責看著他。」
「居然可以輕易制住那個哈特姆特，母親真是太偉大了。」
我聽著護衛騎士們訴說奧黛麗與哈特姆特是如何你來我往，同一時間夏綠蒂與她的侍從也利用轉移陣回來了。確認夏綠蒂的護衛騎士們也包圍住她後，波尼法狄斯輕抬起手宣布：
「嗯，那麼大家往房間移動吧。在你們進入北邊別館之前，我會保護好你們，儘管放心吧。」
波尼法狄斯一聲令下，領主候補生們便在護衛騎士的包圍下開始移動。我正要邁開腳步，發現波尼法狄斯已經張開了手掌在等我。
「……那個，祖父大人，您不是說了要保護好領主候補生，那我抓住您的手沒關係嗎？」
「這您不必擔心。我們絕不會讓祖父大人傷到您分毫，請放心與他牽手吧。」
「柯尼留斯！」
就算被波尼法狄斯狠瞪一眼，柯尼留斯也不以為意，只是聳聳肩。
「其實我擔心的不是這個……」我喃喃說道，但還是和去年一樣握住波尼法狄斯的手指，開始移動。

「祖父大人，我今年第一次上臺接受最優秀者的表揚喔。君騰親口稱讚了我呢。」

聊起接受表揚一事後，波尼法狄斯高興得彷彿是自己獲獎了一樣。但與去年不同的是，這次他的目光沒有一直放在我身上，而是警戒著四周。

「……祖父大人，難不成城堡裡頭很危險嗎？」

「近來情勢已經穩定多了，但今天是領主候補生一同回來的日子，難保不會有貴族衝出來向你們求情，或是假裝求情實則偷襲。畢竟你們在貴族院一直致力於讓學生免於連坐，很容易成為他們的目標，所以要嚴加警戒。」

「那危險的只有貴族很多的城堡嗎？外出會不會更危險？」

回到艾倫菲斯特以後，我本來還打算直奔自己的圖書館，但眼看光是從城堡的本館走到北邊別館就受到了這麼嚴密的保護，想要外出恐怕不太可能。對此，波尼法狄斯神色肅穆地搖搖頭。

「很遺憾，現在你們能自由活動的範圍僅限北邊別館……暫時得先忍耐一段時間，至少要等到慶春宴結束後，城堡裡的貴族大都已經離開。麥西歐爾已經忍耐了整個冬天，相信羅潔梅茵身為姊姊也辦得到吧？」

他說因為肅清行動一旦開始，城堡裡可說是危機四伏，麥西歐爾便被禁止擅自離開北邊別館。據說就連兒童室也不准去，他等於被關在北邊別館裡頭。

「羅潔梅茵，妳就趁這機會多陪陪麥西歐爾吧。我可是很期待今晚的晚餐。」

說完，波尼法狄斯指往北邊別館的方向。只見無法離開別館的麥西歐爾正和自己的近侍們站在入口處，急不可耐地等著我們回來。

「哥哥大人、姊姊大人，歡迎回來！」

「我只能自己一個人待在北邊別館，實在太無聊了。而且跟以前住在本館的時候不一樣，平常幾乎見不到父親大人與母親大人。我本來還很期待去兒童室，結果也因為父母被捕後，擔心孩子們有可能在情緒激動下做出失控之舉，禁止我與他們接觸……」

侍從們整理著從貴族院帶回來的行李時，我們則接受了麥西歐爾的款待，一邊喝茶一邊聽他講述冬天期間發生了哪些事情。

原本肅清行動訂在冬季中旬進行，但在取得馬提亞斯他們提供的情報以後，便臨時提前到了初冬。也因此學生們才剛去了貴族院，麥西歐爾馬上就被帶到北邊別館裡不得離開。

剛舉行完洗禮儀式的第一年冬天，就得獨自一人待在別館裡度過，麥西歐爾說他非常寂寞。儘管芙蘿洛翠亞不時會在百忙中抽空過來看他，但跟受洗前每天都能見面的情況終究不一樣。這段時間麥西歐爾似乎過得悶悶不樂。

「可以說話的對象也只有近侍而已，所以我好高興哥哥大人與姊姊大人們回來了。」

「雖說慶春宴之前都不能離開北邊別館，但我們兄弟姊妹四人就好好相處吧。」

緊接著我們便一起玩歌牌和撲克牌，直到侍從來請我們準備用晚餐為止。

這天的晚餐，我們領主一族全員到齊，熱絡地討論著貴族院內發生的事情。好久沒有這麼多人一起用餐，麥西歐爾顯得非常開心。聽到艾倫菲斯特的書籍已經在學生間流行起來，以及自領因為發現了藉由祈禱可以取得更多加護後，更是受到重視，他的雙眼閃閃發亮。

「今年獲得優秀成績的學生也比去年要多呢。同時還進行了好幾個共同研究，成果也都得到肯定，可以說是十分了不起。」

「我本來還以為，宿舍裡的學生會分成兩派互相對立，沒想到你們竟能領著眾人團結一心，真是教我佩服，做得很好。」

芙蘿洛翠亞與波尼法狄斯相繼開口稱讚後，齊爾維斯特也點點頭。

「身為艾倫菲斯特的領主候補生，你們的表現超出了我們的預期。身為父親、身為領主，我感到非常驕傲。如今領內的情勢在肅清過後變得混亂不已，我很期待你們再有所表現。」

「是！」

整個晚餐時間基本上只有稱讚，但在進入尾聲時，齊爾維斯特的目光忽然變得嚴肅，環顧在場眾人。

「今日難得大家聚在一起用餐，為了度過愉快的晚餐時光，有些事情我暫且略過不提，但後天的第三鐘將召開領主一族會議。會議上，可能會討論到讓人不太愉快的話題，但也只能我們一起面對。」

……後天的第三鐘。

齊爾維斯特臉上的表情，就和我在城堡裡感受到的氣氛一樣肅穆緊繃，我不禁吞了吞口水。

隔天用完早餐後，我向在領內留守的近侍們，介紹我在貴族院新收的近侍們。由於已經從貴族院回到領地，此刻泰奧多並不在這裡，但其餘所有近侍都到齊了。

「馬提亞斯、勞倫斯、繆芮拉與谷麗媞亞這四人已經向我獻名，成為我的近侍。另外其中的繆芮拉，她預計以後會改為向母親大人艾薇拉獻名。」

「一個是基貝．格拉罕的兒子馬提亞斯，一個是基貝．威圖爾的兒子勞倫斯嗎？」

柯尼留斯的臉頰微微抽搐。馬提亞斯與勞倫斯的父親在已向喬琪娜獻名的貴族當中，都是處於領導地位的人。

「柯尼留斯哥哥大人，他們都已經獻名了，請不要兇巴巴地瞪著他們。」

我板起臉孔護在四人前方。柯尼留斯輕嘆口氣，拍了拍我的頭。

「我看過他們在領地對抗戰上以及畢業儀式時的表現，也知道他們不會直接對妳造成危害。但是，還是有很多貴族都認為孩子們也該連坐受罰。同時也有很多人認為，既然孩子可以得救，那自己也該有減刑的機會。」

「柯尼留斯只是擔心，原本對他們懷有的憤怒與不滿，可能會轉而傾倒在主人羅潔梅茵大人身上。他並不是懷疑他們的忠心，也不是忌憚著他們會傷害您。」

達穆爾開口這麼補充後，我小聲說道：「柯尼留斯哥哥大人，謝謝你。」雖然早就知道回到領地以後，情況不會和在貴族院時一樣，但現在看來前路果真漫長崎嶇。

「之前舉行儀式時哈特姆特來過貴族院，所以你們已經認識了吧？這邊的達穆爾、柯尼留斯與安潔莉卡是護衛騎士。奧黛麗是侍從，也是哈特姆特的母親。有關騎士的工作，請遵從達穆爾的指示。達穆爾，請加上馬提亞斯與勞倫斯，安排好護衛騎士去神殿的順序。文官們請和去年一樣將情報分類，侍從們則請繼續收拾吧。」

向近侍們分配好工作後，我再從自己的重要行李中拿出斐迪南給的魔導具。皮袋裡的魔導具以及疑似寫有機密任務的紙張，一直讓我十分在意。

「那我進去秘密房間聽魔導具的留言了。」

「聽完以後，請把魔導具交給我吧。我再做成蘇彌魯布偶。」

我笑著對莉瑟蕾塔點點頭，抱著裝有魔導具的袋子進入秘密房間。把皮袋放下來後，我先播放了斐迪南在畢業儀式早上送的魔導具。

「雖然那時候聽到的第一句就是訓話，但最後應該會有一句稱讚吧！我相信斐迪南大人！」

這麼為自己打氣後，我摸著魔石重新播放留言。然而，我的相信終究只是徒勞。教人哀傷的是，還真的從頭到尾都是叮嚀小語。

「斐迪南大人，太過分了。至少稱讚我一句有什麼關係嘛。就算不是『非常好』，有句『還可以』我也心滿意足了啊……」

我難過地看著從頭到尾都是訓話的魔導具，再打開能阻隔魔力的皮袋，拿出裡頭的紙張和另一個錄音魔導具。

「……嗯？」

明明東西都拿出來了，皮袋卻還沉甸甸的，彷彿裡頭還有什麼東西。我把手伸進去東摸西找，從形狀感覺出了底下還有東西，但是拿不出來。

「是還有一層暗袋嗎？」

至今因為外觀與魔導具的重量，我直到現在才發現皮袋底下還有一層，不知道放了什麼東西。於是我打開紙張，上頭是熟悉的斐迪南字跡。

「袋裡的魔導具照著妳的要求錄了稱讚。記得要時時收在皮袋裡，以防被其他人聽見。還有，這個魔導具只能在圖書館的秘密房間裡播放。若不遵守規定，藏在皮袋底部的魔導具便會發動，錄音裡的稱讚將自動銷毀。」

「咦?!等、等一下！什麼時候完成這種研究的?!」

我根本沒聽說斐迪南做出了可以自動銷毀錄音的魔導具。我反覆看了幾遍紙上的警告後，便把錄音魔導具收回皮袋裡。真是好險。要是沒先看說明書就播放錄音，珍貴的稱讚就全部消失了。

「幸好我沒有先碰魔導具，幸好我是個比起聲音會優先選擇文字的人。」

儘管我非常好奇有哪些稱讚，但為了不讓其他人聽到，斐迪南還特意錄在了另一個魔導具裡。直到可以去圖書館之前我只能忍耐，否則稱讚要是消失了，會捶胸頓足的人可是我。為免其他人不小心碰到魔導具、導致稱讚自動銷毀，我把皮袋留在桌上，只帶著錄有訓話的魔導具走出秘密房間。

「莉瑟蕾塔，這個是只有叮嚀的魔導具。做成布偶以後，蘇彌魯就會以斐迪南大人的聲音不停嘮叨碎唸喔。妳真的確定要做嗎？」

「當然。」莉瑟蕾塔露出欣喜的笑容收下魔導具。看來就算蘇彌魯布偶會以斐迪南的聲音碎碎唸，莉瑟蕾塔還是有辦法覺得可愛。

……唔唔，莉瑟蕾塔對蘇彌魯的愛太了不起了。

「羅潔梅茵大人，您剛才拿進去的皮袋呢？」

「我留在秘密房間裡面了。另一個魔導具似乎錄了斐迪南大人的稱讚，但他居然還設置了危險的機關，要是不在他規定的地方聽，稱讚就會自動銷毀。」

聞言，黎希達咯咯笑了起來：「肯定是不好意思讓您直接聽到稱讚吧。還真像斐迪南大人會做的事。」

……再怎麼不好意思，也沒必要設下會讓留言自動銷毀的機關吧！

蘭普雷特與尼可拉斯

離開秘密房間以後，我和文官們一起將情報分門別類，第三鐘響後則與其他兄弟姊妹一起練習飛蘇平琴、閱讀借來的書籍。這都是為了陪伴之前一直孤單一人的麥西歐爾。

「羅潔梅茵大人，很抱歉打擾了，下午方便占用您一點時間嗎？我有幾件事想告訴您。」

非常難得地，蘭普雷特竟出聲叫住了我，我不禁眨眨眼睛。目前我們不能離開北邊別館，也就無法預約會客室。這下該怎麼辦才好呢？我轉頭看向黎希達。

「黎希達。」

「難得蘭普雷特大人找您，想必是有要緊的事情吧。今天下午並沒有什麼行程，要與人會面並無問題，請大小姐直接使用自己的房間吧。但是，記得讓萊歐諾蕾與安潔莉卡一同在場。」

由於身分是未婚妻，也算是自家人，黎希達要求萊歐諾蕾與安潔莉卡也必須在場。

聞言，我仰頭看向蘭普雷特。

「感激不盡。那麼下午見。」

用完午餐，蘭普雷特很快來到我的房間。泡好茶後，侍從們全退了出去。

「難得蘭普雷特哥哥大人開口跟我說話，我嚇了好一大跳呢。」

「……因為這件事應該要我親口告訴妳。」

蘭普雷特搔搔臉頰後咧開嘴角。看著他像是想到了重要事物的溫柔笑臉，我立刻意會過來。

「是小寶寶出生了吧？」

「嗯，初冬時出生的。本來預估秋季尾聲就會出生，但這孩子似乎比較我行我素一點，結果拖到了入冬以後才出生。」

「恭喜哥哥大人。那要馬上慶祝……」

「羅潔梅茵，我們就是擔心妳會這麼說而不知節制，才會之前都沒告訴妳。」

柯尼留斯一臉無奈地出聲制止，要我別大張旗鼓地慶祝。

「為什麼？既然是同母的兄弟姊妹，慶祝一下應該沒關係吧？」

好比這次芙蘿洛翠亞也懷孕了，但由於我和她的小孩是同父異母的關係，所以要等到孩子舉行洗禮儀式後才能會面。而我與蘭普雷特算是同母手足，所以我一直期待著見到他的小寶寶。

「妳有這份心意我很高興，但孩子出生一事暫時還不能向家人以外的人透露。因此，恐怕不太方便舉辦慶祝會。」

「這是為什麼呢？」

孩子出生以後，平民的慶祝方式就是告知左右鄰居，讓大家記憶下來。至於貴族，雖然直到舉行洗禮儀式前不會讓親族以外的人知道，但也只是不刻意聲張，我記得並沒有不能慶祝這種規定。

「今年冬天遭到肅清的，全是薇羅妮卡派以及向喬琪娜獻名的貴族。換言之受到懲罰的，主要都是與亞倫斯伯罕有血緣關係的人，以及備受那些貴族關照的人。因此，亞倫斯伯罕出身的奧蕾麗亞與她的孩子，勢必會受到嚴格檢視。所以這件事只能我們一家人自己知道。」

蘭普雷特說完，柯尼留斯也點點頭，擺出執行任務時的嚴肅表情看著我說：

「今年我們並未與妳一起前往貴族院，所以進行肅清時一直是待在第一線，也很有可能在不自覺間得罪了某些人。之所以不想讓妳大肆慶祝，便是基於這個理由。」

「現在奧蕾麗亞也很緊張那些偏向亞倫斯伯罕的貴族，擔心他們會做出什麼事情來，所以只想平靜安穩地度過這段時間。為了奧蕾麗亞與孩子的安全，這件事也希望妳暫時不要告訴任何人。」

本來總讓人覺得靠不住的蘭普雷特，此刻的表情卻與說過「我會保護家人」的父親重疊在了一起，我不禁有些高興。

「知道了，我會保密的。這都是為了保護家人嘛。雖然我很想衝回去大肆慶祝一番，但一切還是以安全為上。我會忍耐的。不過，只是在這裡問問情況的話應該沒關係吧？小寶寶現在怎麼樣了呢？」

聽我這麼一問，蘭普雷特立即露出傻笑。

「奧蕾麗亞因為半夜也要餵奶的關係，成天總是睡眼惺忪；小寶寶倒是充滿了活力，最近也開始會挺直脖子了。為了確保安全，他們現在還從別館搬到了本館。」

蘭普雷特還說，他曾經這麼調侃奧蕾麗亞：「我看妳除了餵奶以外都在睡覺嘛。」

結果被艾薇拉臭罵一頓：「做母親的就是這麼辛苦喔！」我試著想像了有小寶寶的生活後，腦海中旋即浮現與加米爾生活過的短暫時光。

「對了，那柯尼留斯哥哥大人與萊歐諾蕾預計什麼時候結婚呢？」

柯尼留斯似乎已經繼承了艾克哈特的宅邸，會在今年夏天舉行星結儀式嗎？我轉頭看向坐在一起的柯尼留斯與萊歐諾蕾。「……妳那種像在看好戲的表情，跟母親大人還真是如出一轍。」柯尼留斯嘀咕說著，與萊歐諾蕾對看一眼。

「按照正常程序，我們也預留了一到兩年的準備時間。反正現在已經訂婚了，不必急著舉行星結儀式吧？」

「是呀。我的想法和柯尼留斯一樣，至少要等到領內的情勢穩定一點後再說。」

兩人的感情看來很好，真不錯。

「等柯尼留斯哥哥大人與萊歐諾蕾要舉行星結儀式，到時候我一定盛大給予祝福。儘管包在我身上吧！」

「不了，一般就好！妳要是盛大給予祝福，後果肯定不堪設想。」

「不行不行，那可是哥哥大人的星結儀式。我一定卯足全力給予大量祝福，不輸給王族的星結儀式……！」

「拜託千萬不要！」

柯尼留斯拚了命搖手制止。看著他慌亂的反應，萊歐諾蕾笑得十分開心。

「開心的談笑就到此為止。可以聊聊比較嚴肅的事情嗎？」

蘭普雷特抬起手來打斷我與柯尼留斯，大家一致正色。

「是有關尼可拉斯的事情……」

尼可拉斯是卡斯泰德第二夫人朵黛麗緹的兒子。雖是我的異母弟弟，但由於朵黛麗緹服侍過薇羅妮卡，又對斐迪南抱有惡意，因此大家都要我避免與他接觸。

「這次朵黛麗緹也被逮捕了，這件事妳已經知道了吧？」

「是的。好像是因為她對薇羅妮卡大人十分忠心，幫忙做過許多事情。」

「然後我要告訴妳的是，尼可拉斯現在人在兒童室裡。」

蘭普雷特說完，我睜大眼睛。

「他還在兒童室裡嗎？只要父親大人去接他，他就可以回家了吧？明明有能接他回去的父親在，居然整整一個季節都把尼可拉斯丟在兒童室裡，未免太可憐了。」

我皺起臉龐這麼表示後，柯尼留斯沉下臉來。

「因為父親大人要負責指揮肅清行動。他似乎抽空去看了幾次尼可拉斯，也與他談過話，但不可能把他接回去。總不能讓這麼小的孩子一個人住在別館吧？」

「……但本館還有母親大人在啊？不一定要讓他住在別館吧？」

我喃喃說完，蘭普雷特與柯尼留斯都是一愣。

「母親大人並不是尼可拉斯的母親，怎麼有辦法把他接回去？」

「咦？沒辦法嗎？」

「羅潔梅茵大人，您因為在神殿長大，又在受洗時成為艾薇拉大人的孩子，可能不太了解同母手足與異母手足的差異吧。首先要有母親的許可……以尼可拉斯為例，便是朵黛麗緹大人必須先提出請求，託付給艾薇拉大人後，她才能把尼可拉斯接回去。但由於朵黛麗緹大人目前被捕，無法詢問她本人的意願。」

萊歐諾蕾幫忙說明後，柯尼留斯與蘭普雷特都點頭說：「果然羅潔梅茵不太能理解吧。」安潔莉卡也一副好像聽懂的表情跟著點頭。

「沒有生母朵黛麗緹的許可，母親大人若想把尼可拉斯接回家，就必須將他收為養子。但明明朵黛麗緹受完應有的懲罰後就會回來，若只為了讓尼可拉斯離開兒童室就把他收為養子，這種做法不切實際吧？母親大人也說過，尼可拉斯最好還是待在兒童室裡。她說不能夠沒問過朵黛麗緹，就搶走她的孩子。」

即便就住在本館旁邊的別館裡，異母手足也會被當成是另一個家庭的人看待——輪到自己面對這樣的事實後，我大受衝擊。如果只因為母親不同，就有這麼大的差異，那麼還留在兒童室裡、沒能被接回家的孩子，說不定比我預期中還多。

「我還以為只要父親把孩子接回家，即便不是自己的親生孩子，其他妻子多少也會幫忙照顧……」

「雖然尼可拉斯與馬提亞斯他們現在都免於連坐受罰，但說到底仍是罪犯的孩子。只是沒有受罰而已，大家的觀感還是不會輕易改變，所以很少有人會願意把他們接回家裡住吧。」

儘管程度有差，但麗乃那時候，社會大眾對罪犯家屬投以的眼光一樣很不友善。聽完萊歐諾蕾的補充，我只能小聲反駁：「可是，尼可拉斯還只是九歲的孩子……」

「羅潔梅茵，是已經九歲了。沒人知道朵黛麗緹至今都對尼可拉斯灌輸了怎樣的觀念，看到自己的父親逮捕了自己的母親，他又有怎樣的想法。一思及此，我一點也不想讓他進入本館。尤其尼可拉斯為了成為見習騎士，一直在接受訓練。」

柯尼留斯說完，蘭普雷特也聳聳肩。

「尼可拉斯的體格很好，祖父大人也說過他資質不錯。萬一他情緒失控了，也不知道會做出什麼事情來，所以我反對把他接回本館。目前比起異母弟弟，我更想保護好奧蕾麗亞與孩子。如果身體還是以前的狀態，奧蕾麗亞也能輕易地壓制住尼可拉斯，但她現在可是剛生產完。」

……明明奧蕾麗亞總是戴著面紗，慢吞吞地移動，聽到她居然可以輕易地壓制住一名見習騎士，真讓人有些無法相信呢。

雖然曾聽說奧蕾麗亞修習過騎士課程，但給人的感覺一點也不像騎士。

「朵黛麗緹一直都很敬仰薇羅妮卡大人，也辱罵過斐迪南大人，還曾因為艾克哈特哥哥大人獻了名，和收養了會出入神殿的羅潔梅茵，嘲笑過母親大人。雖然她非常偶爾才會來本館，但我很討厭她，也不想接納由她養大的尼可拉斯。在她接受完處罰回來前，我認為尼可拉斯最好還是待在兒童室。」

「這樣啊……」

雖然能夠理解尼可拉斯的處境，但內心深處還是悶悶的很難受。明明還沒有犯下任何的過錯，世人對他們真是太嚴苛了。

「……慶春宴結束以後，到底有多少孩子還是不能離開兒童室呢？不能把那些孩子送去孤兒院嗎？」

為了讓他們可以稍微避開眾人的眼光，我忍不住脫口說出心裡的想法。柯尼留斯與萊歐諾蕾都瞠大眼睛。

「羅潔梅茵，妳在想什麼?!」

「羅潔梅茵大人，這件事必須謹慎思考，不能臨時起意便攬下來。」

或許確實不該臨時起意就攬下來，但要把無法離開兒童室的孩子們就這麼丟著不管，我實在是不忍心。既然他們要在城堡的本館裡生活，代表隨時隨地都得承受貴族大人們的眼光。

「蘭普雷特哥哥大人，夏綠蒂的近侍當中，應該有人在兒童室那裡負責監督，我想了解一下冬季兒童室的情況。柯尼留斯哥哥大人，請把哈特姆特叫進來，我想問他有關孤兒院的事情。」

蘭普雷特與柯尼留斯一臉莫可奈何地走了出去。可能就在旁邊待命而已，幾乎是一眨眼的工夫，哈特姆特便笑吟吟地走進來。

「羅潔梅茵大人，您找我嗎？」

我向哈特姆特簡單說明了下尼可拉斯目前的情況，再請他告訴我孤兒院現在的情況，以及到了春天會有多少孩子被父母接回去。

「目前為止，父母表示想接回去的孩子共計五人。至於第二夫人或第三夫人的孩子，確實幾乎沒有人想帶走。未擁有魔導具的孩子，更是完全無人聞問。」

「……是嘛。你覺得孤兒院有辦法收容那些被留在兒童室裡的孩子嗎？」

我發問後，哈特姆特垂下橙色雙眸，思考了一會兒。

「只是收容的話並無問題。因為他們生活所需的費用就和兒童室一樣，可以從父母或遭到肅清的貴族那裡徵收。但與尚未受洗的孩子們不同，此刻兒童室裡的孩子，都已經被視為是貴族。無法保證他們會乖乖聽從灰衣神官及灰衣巫女的指示，而且若想讓他們穿上灰衣過生活，恐怕也不容易。」

關於肅清過後孤兒院目前的情況，我還沒有親眼確認過。正式說來還未受洗的孩子並不算是貴族，但此刻兒童室裡的孩子們已經是明確無疑的貴族。

「羅潔梅茵大人，韋菲利特大人請求入內。」

谷麗媞亞前來通報後，我點了點頭。韋菲利特隨即一臉不安地走了進來：「我聽蘭普雷特說妳在計畫某些事情。這次妳又想做什麼了？」

「但感覺很難實行呢。」我搖頭回應後，再大略說明了自己想把兒童室裡的孩子們送去孤兒院的想法。韋菲利特愕然地嘆口氣。

「……只是出於同情，就想幫助他們遠離旁人的目光嗎？但就算把他們藏起來，也解決不了任何問題。畢竟他們的親人犯了罪、正在接受處罰，這是不爭的事實吧。應該要讓他們知道自己並沒有做錯事情，然後要抬頭挺胸，而不是躲起來過生活。」

韋菲利特直視前方說道。他說根據自己的經驗，貴族的指指點點永遠也不會消失，所以就算暫時把孩子們藏起來也不會有任何幫助。

「我的確是想幫助孩子們避開眾人的眼光，但另外也是因為冬季期間，麥西歐爾去不了兒童室，都是待在北邊別館，在近侍們的陪伴下一個人學習吧？」

「嗯，他是這麼說過。」

「要是老師們都過來指導麥西歐爾，那沒有老師在的兒童室到底是怎樣的情況呢？

以後他們還得繼續留在兒童室裡，那能得到貴族應有的教育嗎？」

「這種事用不著妳來煩惱，應該要找負責管理兒童室的母親大人商量，再請她作好安排。妳不應該插手別人的工作。」

聽到韋菲利特這麼說，我頓時有些放鬆下來。確實這不是我該思考的問題，我能做的就是向芙蘿洛翠亞詢問現在的情況，然後請她設法處理。

「妳不用管兒童室裡的所有人，目光先放在尼可拉斯身上就好了。」

「尼可拉斯嗎？」

我歪了歪頭，不明白韋菲利特為什麼這麼說。

「對。」他點點頭。「我聽說尼可拉斯身為上級見習騎士，很希望可以侍奉領主候補生，而他最想侍奉的人就是妳。看到波尼法狄斯大人那麼疼愛柯尼留斯與安潔莉卡，他好像很想加入他們，也很羨慕柯尼留斯跟妳的感情這麼好。」

出乎意料的話語讓我眨眨眼睛，這些事情我從來沒聽說過。

「但尼可拉斯因為跟妳是異母手足的關係，根本無法靠近妳，也沒能跟妳說上半句話。雖然向父母表示過想服侍妳，卻被一口回絕。」

「韋菲利特大人，一口回絕的並不是家父，而是他的母親朵黛麗緹。她說她絕不允許自己的兒子去服侍神殿出身的羅潔梅茵。」

蘭普雷特嘆著氣訂正道。但是這樣聽來，尼可拉斯想當我的近侍一事是真的。從沒與他說過半句話的我，抬頭看向禁止我們兩人接觸的柯尼留斯。

「柯尼留斯哥哥大人，我完全不曉得尼可拉斯想當我的近侍。而且我也從來沒聽說……」

「因為尼可拉斯去服侍韋菲利特大人是最好的安排，這件事已成定局。薇羅妮卡大人一向非常疼愛韋菲利特大人，尼可拉斯如果去服侍他，相信朵黛麗緹不會反對，剛好也能實現他想當領主候補生近侍的心願。近侍當中又有蘭普雷特哥哥大人在，想與我們培養手足之情也有的是機會。」

柯尼留斯微笑說完，韋菲利特搖了搖頭瞪向他。

「可是，尼可拉斯並不想服侍我吧。他在兒童室裡都已經過得那麼備受拘束，居然連自己的心願也無法實現，未免太可憐了。那些免於連坐的孩子們不是也能選擇自己的主人嗎？」

「朵黛麗緹對薇羅妮卡大人忠心耿耿，倘若尼可拉斯不是她的孩子，我可能也會與您有一樣的想法吧。但免於連坐的學生們能夠選擇自己的主人，前提是必須獻名。假使尼可拉斯和馬提亞斯他們一樣已經獻了名字，我或許多少也能信任他。」

柯尼留斯帶著明顯並不發自內心的假笑說完，韋菲利特的臉色微微一僵。蘭普雷特先是睨了柯尼留斯一眼，然後無奈嘆氣。

「韋菲利特大人，朵黛麗緹一直以來都帶有嚴重的偏見。她曾經主張，羅潔梅茵是與斐迪南大人聯手欺騙了奧伯，才成功當上養女，還說她使了陰險至極的手段陷害前任神殿長，甚至用計把薇羅妮卡大人也拖下水來。」

……其實真正的情況是，斐迪南大人利用我設下了圈套以後，養父大人才剛跑來插一腳，前任神殿長與薇羅妮卡大人就自投羅網了呢。

回憶起當時的事情，我輕嘆口氣。我與朵黛麗緹素未謀面，雖然同情尼可拉斯，但艾薇拉與柯尼留斯他們會不想接納他也是無可厚非。

「羅潔梅茵大人大概會說：『小孩子是無辜的。』『他什麼都還沒有做。』很輕易便能接受尼可拉斯吧。但我身為護衛騎士，絕不允許危險人物有一絲一毫接近您的機會。況且現在的情勢本就非常危險。」

柯尼留斯搶先一步，把我可能會說的話說了出來。眼看護衛騎士們一致點頭，想與尼可拉斯對話恐怕是不可能的了。

……但我真的好想找個機會，與他面對面好好談一談呢。

領主一族的會議

隔天第三鐘，我們領主候補生各帶了一名文官與一名侍從，護衛騎士則是全部帶著，離開了北邊別館。果然因為加強警戒的關係，今天並沒有使用之前常用的會議室，而是整理了本館裡靠近北邊別館的一間寬敞會客室。出席成員有齊爾維斯特、芙蘿洛翠亞、波尼法狄斯、韋菲利特、夏綠蒂、我以及麥西歐爾。麥西歐爾彷彿是取代了往年都會出席的斐迪南，也帶著自己的近侍們走進會議室。會議旋即開始。

「這次有很多事情要向各位報告。首先，是芙蘿洛翠亞懷孕了。她預計會在夏季尾聲到秋天之間生產。接下來有好一段時間她可能經常身體不適，今後分配工作時也都會考量到這一點。」

齊爾維斯特此話一出，會議室內一片譁然。還有些人面面相覷，困惑著那迎娶第二夫人的計畫以及往後的公務該怎麼辦。但是，早已知道芙蘿洛翠亞懷孕一事的我並不困惑，最先開口道賀。

「養母大人，恭喜您懷孕了。真期待秋天的到來呢。」

「羅潔梅茵，謝謝妳。」

芙蘿洛翠亞鬆了口氣似的揚起微笑，麥西歐爾也開心道賀。

「母親大人，恭喜您。我要有弟弟或妹妹了嗎？」

「沒錯。但這件事暫時不能對外公開，知道嗎？」

齊爾維斯特環顧會議室內包含近侍在內的所有人。聽到懷孕消息後，一直低著頭神情有些僵硬的夏綠蒂像是下定了決心，抬起頭來說：

「當然不能讓母親大人遇到危險，所以我會保密，也會全力提供協助。」

「夏綠蒂，謝謝妳……接下來的報告，主要是關於冬季的肅清行動。現在的當務之急是重新整頓艾倫菲斯特，這點相信各位也都明白。」

與冬季肅清行動有關的報告開始了。內容包括接獲馬提亞斯他們提供的情報以後，肅清計畫便提早進行；行動時，決定優先逮捕確定已向喬琪娜獻名的人；突襲衝進基貝・格拉罕的冬之館時，有不少人都當場了結了自己的性命，但是檢查後卻發現，大多數人都不是在艾倫菲斯特有過登記的貴族。

「父親大人，我不明白。意思是基貝・格拉罕宅邸裡的人，很多都不是艾倫菲斯特的貴族嗎？」

「舉行洗禮儀式時，不是都會在一塊牌子上登記魔力嗎？我們拿了那些牌子與屍體上的魔力作比對，想要查清他們的身分，卻有好幾個人都核對不到結果。正確地說，是好幾具屍體。」

最後一句話讓我直打冷顫。但對於未曾登記過魔力的人，我倒是有個猜測。

「那些沒有登記過魔力的人，說不定是身蝕士兵喔。我第一次遇襲的時候，還有夏綠蒂差點被擄走的時候，攻擊我們的都是身蝕士兵吧？」

至今我已經碰上身蝕士兵好幾次了。比如見習青衣巫女時期第一次為了祈福儀式外出、在離開格拉罕的時候；還有我和多莉在平民區差點被擄走那次；連導致我在尤列汾藥水裡睡了兩年的那次遇襲也是。他們還曾擄走神殿的灰衣神官。

「嗯，夏綠蒂受洗當天，在襲擊後就自爆的士兵們同樣也是來歷不明。很有可能這些人的身分都一樣。」

「……那個，基貝．格拉罕也自爆了嗎？我有些無法相信……」

我看向據說帶頭衝進了冬之館的波尼法狄斯。他眉頭深鎖，臉色凝重地緩緩開口。

「我並未親眼看到他爆炸的瞬間，只是從現場情況推斷出了這個結果……我本來想打頭陣殺進去，用思達普抓住所有人，但反對的人都說這麼做太野蠻了，再加上宅邸的管家也想盡辦法攔住我們。大概是因此拖延到了一點時間，我趕到他們集會的房間時，房內已是一片火海，遍地都是燒焦肉塊。」

波尼法狄斯用平淡的語氣述說著，但當時房間的慘狀簡直太過恐怖，我完全不敢想像。他還補了一句：「對了，我衝進屋裡的時候管家也自爆了，玄關一帶慘不忍睹。」當下我只想把耳朵摀起來。我拚命把血肉淋漓的想像畫面趕出腦海，搓了搓竄起雞皮疙瘩的上手臂，繼續聆聽波尼法狄斯的說明。

「我們根據散落一地的殘骸上存有的魔力，與領內完成登記的名牌作了比對。調查在場那些人的身分以後，發現有好幾個人從未登記過魔力。至於基貝．格拉罕，是根據其左手上的戒指與家徽，也拿了名牌與魔力作比對，證實是他本人沒錯。但是，我總覺得這只是他的障眼法，因為遺留在現場的東西實在太少了。」

波尼法狄斯身為武人，直覺似乎強烈在告訴他這不對勁，但根據現場遺留的物品加上自己親眼所見，又沒辦法斷言「基貝・格拉罕還活著」。

「有沒有可能基貝・格拉罕是故意把手留下來，自己逃了出去？」

韋菲利特提出這個疑問後，波尼法狄斯盤起手臂發出沉吟。

「從當時屋內的血腥味與殘骸的餘溫，可以肯定我衝進房裡的時候，他們才剛自爆沒多久。宅邸四周又有騎士團團包圍，也沒人看到有騎獸往外出逃。地下又有食魔力獸，貴族想要由此逃脫也是不可能的事，所有出口更是皆有平民士兵看守。我們也從未接獲通報，說有平民形跡可疑或是遭受到攻擊。」

波尼法狄斯說完，齊爾維斯特點了點頭接著補充。

「而且為免貴族逃脫，我還把城市結界的警戒等級調到最高，也在北門部署了騎士，更通知平民士兵絕對不能放馬車通行。據我接到的報告，不曾有貴族利用騎獸或是馬車逃出艾倫菲斯特。」

但即便種種跡象都顯示不可能，波尼法狄斯似乎還是不相信基貝・格拉罕已經死了。

「由於波尼法狄斯怎麼也消除不了疑慮，我們便根據馬提亞斯提供的情報，對於確定已向喬琪娜獻名的人，利用名牌處刑完畢。」

「……是指黑暗之神的那個嗎？」

想起了曾在哈塞看過的、使用登記證所執行的死刑，我心驚膽跳地這麼問道。斐迪南帶我預習領主候補生的課程時，曾教過這個魔法。由於現場有領主候補生以外的人在，我問得非常含糊，但齊爾維斯特顯然聽懂了我的意思。他神色肅穆地點一點頭。

「可是，養父大人。如果不在奧伯能支配的範圍裡，那個魔法不是就無效嗎？」

「羅潔梅茵，貴族要如何不使用騎獸或馬車就離開艾倫菲斯特？」

「呃、呃……利用轉移陣之類的？」

「轉移活人所用的轉移陣，需要奧伯的許可吧？基貝．格拉罕沒辦法使用。」

齊爾維斯特一臉傻眼地反駁了我拚命擠出的答案。確實斐迪南在為我說明轉移陣的時候，也說過轉移活人造成的影響太大，只有奧伯能夠製作與發動。

「總之，我們找到了與名牌魔力相符的殘骸，也利用名牌處決完畢。基貝．格拉罕戈雷札姆已經死了。比起這件事，還是繼續討論領內的現況吧。」

齊爾維斯特作出結論，判定基貝．格拉罕已經死亡後，接著討論下一個議題。

「如今我們面臨的難題，便是不確定還有沒有其他已經獻名的貴族。獻名基本上是秘而不宣的事。雖然根據馬提亞斯的情報，逮捕到的那些人可以肯定已經獻名，但就連他們的記憶也因為圖魯克的關係而模糊不清，導致獻名者的調查毫無進展。」

他說他們只能根據各種關聯加以推測，但為了避免處決到無辜的人，必須非常謹慎。

「啊，對了。羅潔梅茵、韋菲利特、夏綠蒂，那些已向你們獻名、免於連坐的孩子，騎士團會暫時借走他們去協助調查。」

格拉罕、威圖爾與巴賽爾等地的基貝都向喬琪娜獻了名，若想前往他們所管理的土地進行搜索，似乎需要孩子們幫忙。

「肅清結束後，騎士團曾前往各個基貝的夏之館展開搜查，但基貝的宅邸裡有很多房間都只有登記過魔力的血親才打得開，因此很多地方我們都進不去。一旦新的基貝上任，原有的那些秘密房間就再也無法打開，所以我們想趕在那之前搜查宅邸。」

當初孤兒院長室的秘密房間也是在我重新登記過魔力後，之前的秘密房間就再也打不開了。同樣地，基貝一旦換人、重新登記魔力，有些地方會再也進不去吧。

「我明白要盡快搜查宅邸的理由了。我會吩咐馬提亞斯、勞倫斯與繆芮拉，讓他們與騎士團一起行動，協助調查。但是，絕不能無禮地對待他們喔。因為他們三個人已經是我的近侍了。」

我看向騎士團長卡斯泰德這麼叮嚀後，他露出可靠的笑容點頭。

「羅潔梅茵大人這番話，我會確實向騎士團的團員們轉告。當然，我們也不會無禮地對待韋菲利特大人與夏綠蒂大人的近侍。」

話一說完，他淡藍色的雙眼忽然亮起厲光。

「但是同時，也請三位要以主人的身分提醒他們，屆時務必配合騎士團的調查，也別試圖隱匿父母或親人的罪行。」

「是。」

為了拯救他們的性命，這是必要的協助。韋菲利特與夏綠蒂也一臉認真地點點頭。

「再來，身為一個大人，要告訴你們這種事情實在是過意不去又沒面子……」

說話時齊爾維斯特滿臉疲倦，指尖在疊起的木板上敲了兩下。

「你們也知道，長年來艾倫菲斯特一直是下位領地，很少有大人懂得如何與上位領地往來吧？如今又因為排名提升過快，他領都希望我們表現出上位領地該有的樣子。」

這件事已經在貴族院被提醒過很多遍了，所以我們一致點頭。

「然而，現在因為肅清的關係，不僅領內貴族的人數減少了，看到一些位置在有人被捕後空了出來，貴族們也開始在暗中蠢蠢欲動。眼下應該先處理好領內事務，而不是努力學習該如何正確與他領交流。」

齊爾維斯特說這次因為有好幾名基貝被處刑，其餘貴族都開始互相牽制，想要坐上基貝這個位置，所以現在根本沒有餘力去管他領的看法。

「我知道孩子們非常努力，也知道你們因為訂下了目標要一起提升排名與成績，才能在聽到肅清這個消息後即便人心惶惶，所有學生還能團結一心。但是說來慚愧，大人實在跟不上你們成長的速度。因此，我們希望貴族院的排名暫時都維持不動，甚至是最好降回第十左右。這是領內大人的共識。」

我簡直不敢相信自己聽見的，愣愣張大嘴巴。本來還說大人會努力拿出上位領地該有的表現，沒想到接著卻是要求我們降低排名，甚至還不是先維持在原本的排名。

「……所以領內大人的共識，就是希望排名下降嗎？」

在貴族院為了努力提升成績，我們分成了好幾組互相勉勵。最終學科取得了優秀的成績，老師還稱讚我們，當時大家開心的笑臉閃過腦海；隨著艾倫菲斯特一躍成為上位領地，近侍們也不斷摸索嘗試，努力學習該如何與他領往來。然而現在，我們卻要告訴大家得降低領地排名才行嗎？

「羅潔梅茵，這也是支持妳的萊瑟岡古貴族們的共識。」

站在齊爾維斯特身後的卡斯泰德說道，表情有些苦澀。

「萊瑟岡古的貴族們嗎……？」

「沒錯。一接到貴族院送來的情報，我們便提前進行肅清，往亞倫斯伯罕靠攏的高層貴族幾乎被掃蕩一空。眼看敵對勢力遭到消滅，長年來的夢想與心願得以實現，聽聞前任基貝・萊瑟岡古在心滿意足下登上了通往遙遠高處的階梯。」

始料未及的消息讓我睜圓雙眼。

「曾祖父大人前往遙遠高處了嗎？」

「聽說他臨終前既感謝又滿足，認為羅潔梅茵是神為了萊瑟岡古所派來的。還希望可以的話，羅潔梅茵能夠成為奧伯。」

我想起了那位對亞倫斯伯罕和薇羅妮卡憎恨到了骨子裡的曾祖父大人。還以為他與韋菲利特談過話後，又得到了保證，可以稍微放下心結，但現在看來顯然沒有。聽到他因為進行了肅清而心滿意足地嚥下最後一口氣，還認為都是多虧我的關係，甚至留下遺言希望我成為奧伯，我只覺得心煩意亂。

「那個，父親大人。前任基貝・萊瑟岡古過世與領地的排名有什麼關係嗎？」

韋菲利特一臉納悶地發問後，芙蘿洛翠亞微微垂下目光。

「隨著前任基貝前往遙遠高處，要消除與舊薇羅妮卡派的對立便變得容易許多，也沒有必要再為了贏過亞倫斯伯罕而提升領地排名。萊瑟岡古的貴族們似乎認為，接下來應該把心力投注在穩定領內的情勢上，而且既然領地整體都覺得有負擔，那再繼續提高領地排名也沒有人會高興。」

雖然我早就聽說過大人跟不上排名上升的速度，但沒想到這件事竟然讓大家困擾到了會說出「沒有人會高興」這種話。

……枉費大家在貴族院還一起思考、一起努力，就為了提升排名，結果這些全是多此一舉嗎？

我會提升艾倫菲斯特的領地排名，並不是為了萊瑟岡古。一部分是因為有個目標才能讓宿舍裡的學生團結起來，另外也是為了避免斐迪南在前往亞倫斯伯罕後被人看輕。而且，明明是齊爾維斯特說過希望我們能提升領地排名，現在卻又說「最好降到第十名左右」，我根本不知道該怎麼反應才好。

……就連斐迪南大人也說過，他在亞倫斯伯罕的時候得負責指導萊蒂希雅大人，所以要是艾倫菲斯特不努力表現會很困擾喔？

「其實說得極端點，積極與上位領地接觸、還與王族有往來的人，只有羅潔梅茵而已。貴族們都在說，只要妳行事低調些，艾倫菲斯特的排名應該就不會再往上升吧。畢竟妳太過引人矚目了。不僅連續三年取得最優秀成績，還與王族有深交。若再繼續引來矚目，領內將因下任奧伯之位而掀起不必要的紛爭。希望妳今後能謹言慎行。」

原來最好是我不要太過努力。這麼說來，今年斐迪南也沒有稱讚我。就是因為我對艾倫菲斯特造成了困擾嗎？這個想法剛閃過腦海，不僅得到最優秀表彰時的歡喜立刻煙消雲散，回憶裡站在臺上看見的光景也從彩色轉成了黑白。

「當面與妳談過話的基貝們都曉得妳無意成為奧伯，但是其他貴族似乎都以為妳有意坐上奧伯之位。現在妳只能以實際行動表示，自己無意成為奧伯。」

……也就是說，為了不要因為奧伯之位而掀起無謂的紛爭，我最好盡量別在貴族面前現身嗎？我最好離開？

剎那間，對工作的責任心、想要努力的心情等等，這些好像很重要的東西都從我體內一溜煙消失。為免自己再做出多餘的舉動，我只想窩進圖書館。

「……這樣倒是剛好呢。那之後不管要獎勵還是懲罰貴族，或是把他們拉攏到自己的派系來，只要我不在場，貴族們的眼光就會不一樣吧。要如何整頓肅清後一片混亂的艾倫菲斯特，以及要如何管理貴族們，就交給身為奧伯的養父大人與身為下任奧伯的韋菲利特哥哥大人了。」

此刻我已經什麼也不想做，只想窩進自己剛得到的圖書館以及離平民區近一點的神殿裡，所以真的是很剛好。我這麼心想著微笑後，韋菲利特彷彿找到了新目標般，露出燦爛的笑容點頭。

「嗯，我會努力帶領貴族並平息城堡的混亂，成為大家認可的下任奧伯。」

……明明大家在貴族院的努力只換來一句「沒有人會高興」，韋菲利特哥哥大人一點感覺也沒有嗎？還要我們把好不容易升上去的排名再降回去喔？

明明聽到了一樣的話，為什麼他有辦法露出那麼充滿希望的笑容呢？我感到匪夷所思的同時，也把自己手頭的事情丟給他們。

「我在貴族院的圖書館，還把春天儀式會用到的舞臺設計圖和魔法陣畫了下來。這些東西也交給養父大人與韋菲利特哥哥大人，請為派系所用吧。」

我只是想趕快脫手有可能會被叫回城堡的事情，韋菲利特聽了卻高興地表示：「那真是太好了。」

「我也覺得太好了。因為這樣一來，我就能把心力投注在神殿與平民區那邊。」

心想這麼做對雙方都有好處的我，宣告自己接下來將待在神殿。然而，齊爾維斯特卻面有難色地搖搖頭。

「不，我想請妳填補芙蘿洛翠亞的空缺。」

他希望我以未婚妻的身分輔佐韋菲利特，一邊透過茶會這類的女性社交活動拉攏女性貴族，一邊協助芙蘿洛翠亞處理公務。但老實說，如今斐迪南離開了，我根本找不到人可以商量有關神殿的大小事，光靠我和近侍們都不曉得能否讓神殿維持正常運作了，還要我協助芙蘿洛翠亞處理公務實在強人所難。況且，現在連在貴族院我都沒有必要努力，更提不起勁去舉辦麻煩的茶會。

……如果想要降低排名，我社交表現失敗一點不是正好嗎？

「身為韋菲利特哥哥大人的未婚妻，這些確實本是我的份內工作吧。可是，處理公務與舉辦社交活動這些事情，夏綠蒂不是比我更適合嗎？我應該把心力投注在神殿與孤兒院上，而且還得與商人協調溝通。」

如果要作好準備迎接他領的商人，這件事可是馬虎不得。萬一讓他領商人看到艾倫菲斯特領內一片混亂的樣子，肯定會影響到今後領地間的關係。對於我的主張，齊爾維斯特想了一會兒後表示贊同：「嗯，妳說得也對。」

……因為，如果是為了平民區的大家，我還能再努力一下。

想起與父親的約定，我努力蒐集不知道飛到哪裡去的幹勁。這時韋菲利特板起臉孔，瞪向齊爾維斯特。

「父親大人，請您不要這麼縱容羅潔梅茵。為了明年的貴族院，羅潔梅茵應該趕緊累積社交經驗才對吧？」

明明不用再管貴族院內的排名了，我為何還要趕快累積社交經驗？——這句真心話我並沒有說出口，只是保持著貴族千金該有的形象歪過頭。

「韋菲利特哥哥大人，那神殿事務以及與商業公會的交涉，要由誰來代替我呢？不可能我一個人全部攬下來喔。」

神殿的工作我也才剛交接不久，商業事務這方面，更是還沒栽培好可以與平民商人溝通的文官。就是因為找不到文官能接手，我才對尤修塔斯的離開那麼惋惜，現在根本找不到可以託付的人才。

「先不說神殿事務，但以前也有文官負責與商業公會交涉吧？那交給文官就好了。為了明年的貴族院，累積社交經驗這件事更重要。」

現在就是因為有我在貴族與商人之間負責協調，評估過大家能力的極限以後，好不容易才有辦法開放他領商人進來貿易，為什麼他會覺得可以交給以前的文官？想也知道那些文官根本不會考慮平民的情況，只懂得頤指氣使，招來難以想像的後果。

「哥哥大人口中的文官是指哪一位呢？該不會是指跟不上領地排名上升的速度，依然保有著下位領地時的觀念，做事方法還和以前一樣的文官吧？就連有辦法與平民對話的哈特姆特，在商務上也還沒有足夠的知識與經驗，必須要有我陪同出席，才能交給他與商人進行交涉。什麼時候竟然已經栽培好了可以處理商業事務的文官，我還是第一次聽說呢。」

既然這麼優秀，真想納為我的近侍呢——我這麼表示後，韋菲利特的目光游移起來：

「那、那個……」看這樣子，顯然並沒有在我不知道的時候栽培好了優秀的文官。

我瞪著韋菲利特。就在這時，夏綠蒂無奈地嘆了口氣。

「我能理解哥哥大人想讓姊姊大人多累積點社交經驗的想法，但現在我更贊同姊姊大人的看法喔。」接著又說：「與貴族女性的社交活動確實可以由我代勞，但是神殿的事務以及與商人的合作這些事情，沒有人可以代替姊姊大人吧。所以，我願意填補母親大人的空缺。」

……夏綠蒂簡直太善良、太優秀了！哪像我一心只想著要怎麼成天待在圖書館和神殿裡面！

聽到夏綠蒂願意接下與貴族女性社交往來的工作，可靠的她看來非常耀眼，讓已經不想努力的我完全無法直視。

「夏綠蒂，但讓羅潔梅茵以貴族身分累積社交經驗，這是首要之務唷。看了從貴族院寄回來的報告也能知道，這是羅潔梅茵現在最不足的地方……」

據說芙蘿洛翠亞在看完貴族院的報告書後經常頭痛不已，所以聽到她這麼說，被踩到痛處的我默默別開視線。然而，遭到母親駁斥的夏綠蒂只是不快地微微蹙眉，接著看向我、韋菲利特、齊爾維斯特與芙蘿洛翠亞，最後垂下目光。

「如今叔父大人離開了，除了神殿的事務，姊姊大人還要管理肅清後人數增加的孤兒院、與商人們交涉、擔任印刷業的顧問、載送古騰堡成員……這些都是只有姊姊大人能做的工作，而且她的工作量已經比獨當一面的大人還要多了吧？連可以替代的人才也沒準備好，就否定掉姊姊大人在貴族院付出的所有努力，還要求她累積社交經驗、填補母親大人在懷孕後造成的空缺，我認為這樣做並不應該。」

夏綠蒂抬起頭來，注視著家人的藍色雙眼裡帶有批判。

「我並不認為要求姊姊大人累積社交經驗是首要之務。現在父親大人與母親大人身體都還很健康，也年輕得足以再誕下新的子嗣。一直到哥哥大人繼任、姊姊大人得以第一夫人的身分完全負責社交活動為止，還有十年以上的時間不是嗎？」

……夏綠蒂。

看到有人為我生氣，我高興得不得了，原本變得萎靡且空蕩的內心也被夏綠蒂的一字一句慢慢填滿。我確切地感受到，自己又漸漸產生了可以積極向前的動力。

……嗯。我好像可以再努力一下。

但與感到高興的我不同，會議室裡不光是韋菲利特，其他人也都驚愕地看著以批評語氣對領主夫婦說話的夏綠蒂。但夏綠蒂不以為意，繼續平靜述說自己的看法。

「明知肅清會讓領地陷入多麼嚴重的困境，既不迎娶第二夫人來扶持艾倫菲斯特，還讓母親大人懷孕的人，是父親大人吧？填補母親大人的空缺這種事，不應該丟給還只是養女的姊姊大人，而是該由親生子女的我或父親大人來承擔吧？」

以我個人來看，我只覺得領主夫婦明明是相愛結婚，如果為了領地著想就得迎娶第二夫人，未免太可憐了，所以一直有著「能免則免」的想法。而且不管是在什麼情況下，聽到有人懷孕了，最先浮上我腦海的也只有「好棒喔」這個感想。

但是，夏綠蒂從小就是領主一族，她對第二夫人抱有的認知似乎從根本上就和我不一樣。對於既不迎娶第二夫人，還讓第一夫人懷孕的領主，她的藍色雙眼中有著憤怒與輕蔑。

「父親大人，既然母親大人現在懷有身孕，那葛雷修的因特維庫侖計畫會有變動嗎？我聽葛雷修出身的近侍說過，因特維庫侖預計在今年春天進行吧？」

因特維庫侖是對整個城鎮進行改造的大型魔法，需要非常大量的魔力。領主一族必須全體動員，一邊喝回復藥水一邊傾注魔力。雖然跟艾倫菲斯特的平民區相比，葛雷修平民區的規模要小得多，但還是需要大量魔力。如今斐迪南去了亞倫斯伯罕，有孕在身的芙蘿洛翠亞又得把魔力提供給胎兒，今年春天要施展因特維庫侖恐怕很勉強吧。

「……要在春天進行恐怕是不可能，但秋天的話應該沒問題。」

「既然要施展因特維庫侖整頓城鎮，那就絕不允許失敗。葛雷修的貴族們似乎對此都嚴陣以待，要是臨時更改原定計畫，他們還能作好準備，順利在明年的夏天接待他領商人嗎？」

大概是葛雷修出身的近侍找她討論過這件事，聽到齊爾維斯特要更改原定計畫，夏綠蒂的目光無比凌厲。

「我不想看到自己的近侍傷心難過。姊姊大人的近侍當中，也有葛雷修出身的貴族吧？要是更改施展因特維庫侖的時間，真的沒關係嗎？比較了解平民區與商人的姊姊大人覺得呢？」

面對夏綠蒂投來的不安目光，我讓大腦全速運作，想要回應妹妹的期待。布倫希爾德是我的近侍，所以我聽她提起過葛雷修的情況，自己也去過葛雷修。

……為迎接商人所作的準備，是不至於毫無進展啦。

葛雷修決定引進製紙業與印刷業的時候，便把工匠送到了艾倫菲斯特學習技藝。趁著那段時間，不僅古騰堡夥伴們與工匠已經建立起了交情，與印刷協會交涉過後，也隨時可以開設販賣紙張與書籍的商店。據說在布倫希爾德的指示下，他們還聯繫了奇爾博塔商會，談好要增設販售髮飾的店家。只不過，可供他領商人投宿的旅館數量還是遠遠不足，平民區也依然髒亂不堪。就算施展了因特維庫侖進行改造，也不曉得居民能否維持整潔。

「店鋪的開設似乎正在逐步進行，但問題在於住宿設施的建造，以及平民區變乾淨後居民能否維持。尤其是旅館內部的裝潢和家具，還要雇用與教育員工……要是計畫整個往後延宕半年，會對他們造成極大的負擔。」

因特維庫侖蓋出來的，只有白色建築物本身而已。既沒門窗也沒家具，什麼都沒有。葛雷修應該是預計春天改造完成後，再趁著夏天到秋天這段時間處理好門窗之類的內部裝潢，然後過冬期間做好家具。要是秋天才施展因特維庫侖，那麼內部裝潢也要延後半年才能完成。再加上冬天積雪深厚，很難要求工匠前往現場工作。在這種情況下，有辦法趕在明年的夏天之前做好家具、放進旅館裡，也教育好員工嗎？

我說完後，夏綠蒂大力點頭。

「姊姊大人也這麼覺得吧？我在布置北邊別館的房間時，先是要挑選專業工匠，接著要訂做地毯、窗簾和家具等用品，最終等了大約兩年的時間才全部完成。倘若拖到秋天才施展因特維庫侖，我實在不認為有辦法趕在明年的夏天之前作好準備。」

畢竟不是領主一族要住的地方和要用的家具，不至於花上兩年的時間，但參考之前裝潢小神殿與義大利餐廳的經驗，在委託木匠後直到完成，確實得等上很長的時間。

我開始思考有沒有辦法能縮短時間。這時，韋菲利特來回看著咄咄逼人的夏綠蒂與臉色蒼白的芙蘿洛翠亞，開口說了：

「可是，夏綠蒂，更改原定計畫也是迫不得已啊。施展因特維庫侖需要大量的魔力，不可能讓母親大人參加。那樣太危險了。妳想讓母親大人冒著生命危險嗎？」

「哥哥大人，我並不是想讓母親大人冒險，而是不希望領主一族因為個人的原因而更改原定計畫後，結果卻是葛雷修受到指責。如今肅清才剛結束，領內的情勢還不穩定，不能再因此引來葛雷修的反彈吧？」

肅清過後，領內情勢正一片混亂，現在絕不能僅因領主個人的因素就對葛雷修提出無理要求，最終招來萊瑟岡古貴族的反彈。夏綠蒂說得沒錯。齊爾維斯特執行公務時若還像以前一樣，都以上對下的姿態單方面提出要求，會很容易出差錯。

「為免引起葛雷修與其他萊瑟岡古貴族的反彈，請父親大人在出席領主會議時，不要再和其他領地簽訂貿易契約了。」

聽了夏綠蒂的要求，齊爾維斯特與他的近侍們一致垮下臉來。因為出席領主會議時，若他領問起今年的貿易名額，是他們得負責應答。明明有領地想與我們合作，卻只能不斷拒絕，這種情況其實帶來很大的壓力。尤其艾倫菲斯特正因領地排名急遽上升，極力想避免招來他領的反感。

「夏綠蒂，現在與其擔心引起萊瑟岡古一族的反彈，更該重視自領與他領的關係吧？王族也提醒過我們，要想想該怎麼與他領往來喔。」

韋菲利特說得也有道理。萊瑟岡古一族畢竟是自領的貴族，只要使出領主的權力就還有辦法壓制住他們，但面對他領貴族就不可能了。特別是韋菲利特又被亞納索塔瓊斯當面警告過，會比夏綠蒂更在意這件事吧。

……的確，不光是萊瑟岡古一族，要是招來他領的反感也很恐怖。

現在的艾倫菲斯特，必須讓他領和領內的貴族都能滿意。如果這就是排名提升的壞處，那麼也許我該負起責任。

「養父大人，讓領內的貴族重新凝聚起來很重要，但與他領的關係也很重要吧？」

「是啊。」

「既然如此，我認為現在無論如何，都要讓葛雷修在明年夏天就能接待他領商人。但是，負責主導的必須是奧伯才行，而不是基貝．葛雷修。」

就是因為想把責任推給下面的人，情況才變得這麼麻煩。既然決定要迎接他領商人的是領主，那就該由領主負起責任發號施令。只要即便失敗也是領主的責任，相信葛雷修不會有任何不滿。對於我的發言，齊爾維斯特與芙蘿洛翠亞雙雙瞪大眼睛。

「羅潔梅茵，妳在說什麼啊?!」

「要由奧伯．艾倫菲斯特負起葛雷修本該承擔的責任嗎？」

「是的。畢竟當初就是因為單靠艾倫菲斯特的平民區接待不了太多商人，才會向葛雷修尋求協助。那麼只要由奧伯負起責任，蓋好葛雷修需要的設施，就不會發生夏綠蒂擔心的那些事情了吧？」

現在夏綠蒂擔心的，便是萬一更改原定計畫後葛雷修沒能作好準備，會被追究責任；以及因此招來葛雷修的反彈後，領內的情勢更是動盪不安。那麼乾脆就由奧伯負起全責，她所擔心的那些事情便幾乎不會發生。

聞言，夏綠蒂點了點頭，還非常可愛地說：「但我也擔心姊姊大人的工作量更是增加喔。」隨後她定睛注視齊爾維斯特，等待他的回覆。在女兒平靜且犀利的注視下，齊爾維斯特頹喪著臉：「羅潔梅茵……」

「既然是因為領主個人的因素而大幅更改原定計畫，當然得不遺餘力地提供協助吧。只交給葛雷修的話一定來不及，但養父大人若願意提供大部分的資金與魔力，也願意擔負責任的話，要達成目標並不是不可能。」

「唔？妳打算怎麼做？」

齊爾維斯特一改頹喪，臉上的表情立刻變得興致勃勃，整個人還往前傾。終於勾起了他的興趣，我接著說明。

「為了施展因特維庫命，文官不是畫了詳細的設計圖嗎？只要其中住宿設施的部分就好。謄畫好旅館的設計圖後，再算出精確的尺寸，就能在施展因特維庫命之前，先向個別不同的木工工坊，訂做每個房間需要的門窗等配件。」

……想要迅速買齊所需物品的時候，專屬這個制度還真是不方便。

雖然對平民區的工匠來說，這是一種可以獲得工作的重要制度，但在想一鼓作氣擴大事業規模的時候，實在讓人非常困擾。

「如果能由每個工坊都負責一間房間，應該半年的時間就能做好裝潢所需的配件。而且只要預先下達通知，要求他們優先製作門窗，就可以在施展完因特維庫命後馬上把門窗裝上去。然後再宣布會提供獎賞給內部裝潢做得好的工坊，讓工匠們卯起來互相較量，也就不用擔心他們會偷工減料了吧。」

裝好了門窗，冬季期間就能繼續布置房間，否則風雪要是一直灌進屋內，根本沒辦法工作，進度只會不斷延誤吧。

「如果想要縮短準備時間，葛雷修並沒有足夠的木工工坊與建築工坊。所以不光是艾倫菲斯特的平民區，也要向葛雷修周邊其他基貝土地的工坊下訂單。這便是我希望奧伯擔任負責人的原因之一。」

向其他基貝請求援助時，都會被要求回報，這可能讓情況變得更加麻煩。但如果是由領主下令，事情就簡單多了。

「嗯……」

齊爾維斯特的深綠色雙眼亮起精光。看到他的表情逐漸帶有信心，我也揚起嘴角。

「再來是家具。如同夏綠蒂擔心的，家具也需要向木工工坊訂做。但是，如果就連家具也要全部買新的，絕對趕不及在明年夏天之前完成。來訪的商人們在上位領地裡都是富商，眼光極高，未完工的半成品會被他們恥笑吧。但倘若奧伯是負責人，準備起家具就輕鬆多了。」

「這妳又打算怎麼做？」

「這次有不少貴族都在肅清中遭到排除，而負責管理他們宅邸的人正是奧伯吧？如果是沒收他們的家具，再送往那些旅館呢？既然每個房間負責裝潢的工坊都不一樣，那家具風格也不一樣就更沒關係了，還能大幅縮減購買家具的支出。」

若由奧伯擔任負責人，就連家具也不用重新購買。再加上把家具提供給旅館使用以後，既省下了管理費用，也不用還要辦理麻煩的手續轉送給他人。

「而且，跟樂器以及魔導具等用品不同，免於連坐的孩子們用不到這些家具。」

今後他們分別會住進孤兒院、城堡的兒童室或宿舍裡的某個房間。所有設施本來就有家具，因此他們不會需要這些大型家具。

「最後，是教育員工很花時間這一點。這件事可以與平民區的商人商量，把預計要在旅館工作的人員盡快從葛雷修送到艾倫菲斯特來，讓員工直接在平民區的旅館裡接受訓練。」

雖然協調與人員的移動得費點工夫，但對於艾倫菲斯特的平民區來說，等於是繁忙時期多了人手來幫忙；對於葛雷修來說，則是員工不僅能在旅館裡實習，還有半年的時間可以實際面對到他領商人。我認為是兩全其美的主意。

「與商人協調是我的工作，所以可以交給我喔……但前提是養父大人必須成為負責人。」

「……好，就這麼辦吧。」

齊爾維斯特點頭應允後，芙蘿洛翠亞一臉擔憂地看著我們兩人。「結果姊姊大人的工作還是增加了嘛。」夏綠蒂則是這麼嘀咕，而韋菲利特緊抿著唇低下頭。

「夏綠蒂，謝謝妳擔心我。但既然被吩咐過別出現在眾人面前，我只是提議而已，負責執行的是養父大人喔。」

我輕笑著這麼回應後，夏綠蒂先是雙眼微睜，隨即愉快地咯咯笑了起來。

……這下子我就能整天都待在神殿裡頭，見到平民區人們的次數也能增加。一切盡在我的計畫之中！

這時，目前為止始終沒有發言，只是靜靜聆聽的麥西歐爾猛然舉手。

「姊姊大人，有我可以做的事情嗎？我也想為艾倫菲斯特盡一份力。」

「……我想想喔。那麼，麥西歐爾願意幫我的忙嗎？」

「當然！需要我做什麼呢？」

看著面帶爽朗笑容回應的麥西歐爾，我微微一笑。坦白說，現在幾乎沒有麥西歐爾能做的事情。他還沒練習如何能操控魔力，所以無法幫忙供給，也不可能帶著他到處去舉行儀式。但是，重點在於要讓他的幹勁繼續保持。況且就算麥西歐爾幫不了什麼忙，時時在他身邊的近侍們可是能做很多事。

……得到可以把神殿的工作推給他們——更正，是得到可以一起努力的人才了！

「我想讓麥西歐爾學著處理神殿公務。因為要是在我成年之前，麥西歐爾都還沒學會神殿長該做的工作，會很傷腦筋吧？」

現在因為肅清的關係，青衣神官的人數再度減少，要是我在成年時又帶著近侍們離開，艾倫菲斯特的神殿將一下子陷入混亂。必須開始栽培後繼者了。

……這也是為了讓自己有更多時間可以去圖書館啦。

「包含近侍們在內，我會負責指導麥西歐爾等人。」

「羅潔梅茵，但這似乎只會在將來引發爭端……」

聽到我要指導麥西歐爾，齊爾維斯特皺起臉龐。可是，神殿的事務勢必要有人來接手，而且現在人才這麼不足，當然該有效活用。

「羅潔梅茵大人，您要讓才剛受洗的麥西歐爾大人前往神殿嗎？」

麥西歐爾的近侍們，尤其是比較年長的人儘管沒有表現出來，但明顯意興闌珊。但是，好不容易發現了能在神殿裡使喚的珍貴人才，我可不打算就此放手。

「當初我雖說是在神殿長大，但受洗後根本沒有安排交接時間，便直接就任為神殿長了喔。能夠盡到職責，全是多虧了有斐迪南大人以神官長的身分攬下大半工作，後來又有接受過他指導的近侍成為神官長來輔佐我。可是，到時候誰要輔佐麥西歐爾呢？我的近侍很可能不會繼續留在神殿。」

我瞥向站在身後的哈特姆特。哈特姆特堆起笑容，向麥西歐爾與他的近侍們請求發言。

「交接確實最好及早進行。因為主人一旦離開，我完全不打算繼續留在神殿，也無意服侍羅潔梅茵大人以外的人。等到羅潔梅茵大人成年、卸下神殿長的職務，最多也只剩三年左右的時間，各位屆時有辦法輔佐下一任神殿長嗎？」

麥西歐爾一臉大驚地看向我，再看向自己的近侍，喃喃說著「只剩三年……」。

「父親大人，我想去神殿幫羅潔梅茵姊姊大人的忙。畢竟我在城堡這裡幾乎幫不上忙，可是我也想盡到領主候補生的義務。」

最終，是麥西歐爾真誠的懇求讓齊爾維斯特改變心意。

「……好吧。我在此下令，麥西歐爾與其近侍們要前往神殿。」

即便麥西歐爾比較年長的近侍垮下了臉，但護衛騎士卻是一臉饒富興味。大概是除了對羅潔梅茵式魔力壓縮法感興趣，也經由從貴族院回來的學生近侍們，聽說了加護增加一事吧。

「麥西歐爾，我們一起加油吧。」

「是！」

領主一族的會議就此結束。起身時，只有麥西歐爾神情開朗，其他人的表情都彷彿有著滿腹心事。想必是因為該做的事情太多了吧。領主夫婦與兩人的近侍們臉色都很差。韋菲利特與夏綠蒂也都若有所思，氣氛十分沉重。波尼法狄斯倒是一派從容，精神抖擻地跨著大步走向出口。到了門口時他停下腳步，回過頭來。

「羅潔梅茵，比起神殿的公務，妳更應該留在城堡做領主一族的工作吧？只要妳想離開神殿，我定鼎力相助。」

會議室內頓時譁然嘈雜。明明會議已經結束了，氣氛卻好像還沒結束一樣。齊爾維斯特、芙蘿洛翠亞與韋菲利特的表情同時變得僵硬。

但是，在波尼法狄斯開口叫我之前，我滿腦子在想的，都是有辦法在剩下的三年時間裡栽培好可以與商人溝通的文官嗎？還有，也要為法藍他們安排好以後的出路。要是可以一直留在神殿，就不用煩惱這些事情了……大概是因為這樣的想法在腦海裡盤旋不去，我不由得脫口說出了毫不掩飾的真心話。

「祖父大人如果真要幫忙，請讓我在成年後還可以留在神殿吧。」

我話一說出口，齊爾維斯特他們皆顯得有些如釋重負，波尼法狄斯則是震驚得表情都僵住了。但是，我一點也不明白他為何那麼驚訝。我納悶地側過臉龐後，波尼法狄斯神色略顯遺憾地走了出去。

麥西歐爾與前往神殿的準備工作

「羅潔梅茵姊姊大人，我到了神殿該做哪些事情呢？」

才剛走出會議室，麥西歐爾立刻向我發問，一雙藍眼燦燦發亮。看得出來他非常雀躍，想要完成交代給自己的新任務。看他幹勁十足，我不自覺面露微笑，在走回北邊別館的一路上為他說明有關神殿的事情。

「暫時先照城堡的作息，出勤時間就訂在第三鐘到第五鐘吧。你來神殿的時候可以乘坐近侍的騎獸，這樣既快速又方便喔。然後要在神殿的神官長室，背誦禱詞、奉獻魔力。不過，麥西歐爾還沒開始練習如何操縱魔力，所以無法參加今年的祈福儀式，那便努力練習，希望從秋天的收穫祭開始就能參加儀式了。」

「是！」

原本就預計春天的領主會議期間，麥西歐爾要跟著波尼法狄斯練習供給魔力，到了秋天則要參加收穫祭，所以現在只是改成了到神殿背誦禱詞。

「除了奉獻魔力，其他該做的事情都和往年差不多，但麥西歐爾願意來神殿是很重要的一件事情喔。」

為了讓年長的近侍們能夠樂見麥西歐爾來神殿，我告訴他們祈禱的次數與奉獻的魔力量越多，在貴族院也有助於取得越多加護。這件事在貴族院已是眾所皆知，但我不曉得領內比較年長的貴族們對此知道多少。

「與戴肯弗爾格進行過共同研究以後，我們發現祈禱與魔力的奉獻，會影響到取得的加護量。多雷凡赫好像也開始在研究如何能更有效率地取得加護；明年到了貴族院，我們也預計要與法雷培爾塔克一起研究儀式與收成間的關聯。王族還參加了我們在貴族院舉行的奉獻儀式，對神殿的儀式表現出了興趣。現在神殿與儀式正備受世人矚目。真希望最先進行研究的艾倫菲斯特，以後可以抬頭挺胸地向其他人宣稱，最了解神殿與儀式的就是我們了呢。」

「哦……」

較為年長的近侍們臉色都好看了一些。畢竟之前因為肅清的關係，麥西歐爾半步也不能離開北邊別館，看來很多消息都沒有傳進近侍們耳中。有部分也是因為為了能在麥西歐爾入學的時候服侍他，正在貴族院就讀的那些近侍多是低年級生吧。

為了讓麥西歐爾的近侍們明白出入神殿並沒有壞處，我大費唇舌地闡述了去神殿有哪些好處。知道有哪些好處以後，他們應該就會願意幫忙處理神殿的公務，面對灰衣神官也不會太過趾高氣揚吧。至少要與他們接觸的時候不會那麼抗拒。

「和他領的領主候補生不同，韋菲利特哥哥大人因為會參加祈福儀式與收穫祭，得到了十二位神祇的加護喔。這件事麥西歐爾知道嗎？」

「是的。用晚餐時，看完貴族院報告書的母親大人曾跟我說過。父親大人還說羅潔梅茵姊姊大人取得的加護更多，要我努力向您看齊呢。」

……咦？向我看齊？

照麥西歐爾這麼說，顯然領主夫婦也很高興我取得了很多加護。但這跟他們剛才在會議上的發言卻互相矛盾，我感到有些奇怪。

「如果和哥哥大人以及姊姊大人們一樣參加儀式，我也能取得加護嗎？」

「既然你將在神殿工作，會取得很多的加護喔。我還打算要研究看看，能不能在艾倫菲斯特的神殿內重新舉行加護儀式呢。」

為了重新取得加護，現在我的近侍們都正努力祈禱。其他領主候補生的護衛騎士們並不知道這件事，全都猛然轉過頭來。

「羅潔梅茵大人，諸神的加護可以再次取得嗎?!」

「我聽說只有參加了共同研究的畢業生能再舉行一次……」

看來他們已經聽說有畢業生像萊歐諾蕾與莉瑟蕾塔那樣，成功再取得了加護。提問時的氣勢相當驚人。

「目前我還沒有進行實驗，所以不知道結果，但我預計讓自己已經成年的近侍們先進行嘗試。如果能取得大量加護，就可以減少魔力的消耗量。即便已經過了發育期，魔力再怎麼壓縮也增加不了多少，但個人的能力應該還是能有所提升。」

比起今後將會學習魔力壓縮法、不斷發育成長的麥西歐爾，已經成年的近侍們對於重新取得加護一事表現出了更濃厚的興趣。他們的年紀都比柯尼留斯要大一輩。先前羅潔梅茵式魔力壓縮法推廣開來的時候，他們早已過了發育期。儘管壓縮之後魔力不至於毫無增長，但跟年紀還小的騎士們相比會有很大的差距。眼看這次又發現了有方法能取得更多加護，差距又要再被拉開，內心一定很焦慮吧。聽到能夠重新舉行加護儀式，他們的雙眼都亮起光彩。

「即便可以重新舉行儀式，但若不向諸神獻上祈禱與魔力，就得不到加護喔。我的近侍們因為會出入神殿、獻上祈禱，所以應該沒有問題，但什麼也沒做的人要再取得加護恐怕不容易。」

「麥西歐爾大人，前往神殿時請務必帶我同行。」

「不不不，請帶我……」

看到麥西歐爾的近侍們都願意進出神殿了，這真是好事。夏綠蒂與韋菲利特的近侍們也明顯豎起了耳朵，臉上帶著好奇。發現大家的反應都有了改變，我心滿意足地點點頭，也提醒麥西歐爾的近侍們來神殿時，記得排好出勤順序。畢竟再怎麼想來神殿，護衛騎士另外還得參加騎士團的訓練，護衛騎士要輪流陪同前來。

「那羅潔梅茵大人的近侍們是如何安排順序？」

有騎士向柯尼留斯發問，想知道我的近侍們是怎麼安排值勤順序。回程氣氛因為大家的討論聲而熱鬧起來時，哈特姆特輕笑說道：

「羅潔梅茵大人，當初斐迪南大人是直接將神官長室讓給我使用，但麥西歐爾大人不同，若要進入神殿必須作些準備。告知出入神殿的好處固然重要，但若沒說明該作好哪些準備工作，也會給麥西歐爾大人造成困擾。」

「請問需要作哪些準備工作？」

麥西歐爾的侍從率先反問。麥西歐爾也一臉興味盎然地往我們看來。的確，當初我也是直接使用原本的孤兒院長室，神殿長室又是在我準備受洗的時候就有人布置妥當，所以我完全忽略了這一點，但要整頓好房間也是項大工程。

「如果是中級或下級貴族出身的青衣神官，可以直接使用神殿裡的閒置家具，很快就能將房間整頓完畢。但我成為領主的養女以後，就連家具也要重新訂做，所以麥西歐爾身為領主一族，也和我一樣不能使用別人用過的東西吧。」

「慶春宴結束以後，麥西歐爾大人也馬上要前往神殿嗎？」

麥西歐爾的侍從一臉為難，因為現在距離慶春宴沒剩多少時間了。

「大小姐，用不著全部重新訂做，可以把放在城堡裡保管、目前閒置不用的家具搬過去。必須立即備好的用品就從這方面著手如何？」

黎希達在旁邊提出建議後，麥西歐爾的侍從如釋重負地點點頭，接著問起需要馬上準備的有哪些東西。我開始回想自己房內的家具。

「由於到時候會在神殿用午餐，必須整理好廚房、雇用廚師。另外會馬上用到的家具，有桌椅、餐具、放置衣服用的木箱或衣櫥，還有用來收納文書的木箱和書櫃。最後，平常生活會用到的浴室和盥洗室也要清理乾淨。今後暫時會先在孤兒院與神官長室裡學習，所以辦公桌以後再準備就可以了。」

侍從的表情無比認真。畢竟要去神殿幫忙處理公務，這件事說來簡單，但要整理好所需環境並不容易。之後還得根據麥西歐爾的身分，在閒置於城堡的家具中進行挑選。

「那在神殿，午餐可以和羅潔梅茵姊姊大人一起吃嗎？」

「一個人用餐多無趣啊，我們一起吃吧。不過，廚師要自己雇用喔。」

我們不能和近侍一起吃飯，只能把食物往下分送。但由於身分都是領主一族，我就能和麥西歐爾一起用餐，這點讓我由衷感到高興。只不過，廚師他得自己雇用才行。因為這樣一來，他才有辦法接待自己的訪客，經費也才能明確分開計算，還能增加送去孤兒院的神的恩惠。

「我再和養父大人商量，請他把城堡裡的一名廚師派去神殿吧。至於助手，可以招攬擅長煮飯的灰衣巫女，或是請我認識的餐廳介紹合適人選給你。因為把食物分送給孤兒院是青衣神官的重要職責，主人不在神殿的時候，也要有廚師負責煮飯。」

要是能帶著一名熟識的廚師前往神殿，我想麥西歐爾會比較安心，但還是需要有其他廚師可以時時待在神殿。也許比起宮廷廚師，更該雇用神殿專屬的廚師。

「另外，還要在秋天的收穫祭之前訂做好儀式服，入冬前最好也準備好床鋪。因為奉獻儀式那段時間風雪非常猛烈，要回城堡會很危險。」

如果要與近侍共乘騎獸，光禦寒就是一項浩大工程，坐馬車又會困在雪地裡動彈不得。因此若想參加奉獻儀式，得作好在神殿過夜的準備。至少值得慶幸的是，只要使用前任神殿長或青衣神官留下來的舊家具，要為近侍準備房間倒是很輕鬆。

「看來開銷會相當驚人哪。」

「是啊。也要聯絡養父大人，請他為麥西歐爾編列一筆在神殿用的經費。剛才應該在開會時就提出來討論呢。」

我暗想著真是失策時，哈特姆特微笑道：

「不，這樣正好。關於肅清過後，青衣神官的人數更是減少一事，也必須另外找時間與奧伯商議。有些青衣神官因為老家的關係被帶走了，雖然我也知道這是必要之舉，但還是希望能把其中的一些青衣神官送回來。」

我早就聽說青衣神官的人數又減少了，但沒想到已經少到會影響神殿的正常運作。青衣神官變少，奉獻給神殿的魔力也會變少；廚師跟著離開以後，孤兒院得到的食物也會跟著減少。與此同時，剩下來的青衣神官每個人的工作量卻會增加，被送回孤兒院的灰衣神官及灰衣巫女也會變多。

「說實話，現在人數減少過多，已經沒有足夠的魔力能提供給領地。況且若一味依賴羅潔梅茵大人的魔力，長遠來看也不是好事。」

哈特姆特看待問題時，都是以我神殿長一職只會做到成年為止為前提，所以經常會去預想我卸下職務以後的情況。

「領主一族的魔力應該用來維持基礎魔法。雖然以神殿長的身分，為神殿奉獻魔力也很重要，但要是因此輕忽了基礎魔法的魔力供給，那就本末倒置了呢。看來得盡快想辦法增加青衣神官及青衣巫女的人數。」

「羅潔梅茵大人所言極是。儘管我很期待貴族們會為了重新取得加護而來神殿奉獻魔力，但即便研究結果出來，一切也還未可知。」

哈特姆特說話時，目光瞥向如今都有意願要去神殿的近侍們。但一旦發現效果不佳，他們很可能轉身就走，所以不能把希望完全放在他們身上。

「……哈特姆特，如果讓兒童室裡的孩子們以見習青衣神官的身分進入神殿，你覺得這個方法可行嗎？只要使用從父母那裡沒收來的財產，讓他們在貴族區域裡生活，而不是住進孤兒院，還是能保有貴族之子的待遇吧？」

聽了我的提議，哈特姆特眨眨橙色雙眼，將手支在下巴上。之前他曾否決了由孤兒院收容他們的提議，這次卻沒有馬上反駁。我繼續道：

「目前他們都還沒進入貴族院就讀，所以如果還要儲存上課用的魔力，可以奉獻的魔力恐怕不多吧。但是，有總比沒有好，而且最主要是能讓他們遠離貴族批判的眼光。」

哈特姆特表情有些認真地思索起來。現在城堡的兒童室，也是靠領地提供的經費與從孩子們老家沒收來的財產在運作，所以開銷應該差不了多少。

「倘若既是貴族又是青衣神官，那麼身分就和我一樣，可以與孤兒院裡尚未受洗的孩子們有所區分。最重要的是，只要從現在起好好教育，往後他們或許就會固定出入神殿、奉獻魔力，這點還真是吸引人。」

哈特姆特似乎一心只想著要補充不足的魔力，但如果他們進來後還招攬了廚師和侍從，不僅對孤兒院大有幫助，若再讓他們去孤兒院接受教育，孤兒院裡的孩童也會以他們為目標產生幹勁吧。

「還有，成為青衣見習生的話，麥西歐爾開始去神殿以後就會認得他們。既然是認識的人，要是他們明年在兒童室，或是進入貴族院就讀後遭受到了不公平的對待，麥西歐爾也比較好開口幫他們說話吧。」

我還在就讀貴族院的時候，會盡可能讓大家都受到公平的對待，所以希望在我畢業之後也能繼續保持。

「剛好也能讓孤兒院裡的孩子們知道，如果無法以貴族的身分受洗，還可以有這條出路。然後我希望在未來，即便沒有老家的援助，青衣神官也能自力更生。」

如果有方法或工作能讓青衣神官自食其力，也許將來戴爾克與康拉德就有機會以青衣神官的身分活下去；像康拉德這樣的孩子，也會有越來越多人願意送到神殿來吧。我把自己想到的事情統統都說出來後，哈特姆特愉快地瞇起橙色眼眸。

「羅潔梅茵大人，您似乎想到了不少主意。但您才剛被囑咐過，不能引起矚目，又打算如何說服領主夫婦呢？」

「咦？反正我會一直待在神殿裡頭，不會出現在領內的貴族們面前，也就不可能引起矚目吧。只要提議的時候強調，若能由神殿收容兒童室裡的孩子們，還可以減少一件養母大人需要操心的工作，我想他們一定會答應……」

端看怎麼開口，相信可以輕鬆說服他們——我握起拳頭這麼主張時，至今一直低頭行走的夏綠蒂倏地抬起頭來。她的表情泫然欲泣，彷彿正在強忍淚水。

「姊姊大人，剛才我在會議上也說了，您不需要再增加自己的工作。」

「夏綠蒂，謝謝妳擔心我。」我輕笑著向她道謝。「可是我身為神殿長，在青衣神官減少後，要怎麼補充人手、增加神殿可用的魔力，以及要怎麼協助孤兒院裡的孩子們找到目標和未來的方向，都是我的工作喔。而且如果能幫養母大人解決這個煩惱，負責輔佐的夏綠蒂也可以輕鬆一點吧？」

「其實我是想幫姊姊大人的忙……」

聽到夏綠蒂說出這麼可愛的話，我便悄聲建議她：「如果妳想幫我的忙，就多來神殿吧。明年在貴族院一定也能取得更多加護唷。」夏綠蒂這才揚起淡淡微笑。

「我會盡可能讓自己待在神殿。只要聲稱自己是為了艾倫菲斯特的將來在栽培貴族，這樣多少就有點未來第一夫人的樣子了吧？」

說完我笑了起來，夏綠蒂卻難過地低下頭去，連眉毛都在顫抖。

「聽到那些過分的話，姊姊大人為什麼還笑得出來呢？為什麼還願意幫母親大人減少工作量？」

……因為我打算卯足全力待在神殿和圖書館啊。

我已經打定主意，但夏綠蒂似乎完全無法接受今天開會的結果，瞪向始終緊皺著眉、面色凝重的韋菲利特。

「哥哥大人，您好像十分贊同父親大人的看法，但聽到要我們降低艾倫菲斯特的排名，您真的一點感覺也沒有嗎？」

明明剛才也在現場，聽到大家在貴族院的努力遭到全盤否定，韋菲利特卻彷彿一點感覺也沒有。原來，並不只有我覺得他的反應很奇怪。被夏綠蒂一瞪，韋菲利特也目光銳利地反瞪回去，還順便瞪了我和麥西歐爾一眼。

「怎麼可能沒有感覺！我跟父親大人……」

話才說到一半，韋菲利特就把後半段吞了回去，丟下一句「但現在有更重要的事情」便快步走回自己房間。夏綠蒂好一會兒看著他的背影，最終苦悶地搖頭嘆氣。

「……雖然我不曉得父親大人與哥哥大人在隱瞞什麼事情，但就算告訴我這是萊瑟岡古的共識，我還是無法接受。大家在貴族院那麼努力，該怎麼向他們說明才好呢。」

大概是下定了決心要窩在神殿與圖書館裡，腦袋因此稍微冷靜下來，夏綠蒂有句話吸引了我的注意力。

……嗯？萊瑟岡古的共識？

「明明父親大人在宿舍的時候還鼓勵大家，今天說的話，卻跟領地對抗戰上對王族和對戴肯弗爾格說過的話完全不一樣。我已經不知道哪些話才是真的了。」

……沒錯，確實完全不一樣。

剛才與麥西歐爾聊到加護時感受到的異樣感，此刻再度湧上心頭。齊爾維斯特的言行舉止前後太不一致了。從貴族院回來以後，一直到召開領主一族的會議為止，也許這段短短的時間內發生過什麼事。

「夏綠蒂，現在失望可能還太早喔。」

「姊姊大人？」

「我們好像……缺少了某些重要的情報。」

要提升排名、拿出符合排名的表現、等肅清後將危險人物一掃而空，要讓艾倫菲斯特團結起來——明明齊爾維斯特說過這些話，剛才會議上的表現卻活像另一個人。

而且在貴族院鼓勵學生、將他們團結起來的最大功臣，正是韋菲利特。他帶領著大家一起努力，做出成果以後，我不認為他開心的笑容是裝出來的。

「萊瑟岡古的共識……我想關鍵就在這裡。」

聽我這麼說，夏綠蒂投來求助的眼神。那雙藍色眼眸正強烈訴說著，她不想相信自己的家人竟會說出那種無情的話，全盤否定掉我們的努力。

「回房以後，再好好問問萊瑟岡古這是怎麼一回事吧。」

「姊姊大人，但遺憾的是，我們現在不能邀請基貝．萊瑟岡古來北邊別館喔。」

「不必邀請到基貝・萊瑟岡古，這裡不就有萊瑟岡古的貴族嗎？」

我仰頭看向以文官身分出席領主一族會議的哈特姆特，以及護衛騎士柯尼留斯。他們已經成年，從貴族院畢業了。儘管奉獻儀式期間都待在神殿裡頭，但應該不至於完全沒有參加冬季的社交活動。

「我會召集萊瑟岡古的近侍，向他們詢問詳情。對於奧伯所謂萊瑟岡古的共識，我很好奇他們究竟有什麼想法。還在就讀貴族院的學生早就知道了嗎？已經成年的近侍們是否更早以前就知道了？」

在我的注視之下，哈特姆特和煦微笑道：「那我們快點回您的房間去吧。」他臉上的表情彷彿在說「就等您這句話」，我更是肯定背後一定有我不知道的事情。

「萊瑟岡古都在等著，等著羅潔梅茵大人會作出怎樣的選擇。」

萊瑟岡古的共識

回到自己的房間以後，我便喚來了沒有出席會議、一直在房裡待命的萊瑟岡古近侍，準備向他們問話。然後，我慢慢看向在場的黎希達、奧黛麗、安潔莉卡、哈特姆特、柯尼留斯、萊歐諾蕾與布倫希爾德。緊接著，我把領主一族的會議內容也告訴了在房內留守的近侍們，最後問道：

「奧伯所提的要求，真的是萊瑟岡古一族的共識嗎？」

聽完會議內容，因為去了貴族院而未參與冬季社交的萊歐諾蕾和布倫希爾德都變了臉色。

「從沒有人來問過我對此事的意見，所以這不該說是萊瑟岡古的共識吧。」

萊歐諾蕾面露不快，以斬釘截鐵的語氣這麼表示。布倫希爾德則是沉下了臉，面色為難地謹慎開口。

「萊歐諾蕾說得沒錯，我也沒有表示過同意，所以這不應該說是共識。但是，我早就聽說大人們因為跟不上排名上升的速度，老一輩與年輕人間的想法和觀念產生了很大的差異。如果這是沒有經歷過排名上升的上一代的共識，應該並非全是假話。」

不僅如此，據說萊瑟岡古的貴族中始終一直有人認為，我比韋菲利特更適合擔任下任領主。雖然我身體虛弱，還會出入神殿，這兩件事確實被視為隱憂，但隨著我慢慢變健康，在貴族院進行共同研究以後，世人也開始意識到神殿與儀式的重要性，想讓我成為下任領主的聲浪又有變大的趨勢。

「原來是這樣。那黎希達早就知道了嗎？」

我仰頭看向一同出席了會議的黎希達。始終面帶淺笑的她，這時猛地握緊顫抖的拳頭。

「我如果早就知情的話，剛才也不會有衝動想要痛罵齊爾維斯特大人一頓吧。什麼萊瑟岡古的共識，堂堂奧伯竟然像是基貝的奧多南茲一樣，我都替他感到丟臉了。」

原來黎希達剛才一直極力保持理智，不讓自己多嘴。雖然我很佩服她的職業精神，但一直握著的拳頭也太恐怖。

……果然去了貴族院的人都不曉得。

我接著緩緩移動目光。視線一與安潔莉卡對上，她立刻手托臉頰面帶微笑，看起來就跟平常的她沒有兩樣。所以我直接跳過，目光停在柯尼留斯身上。

「柯尼留斯哥哥大人早就知道了嗎？」

「詳情我不清楚，但從蘭普雷特哥哥大人那裡聽到過一點消息。現在因為薇羅妮卡派的核心成員都被排除了，餘下的派系成員，主要便是由薇羅妮卡大人養大的韋菲利特大人及其近侍。因此，我聽說萊瑟岡古一族似乎出了類似任務的要求給他，說通過的話便願意擁戴他為下任奧伯。」

他說韋菲利特還被要求，不能把這件事告訴包含我在內的其他人，更不能尋求幫助，要以下任領主的身分完美達成。韋菲利特似乎也卯足了勁想完成這項秘密指令。

「哥哥大人說了，他希望我們能不著痕跡地伸出援手，而且絕不能被萊瑟岡古的貴族發現。但是，觀察過今天會議的情況後，想要得到萊瑟岡古認可的韋菲利特大人究竟會如何應對，我打算先靜觀其變。因為明明想要尋求幫助，他們卻不明確說出自己的需求，也不提供任何情報，那我們也給不了有益的協助。況且，羅潔梅茵大人已準備提供祈福儀式舞臺所需的資料，這樣的援助應該十分足夠了吧。」

柯尼留斯臉上雖然在笑，眼底卻沒有半分笑意。看樣子他似乎認為，已經沒有必要再提供任何協助。

「那奧黛麗一直待在城堡裡頭，有沒有聽說過什麼消息呢？」

「萊瑟岡古的貴族們倒是跑來問了我許多問題。比如羅潔梅茵大人的喜好、什麼情況下會情緒失控、重視什麼，一直以來守護和捨棄了哪些東西等等，非常鉅細靡遺。我告訴他們，羅潔梅茵大人非常重視身邊的人，同時也非常看重個人能力。」

「既然如此，為什麼萊瑟岡古的共識會是要求排名下降呢？」

聽完奧黛麗的回答，為什麼還會提出這樣的要求？奧黛麗也跟著我偏頭不解。

「對此我也難以理解。不過，艾薇拉大人也經常要面對身邊貴族們的眾口紛紜，讓她相當頭疼、苦於應對。」

和艾薇拉感情很好的奧黛麗也是芙蘿洛翠亞派。茶會上，貴族們似乎紛紛提出了自己的意見。

「現在，幾乎所有貴族都還不曉得芙蘿洛翠亞大人已有孕在身。正因如此，貴族女性們皆強烈主張，如今領內一片混亂，芙蘿洛翠亞大人與羅潔梅茵大人應該要多與其他貴族社交往來。還說羅潔梅茵大人若決定成為艾倫菲斯特的第一夫人，應該把重心放在女性的社交活動上。」

「可是我……」

實在沒有這種時間——我話還沒說完，奧黛麗搶先點頭。

「是的，我與艾薇拉大人都非常清楚。艾薇拉大人說過，如今斐迪南大人不在了，羅潔梅茵大人得一個人處理大量的神殿事務與印刷業務，您根本沒有時間參加社交活動。但是，眾人皆認為您不應該搶走男士的工作，而是該把心力投注在女性的義務上，這樣的想法似乎仍是根深柢固。」

好像就是因為我都把女性的社交活動撇在一邊，然後把心力投注在印刷業與神殿事務上，還不斷在貴族院與神殿內做出成績，遠比韋菲利特要受矚目，旁人才以為我有意成為下任領主。至少完全看不出來我有意要以第一夫人的身分，從旁輔佐韋菲利特。

……嗯～關於這點我倒是無法反駁呢。

因為每當討論到印刷業、與他領商人的貿易、古騰堡夥伴們的載送，還有在貴族院成立成績向上委員會與大家一起努力學習的時候，我最優先思考的，就是該怎麼做才能成功。我從沒有想過要去襯托韋菲利特，或是自己身為第一夫人不可以再大出風頭。滿腦子只想著追求利益與效率。

而且不管是路茲還是班諾，甚至是斐迪南和齊爾維斯特，他們從來沒在討論到一半的時候提醒我：「把這項功績讓給韋菲利特吧。」「現在應該讓男人出頭，立刻把妳的未婚夫叫來。」所以，事到如今才告訴我「既然要當第一夫人就別出風頭」、「重整領地的工作就交給男人，第一夫人應該要多參加社交活動，而不是去神殿跟平民區」，我也不知道什麼時候該適可而止，況且也沒有人才可以接手。

……這也就是說，我並不適合當韋菲利特哥哥大人的第一夫人吧？不對，我本來就不適合談戀愛或結婚，所以不光是韋菲利特哥哥大人，大概不管是誰，我都不適合當對方的第一夫人吧。

「艾薇拉大人之前總說，斐迪南大人一走，艾倫菲斯特勢必大亂，如今她這句話成真了呢。斐迪南大人在的時候，都會為奧伯的決策列出明確的根據和理由，也會幫羅潔梅茵大人打點好周遭一切、讓您可以把心力放在社交活動上；還會確認每個人的想法，居中協調讓大家能做好自己的工作。但是，這樣的他已經不在了。」

以前大家就算各做各的，斐迪南也會幫忙調整，然而他一走，奧黛麗說我們就像一盤散沙一樣。

「以前他還會安排好時間，讓奧伯與羅潔梅茵大人可以確認彼此的想法吧？這次會少了這個步驟……」

「很遺憾，母親大人。這點與斐迪南大人無關，這次是因為有萊瑟岡古的要求。」

哈特姆特忽然中途插嘴，我轉頭看向他。目光一與他對上，那雙橙色眼眸立即堆滿笑意。看著他爽朗到可疑的笑臉，我微微瞇起眼睛。

「哈特姆特，你早就知道今天的會議上，奧伯會有這樣的發言了吧？或者應該說，你早就知道他不得不這麼說？」

「您為何如此認為呢？」

那雙橙色眼眸立刻迸出愉快的光彩，等於在說「答對了」。

「因為你的眼神……不管對象是王族還是上位領地，包括青衣神官也是，只要有人說出了輕視我的發言，你的眼神就會非常恐怖。」

而且臉上還會是乍看下爽朗陽光的笑容，看起來更恐怖。但是，不管是現在還是離開了會議室，就連黎希達緊握著顫抖拳頭的時候，他的表情仍和平常沒有兩樣。我指出本該會有的變化後，哈特姆特先是大大地咧開嘴角，接著收起笑容，在我面前跪下。

「我敬愛的羅潔梅茵大人，眼看奧伯提出了那般過分的要求，韋菲利特大人又只會一味盲從，您不需要再忍受他們的看輕。如同您團結過貴族院內的學生，若您想讓如今搖搖欲墜的艾倫菲斯特凝聚起來，請向萊瑟岡古下令吧。您用心守護至今的學生們，想必也都等著您採取行動。」

哈特姆特說話時不僅平淡沒有起伏，也給人一種在演戲的感覺。看得出來他說這些話並非發自內心。

「……是萊瑟岡古的貴族們，要你在會議結束後這麼煽動我嗎？」

「正是。萊瑟岡古的希望，便是徹底抹除薇羅妮卡大人的影響力，讓與她沒有血緣關係的羅潔梅茵大人成為下任奧伯。趁著奧伯捨棄了支持自己的勢力，他們認為現在正是絕佳時機。」

收到貴族院傳回來的消息後，齊爾維斯特只能提前展開肅清行動。奧伯曾經的支持者，有一半以上都屬於舊薇羅妮卡派。還有幾個人即便是奧伯的近侍，依然遭到了處分。奧伯不惜摧毀支持自己的勢力，也要清理掉領內所有的毒瘤——哈特姆特如是說。

向喬琪娜獻名的人皆被處死，為了討好薇羅妮卡而犯過罪行的人也一一受到處罰，舊薇羅妮卡派的貴族們幾乎被一網打盡。還與薇羅妮卡有關係的人，便是奧伯與他的孩子們。據說萊瑟岡古的貴族中有一群人特別激進，認為他們飽受欺凌至今，今後難道還要繼續支持現在的奧伯等人嗎？

「倘若所有領主候補生都與薇羅妮卡大人有血緣關係，萊瑟岡古的貴族們也會死心吧。但是，領主候補生中有羅潔梅茵大人在。」

對外，大家都以為我因為波尼法狄斯而具有領主一族的血統，還是母親為萊瑟岡古出身的卡斯泰德和艾薇拉的女兒。因此從血統來看，我是主要源自萊瑟岡古的領主一族旁系。

……但其實我只是平民區出身的平民身蝕啊。

「不光血統，羅潔梅茵大人還連續三年獲選為最優秀者，更與上位領地交情匪淺，也與王族有交流。您甚至為艾倫菲斯特帶來了新事業，孕育出新流行。族裡的人主張，負有盛名的聖女羅潔梅茵大人更有資格成為下任領主……雖然這也的確是事實。」

……嗯……好像就是因為哈特姆特那些過於誇大的報告，害得萊瑟岡古的貴族們也都對我抱有過高的期望與評價。是我的錯覺嗎？

「可是，我明明對萊瑟岡古、哈爾登查爾以及葛雷修的基貝都說過，我無意成為下任領主……」

「當然，族裡那些地位較高的貴族都知道這一點，但這次除了肅清行動與曾祖父大人留下的遺言外，波尼法狄斯大人似乎也在背後推動。」

「祖父大人嗎？」

這麼說來，剛才會議結束時，他也叫住我說了幾句話。我怎麼也沒想到，立場應該要支持領主的波尼法狄斯竟會說出那種話。

「波尼法狄斯大人似乎極不樂見羅潔梅茵大人出入神殿。」

據哈特姆特所說，波尼法狄斯很想把我從神殿裡救出來，還曾這麼表示：「領主候補生當中最優秀的明明是羅潔梅茵，為何偏偏要把她派到神殿去？當然，神殿那裡的公務確實要有人處理。但既然是領主候補生要負責，那派留下過汙點的韋菲利特或夏綠蒂過去不也可以嗎？」他認為還有其他領主候補生能做的工作可以交給我，沒必要非得派我去神殿，害得我在貴族院和中央被人說閒話。如果只因為韋菲利特是下任奧伯，不能指派他擔任神殿長，那讓我成為下任奧伯就好了。況且支持我的派系現在勢力最大，我個人又極有能力——

……可是，我只想盡可能多待在神殿裡啊。

「所以就是這樣，萊瑟岡古一族還分裂成了支持您成為下任領主，以助您離開神殿的波尼法狄斯派；想要徹底排除與薇羅妮卡大人有血緣關係之人的激進派；希望能從萊瑟岡古當中推舉出奧伯的多數派；只要羅潔梅茵大人本人有意願，便會提供協助的消極贊成派；以及主張該由魔力最強者成為奧伯的公平競爭派……雖然大家的看法並不統一，但說起共識的話，便是都想讓羅潔梅茵大人成為下任奧伯。」

而且似乎也有貴族認為，倘若奧伯與自己有血緣關係的話，那他們會願意為了提升排名而努力；但如果是與薇羅妮卡有血緣關係，他們才不想浪費心力。

「所謂的共識還真是不太一致呢，感覺輕戳一下就四分五裂了嘛。」

「雖然這樣聽來並不團結，但外人可看不出來。最主要是，藉著肅清捨棄了支持自己的派系後，現在奧伯與韋菲利特大人幾乎沒有多少支持者。一聽到這是萊瑟岡古的共識，更會覺得難以忽視吧。」

他說現在支持齊爾維斯特與韋菲利特的貴族真的不多。除了兩人自己的近侍外，還擁戴韋菲利特成為下任奧伯的，就只有並不樂見我在當上奧伯後、單一派系勢力繼續獨大的人；覺得艾倫菲斯特至今的做法毫無問題、討厭變化的人；看到年輕人因為習得了魔力壓縮法，又取得加護，對於差距越來越大感到苦惱的人；以及舊薇羅妮卡派中免於受罰的人。

「萊瑟岡古的貴族們可是非常煩惱。究竟該怎麼做，才能讓毫無意願的羅潔梅茵大人當上下任領主……最終他們想出的辦法，便是讓領主一族之間產生裂痕、製造對立，進而讓您感到孤立無援。您在對奧伯感到失望以後，就會為了守護自己的派系而起身反抗——為了讓事情能夠這樣發展，他們各自採取了行動。聽說他們向波尼法狄斯大人請求協助時，宣稱想拯救羅潔梅茵大人離開神殿。」

波尼法狄斯個人似乎認為，只要能讓我離開神殿就夠了。雖然他也覺得論功績，我更有資格成為下任領主，但他深知女性當上領主以後會有多麼辛苦，所以對於我當第一夫人並沒有意見。但是既然如此，他認為我應該要接受應有的教育，芙蘿洛翠亞也該把當上第一夫人後要做的工作教給我，而不是把我丟到神殿去。

……養母大人就是因為這樣，才希望我參加社交活動嗎？

「萊瑟岡古的貴族告訴波尼法狄斯大人，說他們擔心羅潔梅茵大人真如傳聞所說，處在無法表達自己真實想法的情況下，所以想請他幫忙監視，以免奧伯在私底下威脅您。波尼法狄斯大人答應了，也答應會詢問羅潔梅茵大人的意願。」

他說這次就是因為有波尼法狄斯盯著，才無法先在私底下進行討論。

「當然，他們同時也從奧伯那邊著手。由於我是羅潔梅茵大人的近侍，他們不肯告訴我詳情，但我知道他們以萊瑟岡古的支持為誘餌，埋下了能讓奧伯與羅潔梅茵大人之間產生裂痕的種子。現如今奧伯不單失去了支持自己的勢力，又有芙蘿洛翠亞大人懷孕了這個弱點在，可想而知他根本拒絕不了萊瑟岡古的要求。」

哈特姆特說他也和波尼法狄斯一樣，被要求負責監視。除了要觀察領主夫婦與韋菲利特，是否真能做到萊瑟岡古的要求，也要確保奧伯他們不會在開會前就找我去商量討論，或是逼我答應任何事情。

「不僅如此，他們也要我以近侍的身分，詢問羅潔梅茵大人的意願。當然，羅潔梅茵大人若是有心成為下任領主，無須藉助萊瑟岡古的力量，我也會排除萬難讓您坐上這個位置，但您並沒有這樣的意願吧？」

「是啊。可是，哈特姆特，這些事情你為什麼一直沒告訴我？」

我睨了哈特姆特一眼，他便故意誇張地挑挑眉。

「因為我有許多事情想要確認清楚。比如排除了薇羅妮卡派的萊瑟岡古究竟做了哪些準備、是如何張羅打點？面對萊瑟岡古，領主夫婦與韋菲利特大人又會如何行動？對羅潔梅茵大人來說，領主一族裡的每一個人分別是怎樣的存在等等。」

做為我的文官，會議期間哈特姆特一直靜靜站在我的身後觀察。他究竟作出了怎樣的判斷，又在想些什麼呢？我正思考著這些事情時，布倫希爾德不快至極地皺起臉龐，開口說了：

「現在艾倫菲斯特應該要團結起來與他領周旋，大家到底在做什麼啊。在這種情況下，我們居然還要拜託領主一族為葛雷修施展因特維庫侖嗎？我真沒想到身為萊瑟岡古一族，自己會有為此感到羞愧的一天。」

布倫希爾德大搖其頭。見狀，哈特姆特輕笑起來。

「布倫希爾德果然不屑與之為伍呢。截至目前為止，大家也都只是在爭權奪利，但不管是薇羅妮卡派還是萊瑟岡古一族，說到底同樣是艾倫菲斯特的貴族。他們會有一樣的想法，也是不足為怪。因為對他們來說，能夠守住自己的地位和生活更重要，而不是領主一族想追求的領地排名的提升，也不想為此付出努力。」

哈特姆特說，布倫希爾德跟我一樣，都太過只往上看，而忽略了周遭的情況。言下之意，就是我也忽略了周遭的情況吧。

「哈特姆特，那你到底注意到了哪些事情，又有什麼想法呢？」

「無論何時何地，我都只想著要實現羅潔梅茵大人的心願喔。不過，若您允許我說出個人期望的話……」

說到這裡，哈特姆特停頓了一下。緊接著他露出邪惡笑容，就和斐迪南在打如意算盤時一模一樣。

「如今羅潔梅茵大人比起聖女，更應該以女神來稱呼，那群糟老頭子竟還以為您有意成為奧伯，我想徹底摧毀他們這種庸俗又可笑的野心。」

……這種期望也太偏激了吧?!

聞言，我們所有人全部愣住，哈特姆特更是滔滔不絕。

「羅潔梅茵大人想要的是書，是製紙業和印刷業。目前雖然只在萊瑟岡古出身的基貝土地上進行推廣，但那也不過因為是親族，才優先選擇了他們。畢竟事實上，您最先選定要成立工坊的土地可是伊庫那。」

的確，並不是只有萊瑟岡古貴族管理的土地能成立印刷業。之前只是因為身邊的人都跟我說，要給予支持自己的派系好處，我才優先把古騰堡成員送去那些地方。

「經過這次肅清，奧伯再次將支持自己的勢力完全鏟除，所以他若想讓領內的貴族團結起來，勢必要取得如今成了領內最大派系的萊瑟岡古的支持與協助。但是，羅潔梅茵大人根本不需要萊瑟岡古的支持。」

「呃，也不至於可以斷然地說，不需要他們的支持……吧？」

由於哈特姆特講得實在太果斷，連帶我也失去自信，說到最後就變成了疑問句，還轉向大家尋求同意。然而，也是萊瑟岡古貴族的近侍們卻一致露出沉思表情。就連八成什麼也沒在想的安潔莉卡也是類似表情。

「現在即便沒有萊瑟岡古，他領也多得是想參與印刷業的貴族。羅潔梅茵大人的心願，就是盡可能將印刷業推廣開來，讓書本變得越來越多，所以與其在領內陪著萊瑟岡古演這齣鬧劇，提升對他領的影響力還更重要。」

「哈特姆特說得有道理。若單看羅潔梅茵大人個人，確實完全不需要萊瑟岡古的支持呢。」

萊歐諾蕾一臉佩服地看向哈特姆特。雖然我很希望她別為這種事情佩服哈特姆特，但其實我也暗暗感到佩服，所以沒資格說她。哈特姆特對我的了解透澈到了恐怖的地步。他說得沒錯，我只想不斷擴展印刷業，每天看越多書越好。

「萊瑟岡古真是太愚蠢了，竟然以為自己是血親，又是勢力最龐大的支持者，羅潔梅茵大人就會任由他們擺布，這根本是不可能的事。偏偏那些老人都不明白這一點。」

「想讓羅潔梅茵大人照著自己所想的行動，就連斐迪南大人也說過，這比登天還要難呢。」

儘管我很想要反駁，但一聽到布倫希爾德也跟著說：「每次參加茶會我們也都勞心傷神。」我只好把嘴巴閉上，嘟著嘴別過頭去。

……才沒有這回事呢。斐迪南大人明明很輕易就能操控我。

「當年即使改由薇羅妮卡大人掌權，凡事都要串通一氣的思維也全然沒有改變，所以就算權力又回到了萊瑟岡古手中也是一樣。奧伯與韋菲利特大人又是在這樣的貴族社會裡長大，靠著和過往一樣的做法就能操控他們吧。」

不僅會掉進萊瑟岡古所設下的圈套，對於要照著自己所想的支配他人，或被他人操控，也都不會產生任何疑問。

「但是，他們永遠也無法理解，羅潔梅茵大人為什麼會自願待在神殿裡，也無法理解您只要能一輩子待在圖書館裡就很幸福的想法。」

……那為什麼在同一個貴族社會裡長大的哈特姆特，能理解我的心願呢？總覺得這點好像更可怕。

「我十分喜歡看到領主一族相處融洽的模樣，因為這在其他地方是完全看不到的。我也希望這種其樂融融的氣氛能夠保持下去，每天羅潔梅茵大人臉上都帶著笑容，而不是讓領主一族之間的感情產生裂痕、製造對立，孤立羅潔梅茵大人。」

「雖然現實中已經變成這樣子了……」

回想剛才會議時的情況，以及夏綠蒂與韋菲利特的對話，很明顯大家已經不像以前那麼團結了。

「那麼，讓眾人再次團結起來就好了。即便內部也有敵人，但只要設定一個共同的外部敵人，大家就能再度團結起來。羅潔梅茵大人在貴族院就已經這麼做過了吧？」

之前為了團結起包含舊薇羅妮卡派孩子們在內的學生，我訂下了要贏過他領的共同目標，不讓大家一味地派系相爭。哈特姆特認為，可以採用同樣的方法將領主一族團結起來。

「長久以來萊瑟岡古只是領地的糧倉，不會與他領往來，也和艾倫菲斯特在尤根施密特內的排名毫無關係，所以才能輕易說出要降低排名這種話。領地的排名上升以後，那些老人也感受不到地位的提升與他領眼光的變化，更不曉得這對將來有怎樣的影響，也才會不明白為何年輕人們都拚了命地想要提高排名。」

隨著排名提升，年輕學子們都感受到了努力所帶來的變化。比如可以往來的朋友變多了，也能從更多的領地尋找結婚對象；旁人的態度也有了轉變，可以更輕易地蒐集到情報。哈特姆特列出這些年來的種種變化，並且表示：

「要我們因為老人的一己之私就放棄掉這些，重新變回倒數前幾名的領地，我只能說想都別想。現在因為領內還是老一輩的人居多，不好公開發表我們的看法，但其實有很多年輕人都對萊瑟岡古的共識嗤之以鼻。不如就拉攏這些年輕人組成新派系，支持想要改變領地的奧伯，不知您覺得如何呢？」

我們要設定的敵人並不是特定某個派系，而是不想讓艾倫菲斯特改變的老人們——哈特姆特字句有力地斷然說道。聞言，我看向在場眾人。在場雖然都是萊瑟岡古的貴族，但可能因為身為我的近侍，一直以來都為了提升排名而煞費苦心，所以似乎都想要推翻萊瑟岡古的共識。

「除了羅潔梅茵大人在貴族院接觸過的舊薇羅妮卡派學生，再看看麥西歐爾大人的近侍，就能知道有很多人都想要了解，如何能藉由重新取得加護之類的方式來提升自己的能力。想要集結年輕一代應該不難，而且應該能集結到足以組成派系的人數。」

萊歐諾蕾一臉認真，計算起有多少人學習過羅潔梅茵式魔力壓縮法，以及有多少下級貴族雖然感興趣卻無法參加。眼看萊歐諾蕾毫不遲疑，打算要趕走父母那一輩的人，我不自覺地看向柯尼留斯。目光一與他對上，他便輕笑一聲，漆黑的雙眼裡有著狡黠的笑意，開始這麼慫恿：

「羅潔梅茵，這是我身為哥哥的建言，不如妳這樣思考吧？既然萊瑟岡古一直是以艾倫菲斯特的糧倉為豪，那就讓他們徹底做好糧倉的工作。畢竟領地也需要有人以傳統的既有方式生產糧食，那便對他們表現出最高等級的敬意，給予糧倉應有的待遇吧。相信這樣他們定能心滿意足。」

柯尼留斯在建議，好歹他們也是支持自己的派系，不需要窮追猛打，只要吹捧他們說萊瑟岡古是重要的糧倉，再把那些只渴望一成不變甚至是退步的老人們趕回鄉下去。看來他也贊成哈特姆特的看法。

「羅潔梅茵大人，若您無意成為下任奧伯，請只提出建議就好，集結年輕人、成立新派系這種工作，就交給韋菲利特大人吧。神殿的公務已經讓您忙不過來，不必再插手男士的工作。」

奧黛麗認為，我若不想成為下任領主，這些事情交給奧伯與韋菲利特就好。她也是在提醒我，最好不要無視貴族女性的意見吧。

「母親大人說得沒錯，羅潔梅茵大人。既然您不需要派系，統整派系便不是您該做的工作。」

「哈特姆特？」

「您只需要負責提議，再把所有工作交給韋菲利特大人即可。相信他會因為自己是下任奧伯，便為此卯足全力吧。都已經幫他設想得這麼周到，要是還辦不好，那他真正是無可救藥的蠢材。」

最後一句話我就當作沒聽見吧。畢竟哈特姆特講話雖毒，但還是想了辦法要擁戴韋菲利特，讓艾倫菲斯特團結起來。肯定是因為他心裡有著很高的期望。

「而且趕快解決這些麻煩的事情，才能趕快回神殿。我可是非常期待再次取得加護。更何況羅潔梅茵大人貴為聖女，與神有關的功績才是這世上最重要的事情吧。」

……結果最後的最後冒出了驚人的真心話！

聽了哈特姆特的真心話後，我忽然感到全身無力，覺得再怎麼煩惱也無濟於事。現在，為了團結起關係出現裂痕的領主一族，也為了幫助不惜捨棄自己的派系也要進行肅清、地位因此不再穩固的齊爾維斯特他們，我決定開口進言。

「那就集結上進又願意努力的年輕世代，為艾倫菲斯特開創新的未來吧。」

與奧伯的談話

請黎希達向齊爾維斯特提出會面請求後，我接著與夏綠蒂交換情報。她回房以後，應該也向近侍們詢問了有關萊瑟岡古共識的事情。不過，雖然我的近侍當中多是萊瑟岡古的貴族，但夏綠蒂那裡並不多，所以沒有蒐集到多少情報。

但相對地，從芙蘿洛翠亞近侍那裡取得的資訊倒是相當豐富。據說有條消息，竟是「有激進派的貴族想取韋菲利特的性命」。好像是因為韋菲利特不在了，就能非常輕易地讓我坐上下任領主之位。

在我提供消息時，一聽到齊爾維斯特與韋菲利特都得完成萊瑟岡古的秘密指令，夏綠蒂顯得憂心忡忡：「有沒有可能是被萊瑟岡古騙了呢？」

……甚至還出現了「要取韋菲利特的性命」這種消息，明顯很可疑嘛。

「我在想，萊瑟岡古很可能施加了某些無法拒絕的條件或壓力。所以之前在會議上，大家說的都不是真心話吧。」

「就只有我們什麼也不知道，真教人不甘心。是因為我們太不可靠了嗎？」

夏綠蒂低聲喃喃地說，似乎是覺得我們兩個人被排擠了。但我予以否定。

「夏綠蒂很可靠喔。而且養父大人會故意不告訴我們，就是因為在這麼不穩定的情勢下，他還是極盡所能想保護我們吧？」

「姊姊大人？」

「因為只要萊瑟岡古想推舉的我不在了，養父大人根本沒有必要對他們言聽計從，讓排名下降。我現在實實在在地感受到了養父大人在保護我喔。」

情報甚至從芙蘿洛翠亞的近侍們那裡傳進夏綠蒂耳中，那齊爾維斯特鐵定也知道了。站在他的立場，直接殺了原是平民的我是最簡單的做法，但他卻選擇了接受萊瑟岡古的要求。

「所以，我會盡全力支持養父大人。夏綠蒂也一起幫忙吧。」

我告訴夏綠蒂，我們計畫要集結有上進心的年輕世代，讓老一輩的人遠離權力中心，並成立支持齊爾維斯特與韋菲利特的新派系。

「雖然我只負責提議，但如果真的可以順利拉攏到年輕人，妳不覺得這樣就能穩固養父大人的地位嗎？」

「世代交替確實是個有效的方法……但把年輕人們集結起來、成立新派系以後，要能為父親大人所用得花上很長一段時間，力量也還不足以與萊瑟岡古抗衡。想要改善現在混亂的局面，這不失為一個好方法，但效果會很薄弱吧。」

夏綠蒂表情非常冷靜地下判斷。

「此外，跟不上變化的腳步，對此感到抗拒的，並不只有上了年紀的貴族。之前在貴族院的宿舍裡，不是也有人對姊姊大人的做法表示過抗議嗎？像有人就無法接受犯了罪的舊薇羅妮卡派孩子們待遇竟和自己一樣，或是上級貴族竟然要自己賺錢。」

想習得魔力壓縮法的話，就要懂得自己賺錢有多辛苦——對於我這樣的發言，中級與下級貴族都接受了。但是夏綠蒂說，她聽自己的近侍提起過，從沒自己賺過錢的上級貴族對此十分反感。

「雖然身為姊姊大人近侍的上級貴族最先站出來響應，讓大家不再那麼排斥，但面臨劇烈的變化時，我認為還是要有人帶頭示範應對之法，以及對跟不上變化的人盡量伸出援手也很重要。」

夏綠蒂十分擅長協調大家的意見，才能提出這樣的觀點。我感到佩服的同時，也請教她應該怎麼做，才能讓所有人接受這次的變化。

「最好的方法，應該是父親大人從萊瑟岡古的貴族中迎娶第二夫人。」

「為什麼？」

「長久以來，萊瑟岡古都是靠這樣的方式在鞏固權力吧？所以只要從萊瑟岡古的貴族中，迎娶一位懂得隨機應變的女性當第二夫人，就可以讓萊瑟岡古安下心來，覺得一切還是和以前一樣；同時我們也能爭取時間，大刀闊斧地提拔年輕世代。這大概是最溫和又能把大家團結起來的方法了。」

夏綠蒂說著，微微垂下目光。

「但現在母親大人懷孕，也無法採用這個最簡單的方法了。」

從現在開始到孩子出生後一年左右的時間，為了避免在提供給孩子魔力時造成影響，齊爾維斯特都不能迎娶第二夫人。明明剛肅清完，領內情勢正一片混亂，如果想要改善現況就得迎娶第二夫人，但拖到兩年後的話實在太久了。

「我與姊姊大人不同，想法一直受限於至今習得的貴族常識，不懂得彈性變通，所以只想得到舊有的方法來改善艾倫菲斯特的現況呢。」
夏綠蒂有些自嘲地扯開微笑說完，隨後抬起頭來。
「為了讓父親大人與哥哥大人能擁有自己的新派系，我也會盡力相助。」

後來我也問過麥西歐爾的近侍，但都是我們已經知道的消息。看這樣子，擁有最多萊瑟岡古相關情報的人就是我了。而且對麥西歐爾的近侍來說，現在最重要的似乎是去神殿的準備工作。他們提出了不少問題，我也表示自己將與奧伯會面，到時候會再詢問有關經費以及能否使用閒置家具等事宜。

至於與韋菲利特的近侍，幾乎是無法溝通，並沒有交換到任何情報。因為他們只是一再堅稱：「韋菲利特大人現在正獨自努力，還請您以未婚妻的身分提供協助。」我只好告訴他們，自己會以未婚妻的身分建議奧伯成立新派系，並且聲明：「之後我會待在神殿，這件事就請他與養父大人一起加油吧。」

隔天，為了搜查基貝的夏之館，馬提亞斯他們與騎士團一起啟程出發。若想趕在慶春宴之前回來，時間非常緊迫。

卡斯泰德因為要擔任齊爾維斯特的護衛，並沒有同行，但他記得答應過我的事情，送行時特別囑咐騎士們：「他們是已向領主一族獻名的近侍，切記不得無禮。」

雖說不能離開北邊別館，但我每天還是過得忙碌不已。不知不覺間，也到了與齊爾維斯特會面的日子。由於我無法離開北邊別館，再加上騎士團外出進行調查後，城堡內的騎士人數不多，便說好由齊爾維斯特前來設有結界的別館。

「波尼法狄斯說他也想出席，方便嗎？」

本來我是想與齊爾維斯特私下談話，但沒想到波尼法狄斯跟著一起來了。可能是萊瑟岡古要求的監視還在持續。

……但祖父大人也是領主一族，最好能讓他站在我們這一邊呢。

我們根本不需要與波尼法狄斯為敵。雖然他好像答應了萊瑟岡古的提議，但那是出於擔心想要讓我離開神殿，應該並不屬於絕對要讓我成為下任奧伯的那一派。

「如今斐迪南離開了，就連已經退休的我也要幫忙處理公務。那麼既然要與羅潔梅茵談話，我當然也得在場。應該沒有不能告訴我的秘密吧？」

我笑著點點頭，請齊爾維斯特與波尼法狄斯入座。

「祖父大人，您竟然要代替斐迪南大人幫養父大人處理公務，還真是辛苦呢。當然歡迎您加入我們喔。今天的談話並沒有不能告訴您的秘密，況且不想被近侍們聽到的時候，我也會使用防止竊聽魔導具。」

我看向坐在正前方的齊爾維斯特與波尼法狄斯。卡斯泰德一如既往，站在齊爾維斯特身後。如今斐迪南不在了，換成了波尼法狄斯在場，總讓我感到十分奇妙。

……跟斐迪南大人相比，祖父大人不僅肩膀更寬，肌肉也更發達，整個人很有壓迫感呢。椅子看起來彷彿小了一號。

我先喝一口茶，再吃口點心以示安全後，招呼兩人享用。波尼法狄斯高興地吃起點心，一邊還說：「上次和羅潔梅茵一起喝茶，都已經是一年前的事了。」我也想起了領主會議期間，在城堡裡留守的時候，我曾幫忙波尼法狄斯處理公務，休息時間還一起開心喝茶。對我來說，舉辦茶會比牽手走路要簡單，因為不用擔心自己的人身安全。

「今年的領主會議，我因為被王族找去幫忙，沒辦法像去年一樣陪祖父大人了呢……但如果您願意來神殿，我們就可以一起喝茶了。」

我邀請波尼法狄斯前往神殿後，他面色凝重地沉吟：「神殿嗎……」看來他對神殿非常忌諱。

「現在不只我的近侍，往後麥西歐爾的近侍們也會頻繁出入神殿。其實神殿跟祖父大人聽說過的不一樣，雖然我不會勉強，但還是希望您能來一次看看。我會準備美味的點心歡迎您，安潔莉卡肯定也會很高興喔。」

波尼法狄斯的面色依舊凝重，但也回道：「我會考慮考慮。」希望他能慢慢改變自己的想法，不再那麼排斥。

「養父大人，首先是關於麥西歐爾要去神殿這件事情……」

我最先討論了用來提出會面邀請的理由。先是說明麥西歐爾在前往神殿之前要作哪些準備工作，再請齊爾維斯特為他編列預算。

「請您允許他使用城堡裡的備用家具，讓他可以馬上帶去神殿。另外，也請您指派一名城堡裡的廚師去神殿。至於助手，可以招攬灰衣巫女，也可以雇用新廚師，讓他在廚房裡頭接受義大利餐廳的廚師培訓。」

「……要在麥西歐爾的廚房培訓廚師嗎？」

一般都是雇用已經學成的廚師，所以波尼法狄斯似乎沒有要從頭教起這種概念，瞪大了一雙偏水藍的藍色眼睛。相較下，齊爾維斯特則是一派理所當然地輕輕頷首，同意道：「因為在羅潔梅茵的廚房也是這樣。」

「他領的商人來到艾倫菲斯特以後，至少都會想去一次義大利餐廳。所以等到對葛雷修施展了因特維庫侖，如果也要在那裡開設義大利餐廳，得從現在開始就栽培廚師才來得及。」

當然，我也預計在自己的廚房裡栽培新廚師。艾拉說過，她差不多想要有個孩子了，所以正好趁這機會讓她休息。

「另外我聽夏綠蒂說，冬季期間，兒童室裡的孩子們算是半被放置不管吧？」

「沒有這回事。我們會確實提供三餐，兒童室裡也有侍從在，父母若是來訪也能與他們見面。」

齊爾維斯特立即反駁，但我搖了搖頭。

「我指的不是生活環境，而是教育方面。聽說老師們因為都去了麥西歐爾所在的北邊別館，孩子們跟往年不同，學習幾乎沒有進展，全被棄之不顧。加上現在也沒有父母能為他們聘請家庭教師，要是這個狀態再持續下去，我很擔心他們的教育程度。」

「所以？」齊爾維斯特輕聲催促，一旁的波尼法狄斯則顯得十分驚慌。

「我想讓他們進入神殿，當見習青衣神官和見習青衣巫女。」

「唔？這是為何？」

「為了替神殿補充魔力，也為了讓他們能接受教育，最後是為了讓他們能稍微遠離貴族們尖酸刻薄的惡意。當然，各種所需費用會請他們的父母支付。雖然並非無償，但對他們來說應該不算是糟糕透頂的提議。您覺得如何呢？」

齊爾維斯特摸著下巴陷入沉思，旁邊的波尼法狄斯則一臉不能理解。

「羅潔梅茵，妳為何要對罪人的孩子們這般費心？」

「祖父大人，他們自身並沒有犯下任何罪行喔。連無辜的人也要處罰，我認為這是不對的事情。再說了，現在艾倫菲斯特的貴族人數都已經嚴重不足，為什麼要再毀掉這些寶貴的人才呢？應該要拯救、教育他們，讓他們為領地所用。」

毀掉他們固然簡單，但要重新教育人才卻不容易——我話一說完，波尼法狄斯露出了難以形容的複雜表情：「這就是妳的盤算嗎？」

「是的，這是我身為領主一族的盤算。不管別人怎麼說，我根本不是什麼聖女，也不認為可以無償且沒有上限地拯救所有人。」

我向波尼法狄斯說明，我們雖然是中領地，但貴族的人數卻不夠多，所以不該輕忽任何可取得的魔力以及對收成有益的儀式。之前波尼法狄斯並未出席領地對抗戰，因此可能無法感受到，但現在整個尤根施密特都開始看重神殿儀式了。

「養父大人，若把兒童室裡的孩子們送去神殿當青衣見習生，這樣還能幫養母大人減少一份工作，她和夏綠蒂都能輕鬆一些吧。這個做法不行嗎？」

「我是無妨……但不知道萊瑟岡古會怎麼說。」

齊爾維斯特一臉極其厭煩地看向波尼法狄斯。看這樣子，波尼法狄斯成了領主與萊瑟岡古間的聯絡人。

「哎呀，難不成萊瑟岡古曾主動提議過，他們願意接走那些孩子負責照顧嗎？否則的話，我不明白奧伯為何需要徵詢基貝的意見……」
我十分刻意地大嘆口氣，同時直視齊爾維斯特。
「養父大人，聽說您為了得到萊瑟岡古的支持與協助，不得不答應他們提出的許多無理要求呢。居然把因我而起的麻煩全部攬下，真的非常感謝您。」
「羅潔梅茵，這妳為何知道?!」
比起齊爾維斯特，反倒是波尼法狄斯的反應更激烈。他先是看向齊爾維斯特，再看向卡斯泰德。卡斯泰德擺擺手表示「不是我」。由此可知，波尼法狄斯不只負責斷絕我與齊爾維斯特的接觸，也負責監視卡斯泰德與艾薇拉的行動吧。
「因為養父大人在會議上的態度跟之前差太多了。等我冷靜下來稍微思考後，就猜到了背後一定有我不知道的事情。所以，我向萊瑟岡古出身的近侍們蒐集了情報。雖然詳細情況我不清楚，但他們都出了任務給養父大人與韋菲利特哥哥大人吧？」
「妳說什麼？」這次換齊爾維斯特的反應特別大。他臉色丕變，沉下了臉瞪向波尼法狄斯。
「明明說好了只要我接受條件，你們就不會對孩子們出手。這是怎麼回事?!」
「……這件事我也不知道。」
波尼法狄斯的表情也沉了下來。看來不管是哪一方，都處在情報不足的情況下。
「萊瑟岡古的貴族中有一群比較激進的人，似乎在策劃著想讓領主一族之間產生裂痕。夏綠蒂十分擔心，說韋菲利特哥哥大人被要求完成的任務，也有可能只是萊瑟岡古在利用他而已，好讓我能成為下任奧伯。」

「怎麼會這樣。」

齊爾維斯特面無血色，波尼法狄斯的臉色也很難看。看來我提供的消息，與他們握有的萊瑟岡古相關情報有出入。

「羅潔梅茵，妳向韋菲利特提醒過任務的危險性嗎？」

「我跟韋菲利特哥哥大人的近侍們完全無法溝通。可能是任務當中，也包含了得讓我表現出第一夫人該有的樣子吧。他們只跟我說，要以未婚妻的身分提供協助，所以並沒有交換到情報。擁有萊瑟岡古支持的我對他們來說，想必是潛在的敵人吧。」

我心想著這也是無可厚非，波尼法狄斯卻生起氣來：「明明是未婚妻，竟然把羅潔梅茵視為敵人！」對此，我輕輕挑眉。

「哎呀？祖父大人，可是您也照著萊瑟岡古的指示在監視我和養父大人的行動，那我們在您眼中就好比是敵人吧？而且我從貴族院回來至今，祖父大人的表情一直都很嚇人喔。」

「怎、怎麼會！很嚇人嗎？應該不嚇人吧？」

波尼法狄斯神色慌張地按住自己的臉。見狀，齊爾維斯特放鬆下來似地笑了出聲。現場氣氛頓時輕鬆許多，我也跟著笑了。

「現在已經不嚇人了。祖父大人只是擔心我，但站在我這一邊吧？」

「那還用說。」

「那麼，養父大人他並沒有欺負我，請您別再露出那麼可怕的表情了。」

「嗯、嗯。」

我對聽話點頭的波尼法狄斯投以微笑後，再看向齊爾維斯特。

「我也只是聽哈特姆特他們這麼說，不知道是不是真的。而且，養父大人才剛在會議上叮囑過我，行事要保持低調，所以我也擔心今天的談話是不是自己多管閒事……」

「不，妳幫了大忙。如今斐迪南離開，我能取得的情報量壓倒性不足。」

齊爾維斯特收起笑容，搖頭回道。他說本來都是斐迪南會先查證尤修塔斯提供的情報，之後再交給他，而且還會幫忙下達指示，大概地作好打點。看來現在斐迪南不在了，齊爾維斯特是真心感到頭痛。

「不過，哈特姆特竟能蒐集到這麼多情報。」

「因為他在神殿接受過尤修塔斯的指導啊。雖然還不像尤修塔斯那樣可以取得非常全面的情報，但有關萊瑟岡古的消息可以提供給養父大人喔。」

我表示會把情報提供給齊爾維斯特後，波尼法狄斯忽然神色認真地注視我。

「羅潔梅茵，妳為何這般信任齊爾維斯特？妳都沒想過他可能騙了妳嗎？」

「養父大人如果真是這麼過分的人，為了免掉這些麻煩，大可以殺了我吧。即便不殺了我，也可以解除養父女關係，讓我變回上級貴族，再也不會有機會成為下任奧伯。然而實際上，養父大人卻是接下了萊瑟岡古的要求，為此苦惱不已。明明養父大人這麼努力在保護我，我相信他也是應該的吧？」

當然如今斐迪南不在了，如果再把我從領主一族當中踢出去，魔力將極度不足，所以無法輕易地殺了我或解除養父女關係吧。但就算是這樣，麻煩仍是麻煩。他沒有捨棄我，而是努力去面對，自然該給予正面的評價。

「雖然養父大人常找藉口偷溜出去，還會一臉厭煩地大發牢騷，也像夏綠蒂指責過的神經有些大條，居然在這種時候讓養母大人懷孕，但關鍵時刻還是會保護好我們吧。所以我當然該提供協助。」

「……羅潔梅茵。」

「反倒是嘴上說著要當我的後盾，卻在領內製造對立的萊瑟岡古更讓人感到困擾吧。」

提起這件事後，我直接進入今天的主題。也就是提拔年輕世代，推翻萊瑟岡古共識的計畫。

「有的人會不喜歡劇烈的改變也很正常，但艾倫菲斯特必須展現出上位領地該有的樣子，這本來就是君騰的指示，等同是國王的命令吧？」

「嗯，是啊。」齊爾維斯特咧嘴笑道，點點頭催促我。

「既然如此，不如就讓領內的貴族各司其職如何？」

「各司其職嗎？」

「是的，祖父大人。比如負責管理農村等地方的基貝，工作內容並不會有太大的改變。所以肅清過後空出來的基貝位置，就交給那些作風保守的貴族。雖然基貝・格拉罕與基貝・威圖爾他們因為向喬琪娜大人獻了名，使得領內陷入混亂，但他們管理土地的能力並無問題。我記得收成也不錯。」

收穫祭結束後我會向奧伯報告，所以知道各地的收成。他們管理土地的能力並沒有問題。

「因此等新的基貝上任後，可以要求他們沿用以前的做法。這樣一來，當地的農民與下人就不會感到混亂，可以在原原本本的環境裡工作。若是指派顯然適應不了劇烈變化的貴族前往赴任，我認為是最理想的。」

聽完我的提議，齊爾維斯特露出興味十足的笑容。

「原來如此。不過，做一份新工作免不了出錯。再者，也要避免派去的貴族並不適任基貝，所以我會保留三年的觀察期，這段時間如果都沒有問題才能正式成為基貝。你們領主候補生去舉行祈福儀式與收穫祭時，也記得向農民和下人打聽，如果管理得宜，三年後我會正式任命為基貝。」

只要定個觀察期，相信他們會賣力做事以獲得正式的任命，也不會對當地的居民亂來吧——齊爾維斯特喃喃道。

「再來，就是網羅有上進心的人，以及能很快適應變化的人，不分派系讓他們在城堡裡擔任要職。」

「不分派系嗎?!」

每次聽完我提出的新建議，波尼法狄斯都顯得很吃驚。儘管我不認為自己的發言有多奇怪，但明顯感受到了自己的想法異於一般貴族。搞不好其實是聽完理由後總能接受的斐迪南與齊爾維斯特比較奇特。

「犯錯的人都已經接受處罰，或是被調走了吧？如今的舊薇羅妮卡派等同已經消滅，要是不把工作交給有能力而且有熱忱的人，那不是太可惜了嗎？現在艾倫菲斯特可是一點人才也不能浪費。只不過，夏綠蒂也指出了缺點。」

除了在自己房裡和近侍們一同討論出的計畫，我也轉述了夏綠蒂的分析。

「有道理。雖然不失為好方法，但效果還太薄弱嗎……夏綠蒂的觀察真是敏銳。」

「是啊。夏綠蒂還說了，除此之外如果能從萊瑟岡古迎娶第二夫人，這是最溫和又能把大家團結起來的方法。剛好和戴肯弗爾格說過的話一樣呢。她們也說與他領的社交應該交給第一夫人，團結領內貴族的工作則交給第二夫人。」

聞言，齊爾維斯特的臉色變得有些沉重。

布倫希爾德的提議

「奧伯・艾倫菲斯特，能允許我發言嗎？」

這時在一旁靜靜待命的近侍中，布倫希爾德往前站了一步。她的神情緊張，蜜糖色雙眼裡有著決心。看著像是做好了某種覺悟的布倫希爾德，齊爾維斯特同意道：「准許妳。」

「多謝奧伯。」布倫希爾德答完，緩緩走到齊爾維斯特前方，然後跪下來在胸前交叉手臂。

「我是基貝・葛雷修之女，布倫希爾德。剛修完貴族院五年級的課程。」

「妳就是那名成了優秀者的侍從吧，我看過妳在領地對抗戰和表揚儀式時的表現。」

齊爾維斯特這麼回應後，布倫希爾德答道：「能得到您的讚許是我的榮幸。」緊接著她慢慢抬起頭，筆直注視齊爾維斯特。

「能否請您同意由我擔任奧伯的第二夫人一職？」

布倫希爾德此話一出，現場安靜得連根針落地也能聽到。在場所有人無不驚愕地瞠大雙眼，看著跪在地上的她。我的腦袋一時間也跟不上如此青天霹靂的發言。

……奧伯的第二夫人？誰跟誰？布倫希爾德跟養父大人嗎?!

零碎的字句慢慢在我空白的腦海中串連起來，瞬間我徹底陷入混亂。我霍然起身，一個箭步衝向布倫希爾德。

「等、咦?!請、請等一下！布倫希爾德，妳冷靜下來深呼吸，保持理智……」

「妳才該冷靜下來深呼吸吧。」

齊爾維斯特傻眼地起身，繞過桌子往我走來，輕拍我的肩膀說：「來，深呼吸。」

「吸、吸、吐——吸、吸、吐——」

「妳這是在幹嘛？」

「下意識就唸出來了，我說了什麼嗎？」

「很遺憾，我完全聽不懂。妳冷靜點。」

我來回看向聽了布倫希爾德的震撼性發言後，卻還是一派鎮定的齊爾維斯特，以及看到我陷入混亂後也跟著不知所措的波尼法狄斯。

「祖、祖祖祖、祖父大人，我不知道該怎麼冷靜下來。」

「羅潔梅茵，我明白妳的心情。」

我們兩個人一起方寸大亂。就在這時，莉瑟蕾塔說著「恕我失禮了」靜靜走來，然後不知道從哪裡「咻」地掏出蘇彌魯布偶。

「笨蛋，別慌了手腳。吸氣。」

斐迪南的聲音讓我猛然回神，反射性地吸了口氣。而且是好大一口。由於他沒叫我「吐氣」，我只好更是吸氣。肺部裡的空氣已經滿到我再也吸不了更多，最終痛苦不已地「呼哈！」吐出大氣。

「斐迪南大人，您到底要我吸氣到什麼時候?!」
我雙眼含淚地瞪著蘇彌魯布偶，莉瑟蕾塔於是甜甜一笑。
「看來羅潔梅茵大人已經想起該如何深呼吸了，真是太好了呢。那麼接下來，請您想起淑女該有的舉動吧。」
莉瑟蕾塔繼續抱著蘇彌魯布偶，發動魔導具。可愛的蘇彌魯用斐迪南的聲音斥道：
「妳這樣還是領主候補生嗎？成何體統。」我飛快回到椅子上坐好。
「我好了，已經冷靜下來了。我們接著討論吧。」
「嗯，效果還真驚人。妳做得很好，退下吧。」
齊爾維斯特讚許了莉瑟蕾塔的機靈後，也回到座位上，把投在我身上的目光轉向布倫希爾德。
「從羅潔梅茵的反應可以看出，妳事先完全沒與主人商量。」
「是的。我既沒有與主人羅潔梅茵大人，也沒有與身為基貝的家父商量過此事。芙蘿洛翠亞大人與其他領主候補生也不曉得。」
布倫希爾德話聲平靜。齊爾維斯特的眉毛微動，要她繼續說下去。
「儘管本人幾乎沒有自覺，但其實羅潔梅茵大人的身分足以左右萊瑟岡古一族。家父基貝．葛雷修在萊瑟岡古的貴族中，也具有一定的影響力。如果事先找人商量，說好了要由我成為奧伯第二夫人的話，之後若正式向奧伯提出請求，現在的您很難拒絕吧。所以若想讓奧伯在聽完後可以充耳不聞，僅只當作戲言，這必須是我的自作主張。」
布倫希爾德似乎是判斷，談話時若想強調這並非是萊瑟岡古一族的意思，她只能採取這樣的做法。她接著道：

「而且我認為，奧伯不該是在旁人的強迫之下，而是該自己選擇有益於治理領地的第二夫人。聽聞羅潔梅茵大人與韋菲利特大人的婚約，是奧伯為了領地所訂下。那麼，想必您自身也願意迎娶對領地來說有其必要的第二夫人吧。」

……意思就是不要逃避，別光是強迫兒子和養女，自己也迎娶第二夫人吧。

面對筆直望著自己的蜜糖色雙眼，齊爾維斯特放棄掙扎般地一度垂下目光，接著再慢慢看向布倫希爾德。

「說吧。」

「感激不盡。」

布倫希爾德維持著跪姿，鎮定自若地開始說明。

「我也是在聽完夏綠蒂大人的意見，並積極地蒐集萊瑟岡古的相關情報後才知道。原來肅清過後，眼看領主一族比起與領內的貴族結緣，更看重與上位領地的關係，萊瑟岡古對於這樣的態度產生了危機意識。所以再度開始懷疑，羅潔梅茵大人與韋菲利特大人結婚以後，是否真能成為第一夫人。」

她說就是在這種情況下，又開始出現「比起韋菲利特大人，更該讓羅潔梅茵大人成為下任奧伯」的聲音；眾人也強烈覺得「不管是奧伯還是下任奧伯，都不需要有來自上位領地的妻子」，因此催生出了「要是得迎娶上位領地的女性，那根本沒有提升領地排名的必要」的主張。

「長久以來，萊瑟岡古一族都是藉由聯姻與奧伯建立起密不可分的關係。奧伯若能迎娶萊瑟岡古的女性為第二夫人，光是藉此展示對他們的尊重，相信眾人心中大半的不安便會煙消雲散吧。」

……從與夏綠蒂交換情報以後一直到現在，她居然蒐集到了這麼多情報嗎？我的近侍太優秀了。

看來擁有高超情報蒐集能力的不只哈特姆特。還是說單純只因為她是萊瑟岡古貴族的一員，比較容易取得這些消息？

「我當然知道第二夫人對領地的將來影響甚鉅，要與奧伯談論這件事情，原先也該作好萬全的準備。本來我也無意如此唐突，但實在是無法再坐視不管。我判斷現在的情勢已是刻不容緩，才會貿然進言。」

布倫希爾德以不忍的眼光，看向齊爾維斯特與他身旁的近侍們。我不明白她為什麼會露出這種表情，歪過頭問：

「刻不容緩是什麼意思呢？」

「……經過這次肅清，奧伯多半也懲處了自己大半的近侍。人手甚至減少到了若不與芙蘿洛翠亞大人共用近侍，便無法造訪北邊別館的程度。這種情況下別說是奧伯了，也會對芙蘿洛翠亞大人的公務造成影響吧？」

「咦?!」

雖說是自己的養父母，但因為很少與其他人的近侍接觸，我完全不記得那些人的長相。因此我吃驚地瞠大眼睛，看向齊爾維斯特身邊一行人。

「領主一族會議上，奧伯明知每位領主候補生要負責多少工作，卻不是找親生孩子夏綠蒂大人，而是向羅潔梅茵大人尋求協助。除了芙蘿洛翠亞大人懷孕了以外，更主要是為了透過羅潔梅茵大人補充人手吧。請問我說得沒錯嗎？」

布倫希爾德指出，若能由我去輔佐芙蘿洛翠亞，就比較容易招攬到萊瑟岡古的貴族來當近侍；大概即便是以這樣的形式，也想取得萊瑟岡古的協助吧。齊爾維斯特只是微微勾起嘴角，什麼也沒有回答。但他沒有否定，就代表布倫希爾德說得沒有錯。

「眼下波尼法狄斯大人只相信萊瑟岡古那邊提供的情報，那麼在這種情形下，奧伯想必迫切需要萊瑟岡古的支持。然而考慮到芙蘿洛翠亞大人，接下來卻有將近兩年的時間都無法迎娶第二夫人。」

……嗚哇，感覺還真是四面楚歌。

「但是，如您所見我還未成年，只要從貴族院畢業後再訂下一年的準備時間，再快也至少要兩年後才能舉行星結儀式。到那時候，早就不會影響到懷有身孕的芙蘿洛翠亞大人與剛出生的孩子。」

布倫希爾德的雙眼亮起堅毅光輝。

「一旦奧伯宣布，將迎娶萊瑟岡古的女性為第二夫人，多數萊瑟岡古的貴族們就會和過去一樣，時間一久便能抹去心裡的不安吧。倘若迎娶的對象還來自薇羅妮卡大人的老家，同時也是與她對立最為嚴重的葛雷修，這對萊瑟岡古來說意義有多麼重大，恐怕遠遠超出奧伯的想像。」

語畢後，布倫希爾德再微笑道：「況且有了未婚妻，領主會議上您也比較好婉拒那些想要聯姻的領地吧。」她非常清楚齊爾維斯特也不想與他領聯姻，正為此頭痛不已，所以才能這麼說。

「即便羅潔梅茵大人接下來要一直待在神殿，但身為侍從的我多數時間都會在城堡裡度過，所以也能負責出面與萊瑟岡古交涉。最重要的是，我原本就屬於芙蘿洛翠亞大人的派系，自然會輔佐她，絕不會與她對立。此外我也能與夏綠蒂大人一起合作，填補芙蘿洛翠亞大人的空缺。」

之前我在貴族院，也都是與夏綠蒂大人一起舉辦社交活動——布倫希爾德挺胸說道。

「在貴族院，不管是與王族還是與上位領地的茶會，乃至聚會的準備與接待，都是由我帶頭指揮。我可以自信地說，自己是領內與上位領地有最多交流經驗的貴族。而且往後若成了奧伯的未婚妻，或許還可以與夏綠蒂大人齊心協力，教導能夠派往領主會議的侍從。」

因為如果只是領主養女的近侍，她很難向以領主夫婦近侍為首的大人們發號施令。可是，倘若布倫希爾德成了要輔佐第一夫人的第二夫人，便有權力可以這麼做。她將能傳承自己的經驗，想栽培能與上位領地往來的侍從也容易得多。

「若能以這樣的方式一邊填補芙蘿洛翠亞大人的空缺，一邊盡快實現羅潔梅茵大人提議的世代交替，想要起用年輕世代的舊薇羅妮卡派貴族也會變得容易許多吧。起用人數變多後，說不定還能把當初不得不調走的近侍們找回來。」

齊爾維斯特微微瞇起雙眼，定睛注視著布倫希爾德說：

「妳對周遭情勢的觀察比我想的還要透澈，也能夠看出妳設想得極為周到。可是，妳何必自願來當我的第二夫……」

「就是說啊！布倫希爾德這麼優秀、機靈又有能力，去當養父大人的第二夫人簡直太糟蹋了！布倫希爾德甚至還比養父大人有魄力多了！」

四周頓時響起拚命忍笑的聲音，齊爾維斯特則是嘴角抽搐：「喂，羅潔梅茵。」但是，我說的是事實。

「因為養父大人已經有養母大人了喔。他最愛的就是養母大人，眼裡根本容不下其他女性。一直以來，不是還經常嘮叨自己不想迎娶第二夫人嗎？嫁給這樣的男士，我一點也不認為布倫希爾德未來能過得幸福。這我不要。既然要結婚，我希望布倫希爾德能和愛慕妳的人結婚。」

我這麼主張後，布倫希爾德訝異地睜大眼眸。

「那麼，羅潔梅茵大人為何會同意與韋菲利特大人訂婚呢？是因為您認為韋菲利特大人會愛慕您嗎？」

「並不是。是因為這樣一來，我就能自由進出艾倫菲斯特與神殿的圖書室，也最有利於發展印刷業。」

「也就是說，兩人是否相愛跟結婚沒有關係吧？」

……啊！確實我的愛意好像也只灌注給了書本?!

但身為已經訂婚的前輩，我不能說出真心話，應該提供更有意義的建言。為了挽回自己的失誤，我講了更多話來補救。

「啊、啊，可是，跟布倫希爾德和養父大人不一樣，我和韋菲利特哥哥大人之間還有著溫暖的親情，或者說有著從以前持續到現在的交情。這樣的關係大概可以一直持續下去，而且他也向斐迪南大人與基貝・萊瑟岡古保證過了，所以就算是政治聯姻，他也不至於冷落我吧。這妳不用擔心。」

聽完我拚命擠出的辯解，布倫希爾德露出了非常五味雜陳的表情，齊爾維斯特則是皺起臉龐。

「羅潔梅茵，妳以為我在迎娶基貝・葛雷修的女兒為第二夫人後，會愚蠢到去冷落她嗎？」

「咦？呃……身為奧伯應該會努力做做樣子吧。」

「喂，做做樣子是什麼意思？」

齊爾維斯特老大不高興地臭著臉，猛戳我的臉頰。因為真的很痛，我連忙向外求援：「祖父大人，快救我！」波尼法狄斯立刻「哼！」的一聲，把齊爾維斯特的手拍開。

「唔啊?!你也小力一點！」

「養父大人……聲音聽起來好痛，需要為您治癒嗎？」

「不了，沒關係。更重要的是，妳的近侍在全盤了解現況以後，似乎還是希望能當第二夫人，但妳對此持反對態度嗎？」

聽到齊爾維斯特問我是否反對侍從的決心，我看向布倫希爾德。只見她彎起嘴角，露出美麗的微笑。

「羅潔梅茵大人，當初我因為想要推廣流行，才希望能成為您的近侍。後來心願實現了，我很高興，今後則想以第二夫人的身分，輔佐芙蘿洛翠亞大人與羅潔梅茵大人推廣流行。不僅如此，我也想挑戰以領主一族的身分創造新流行。」

布倫希爾德臉上的光彩充滿希望，看起來一點也不像是為了壓制萊瑟岡古貴族，準備好要犧牲自己的人。她無疑更像個野心家，如今遇上了千載難逢的好機會，便想竭盡所能實現自己的心願。

……唔唔，布倫希爾德真是太帥了。

「我成為第二夫人以後，也會代替羅潔梅茵大人負責領內的社交活動。過往的那種社交方式，羅潔梅茵大人不需要學習。我會將領內整頓好，讓韋菲利特大人與羅潔梅茵大人在以夫妻身分治理艾倫菲斯特的時候，能夠諸凡順遂。」

「還真是近侍的楷模哪。我欣賞妳的志氣，就認可妳當齊爾維斯特的第二夫人了。」

……咦？誰欣賞誰？

我還眨著眼睛時，波尼法狄斯已經心情極佳地坐回位置上，氣定神閒地開始喝茶。布倫希爾德則是定睛凝視我，等著我表示贊成或反對。

「布倫希爾德的決心對艾倫菲斯特來說，確實是最好的解決辦法吧。可是，妳若辭去近侍一職，我會很傷腦筋呢。」

最後我這麼表示，布倫希爾德輕笑起來。

「畢業之前，還請讓我繼續擔任羅潔梅茵大人的侍從吧。但您應該早就預想到，畢業後我會因為結婚而辭去工作吧？」

「話是沒錯……」

「為了不給羅潔梅茵大人造成困擾，我會好好教育貝兒朵黛與谷麗媞亞。請您放心吧。」

女性成年以後，幾乎沒過多久便會結婚並辭掉工作。因此齊爾維斯特也叮嚀過我，要栽培新的近侍，或是多招攬已經結束了育兒工作的年長女性。我看向已屆適婚年齡的近侍們，心裡有些落寞。聽完我們的對話後，齊爾維斯特緩緩吐了口氣說：

「布倫希爾德，但妳不是要繼承葛雷修嗎？原本打算招贅夫婿吧？」

對喔，記得布倫希爾德說過，自己是下任基貝。即便她想當奧伯的第二夫人，基貝・葛雷修也不一定會答應。面對大家擔憂的眼光，布倫希爾德揚起淡淡的苦笑說了：

「我還有一個妹妹。與其由我招贅夫婿，不如在我成為第二夫人、也將葛雷修整頓成了貿易城市以後，再讓貝兒朵黛招贅到優秀的夫婿會更好。不僅如此，家父的第二夫人似乎生下了男孩，他也在考慮指定那個孩子為繼承人。」

有了兒子以後，通常會指定兒子為繼承人。雖然在舉行洗禮儀式之前都不會對外公開孩子的存在，但布倫希爾德多半會失去下任基貝的資格吧。儘管知道慣例都是這樣，但布倫希爾德至今為了成為下任基貝所作的努力就這麼遭到漠視，我感到非常難過。

「……我認為現在對葛雷修來說最重要的，就是與領主一族並肩合作，讓因特維庫侖可以成功。」

布倫希爾德原本似乎是打算從他領招贅來優秀的男性，輔佐她管理葛雷修。然而，因特維庫侖要是失敗了，想要招贅夫婿就會十分困難。因為很少有優秀的人才，會願意來到一個還不知道改造能否成功的地方。

尤其現在芙蘿洛翠亞懷孕了，施展因特維庫侖的計畫有了變更，所以布倫希爾德認為比起招贅夫婿，成為第二夫人讓因特維庫侖可以順利進行更重要。

「而且，倘若整頓葛雷修的工作改由奧伯主導，難保家父不會覺得遭到看輕，因而心生反感。但如果有我以第二夫人的身分居中協調，很輕易便能讓家父認為這是他獨有的特別待遇。」

布倫希爾德的話聲充滿決心，聽得出來她無論如何都要讓葛雷修能成功進行改造。我真的覺得沒有人比她更適合成為下任基貝了。

「我有自己的盤算和理由。我並不是為了得到奧伯的寵愛，而是想成為支持艾倫菲斯特的一分子，並且充分發揮自己的能力，所以希望能由我擔任第二夫人一職。」

布倫希爾德的自我宣傳就此結束。

她還一派信心十足，灑脫地表示：「如果您要充耳不聞，當作是小女孩的戲言也沒關係。我就是為此才會自作主張。」

齊爾維斯特輕笑一聲站了起來，走到布倫希爾德面前，朝她伸出手去。

「妳的決心我收下了。我會向基貝・葛雷修提出會面邀請。慶春宴之前，記得準備好上臺的服裝與訂婚魔石。」

「感謝奧伯。」

布倫希爾德露出獲得勝利的笑容，握住他伸來的手。背上的深紅色長髮如絲綢一般滑動。

……唔唔，布倫希爾德要成為養父大人的第二夫人嗎？

畢竟這是布倫希爾德自己的期望，我也明白這對艾倫菲斯特來說是最好的安排，但還是有點難以高舉雙手給予祝福。「太好了」跟「還是不要吧……」的想法在內心交戰。我果然還是適應不了第二夫人這種制度。單聽說明的時候還可以理解「就是有這種文化」，也不太感到排斥，但眼看身邊的人就要去當第二夫人，我的心情便有些複雜。

……而且，養父大人又有已經深愛著的第一夫人了。

在這個世界，理所當然都是由父親決定女兒的結婚對象，所以布倫希爾德能照著自己所想的安排婚事，光從這點來看就已經大獲全勝。可是，能在第一夫人正懷有身孕的時候，不和她商量一聲就決定要娶第二夫人嗎？我也為芙蘿洛翠亞感到擔心。

「……唔？奧多南茲？」

正吃著點心的波尼法狄斯瞪向窗外，冷不防低聲嘀咕。在場所有人一起往窗外看去，但連奧多南茲的影子也沒見著。

「祖父大人，在哪裡呢？」

「……很快就到了。」

果然如他所言，約莫十秒鐘後開始看見了飛來的奧多南茲。我正為他驚人的視力感到驚奇時，奧多南茲飛進屋來，然後停在卡斯泰德的手臂上。

「騎士團長，格拉罕這裡有事向您稟報。」

大家同時臉色一變，緊盯著奧多南茲瞧。騎士團帶著馬提亞斯他們去格拉罕進行調查了，難道發生了什麼事情嗎？

「在我們檢查各個秘密房間的時候，格拉罕的兒子忽然表示，基貝可能還活著。請您即刻趕到。」

波尼法狄斯最先站起來。他與齊爾維斯特四目相接後，兩人都點一點頭。

「卡斯泰德就留下來，我會傾盡全力取得萊瑟岡古的支持。」

「嗯。這次我也絕不會失敗，定會帶著證據回來。」

說完，波尼法狄斯帶著自己的近侍衝出房間。

「養父大人，馬提亞斯他們……」

「波尼法狄斯他會提供協助。卡斯泰德，回去了。」

卡斯泰德一臉恨不得跟著衝出去的樣子，緊握起拳頭後，對齊爾維斯特的吩咐點了點頭。齊爾維斯特低頭朝我看來，往我的額頭拍了一下。

「羅潔梅茵，由於妳的近侍也在那裡，我知道妳心急，但總是照看著妳的斐迪南已經不在了。採取任何行動前別忘了提醒自己，現在不管妳做什麼，都已不再有人能立刻站出來袒護妳。」

「……是。」

要是還和以前一樣魯莽行事可會自討苦吃，我們彼此都是——留下這句話後，齊爾維斯特快步走出房間。

「布倫希爾德，妳來得及準備服裝和訂婚魔石嗎？現在沒剩多少時間了吧？現在才開始準備來得及嗎？」

目送齊爾維斯特一行人離開的我，望著房門問道。我們算是最早從貴族院回來的一批學生，所以跟往年比起來，距離慶春宴是多了幾天時間，但感覺還是很緊湊。

「在忽然有人想求娶自己的情況下，來不及訂做新衣也是正常的，否則只會被人揣測我是不是老早就在作準備。所以，我打算直接修改冬季開場宴時穿過的服裝，再裝飾得稍微華麗一點就好。魔石則託羅潔梅茵大人的福，手邊已有品質良好的原料，所以應該不用擔心。」

其實布倫希爾德最好馬上開始製作訂婚魔石，但齊爾維斯特已經說了，他會去向基貝・葛雷修提親。這件事布倫希爾德絕不能自己開口。在他人眼裡，必須是齊爾維斯特為了得到萊瑟岡古貴族的支持而主動求娶，這點非常重要。在他向基貝・葛雷修開口之前，我們都必須假裝不知道。

「一旦家父喚我回去，我回家以後，應該就會馬上開始準備。」

「我知道了。反正我現在不能離開北邊別館，城堡裡的氣氛又因為處罰了許多貴族而十分緊張，也不可能召見普朗坦商會的人。今年的販售會只能停辦，所以在慶春宴之前，我也沒有什麼事情要做，布倫希爾德就放心回去作準備吧。」

我說完後，奧黛麗與莉瑟蕾塔都點點頭，對布倫希爾德投以要她放心的微笑。谷麗媞亞也表明自己的決心：「我也會加油。」就在這時，黎希達神情有些凝重且僵硬地上前一步。

「大小姐，對您實在非常抱歉，但我想向您懇求一件事情。可以的話，我想回到齊爾維斯特大人身邊服侍他，能請您准許嗎？」

在我成為領主的養女時，黎希達是齊爾維斯特派來協助我的首席侍從。她一直支持著不習慣貴族生活的我，也幫忙指導過起初還為數不多的近侍。

「如今大小姐的近侍除了萊瑟岡古的貴族外，還有已經向您獻名的舊薇羅妮卡派貴族，人手十分足夠。而且大家也團結一心，非常盡心服侍您。既然如此，我想回到人手已缺乏到了不得不夫婦一起共用近侍的齊爾維斯特大人身邊。」

「黎希達，我明白妳擔心養父大人他們的心情。畢竟身邊若沒有值得信任的近侍，確實很教人傷腦筋呢。」

領主一族不管是生活、公務還是人身安全，全部都得仰賴近侍。只要想想每當我擅自行動，近侍們都會十分困擾甚至發火，就知道這樣的生活不能夠自己想做什麼就做什麼。換句話說，若沒有能夠信賴的近侍，便無法如常地過生活。換作是我沒有了一半以上的近侍，也會非常傷腦筋。

「再者，倘若布倫希爾德將成為第二夫人，那麼她與芙蘿洛翠亞大人之間最好有個能居中協調的人。而且領主夫婦身邊有個熟悉的人在，布倫希爾德也會比較安心吧。」

「黎希達，謝謝妳為我著想，這麼做也確實對我很有幫助。可是一下子就有兩名侍從離開，會不會給羅潔梅茵大人造成困擾呢？」

布倫希爾德來回看著我和黎希達。我環顧侍從們，稍稍陷入沉思。

「等慶春宴結束後，大小姐便會回到神殿，屆時城堡裡的侍從有奧黛麗與莉瑟蕾塔就夠了。谷麗媞亞雖然在城堡這裡還有許多該學的事情，但她聰明優秀，想必很快就能學會。到了貴族院又有布倫希爾德陪在她身邊，貝兒朵黛也預計成為她的近侍，傷腦筋的程度應該還比不上領主夫婦。」

我記得韋菲利特身邊的侍從並沒有徹底替換掉，還留有舊薇羅妮卡派的貴族，不過我也不清楚他們現在的情況。至於麥西歐爾，其實今年冬天他本該在兒童室裡挑選要一起就讀貴族院的近侍，結果卻與孩子們隔離開來。目前身邊只有父母為他挑選的成年近侍，以及在他就讀貴族院時，能以高年級生身分從旁給予指導的三名年輕近侍。

「黎希達說得沒錯呢。現在領主一族當中，近侍人數最為充足的就是我和夏綠蒂了吧。但夏綠蒂要輔佐養母大人，我之後則會待在神殿，所以與其調走夏綠蒂的近侍，不如將我近侍中的黎希達還給養父大人，各方面都不會造成太大的影響。」

而且黎希達原本就是齊爾維斯特的近侍，不需要重新接受指導也不太需要磨合，很快能以近侍的身分幫上忙吧。

「那麼我也會與艾薇拉大人好好商議，在冬天之前結束貝兒朵黛的實習。」

布倫希爾德一臉「就這麼說定了」地點頭，接著陷入沉思，應該是在思考今後的安排。我從她身上別開目光，看向黎希達。

「黎希達，不管在城堡還是在貴族院，妳一直陪在我身邊，妳要走了真讓我感到寂寞呢。不過，現在是養父大人更辛苦，請妳去助他一臂之力吧。」

「大小姐，謝謝您。」

我向近侍們宣布，今後首席侍從將改由奧黛麗擔任，再向齊爾維斯特送去奧多南茲說：「我會把黎希達送回去，請留下她當您的近侍吧。」我馬上收到他的回覆：「我哪能再從妳身邊搶走近侍！」但我推了黎希達一把，送她離開。

「黎希達，身為妳的主人，這是我最後的命令。請妳好好督促養父大人，讓他打起精神認真辦公。還有，現在因為布倫希爾德即將成為第二夫人，請妳在本館幫忙協調，讓還在懷孕的養母大人不會因此情緒不穩，也能欣然接受布倫希爾德的幫助。」

「大小姐，謹遵您的吩咐……那麼，大小姐就拜託各位了。」

「儘管交給我們吧。」

只要硬把人送過去，齊爾維斯特也只能接受了吧。他現在應該迫切需要可以信任的近侍。黎希達離開後過了不久，大概是終究被黎希達說服，齊爾維斯特捎來奧多南茲向我道謝。

周遭的變化與慶春宴

後來，齊爾維斯特針對基貝．葛雷修與萊瑟岡古的貴族們，很快採取了行動。不知道是受到黎希達的鞭策，還是因為波尼法狄斯去了格拉罕，沒人監視以後就比較方便做事。但也可能是黎希達回到他身邊後，有利於與萊瑟岡古進行溝通吧。

隔天傍晚，布倫希爾德便被叫回老家；柯尼留斯與蘭普雷特也接到艾薇拉的傳喚，要找他們回去問話。我身邊的人忽然忙碌起來。

但儘管身邊的人們手忙腳亂，無法離開北邊別館的我倒是得到了點空閒時間。我開始看起戴肯弗爾格的漢娜蘿蕾借我的書。內容是聖典上沒有記載的、各種在民間流傳的神話，我看得非常開心。聖典裡的故事幾乎都在講述諸神是如何大顯神通，但這本書裡收錄的神話，多在描寫神與神之間的關係。

比如水之女神芙琉朵蕾妮為了打倒生命之神埃維里貝，戰鬥前會先沐浴，並把力量分給眷屬們。這則故事我在推行格林計畫的時候就蒐集到過，所以看得津津有味。據說祂治癒的力量也會分給萊登薛夫特與舒翠莉婭。

這本書裡的故事還說到，因為曾有萊登薛夫特的眷屬神偷看芙琉朵蕾妮沐浴，自此之後祂才會設下結界將男士阻隔在外；也提到女神水浴場裡有種名為茲洛拉的魔樹，會在芙琉朵蕾妮沐浴時伸長枝椏，白色花瓣再變作綠色水滴掉落下來。相傳那些水滴具有強大的治癒力量，讓我聯想到了芙琉朵蕾妮之夜採集過的萊靈嫩之蜜。

……對了，斐迪南大人他們是不是說過進不去水浴場？但他們好像可以看到泉水那邊的景象，那感覺結界的效果不是很厲害嘛。

但撇開我的感想不說，看來戴肯弗爾格那裡也有女神的水浴場吧。

我一邊看書，一邊尋找與至今蒐集到的各地故事有哪些相似之處。同一時間，馬提亞斯他們曾寄來奧多南茲說：「多虧波尼法狄斯大人敏銳的直覺，調查進行得十分順利。請您放心。」我沒有多想便回道：「祖父大人好厲害喔。那請大家也提供協助，讓調查能盡快結束吧。」

結果在這之後，不知為何奧多南茲開始頻頻飛來，向我報告波尼法狄斯的英勇表現。每一次報告，都彌漫著濃濃的「拜託請稱讚一下波尼法狄斯大人」的氛圍。倘若馬提亞斯他們的工作就是送來奧多南茲向我報告，那我身為主人也得提供協助才行。這麼心想的我於是賣力回覆。

……可是祖父大人，一天之內送來這麼多次，實在太干擾我看書了。

有關波尼法狄斯的種種表現，我也會請哈特姆特轉告奧伯。雖然騎士團也會把差不多的消息直接傳給奧伯，但細節上可能有些差異……我以這種表面藉口為障眼法，實際上是請哈特姆特一併報告了萊瑟岡古的相關情報與北邊別館的現況。

我以提供這些情報為條件，希望齊爾維斯特能把察看過記憶後，確定清白無辜的青衣神官送回神殿。尤其法瑞塔克現在做起神殿的工作已經是得心應手，我懇切地希望著能把他還回來。

布倫希爾德返回老家的兩天後，齊爾維斯特來人通知：「我有重要的消息告訴你們，今晚要在本館用餐。」肯定是關於與布倫希爾德訂婚一事吧。作好準備後，我前往餐廳。看到黎希達在齊爾維斯特身後忙東忙西、服侍他用餐，我感到十分神奇。

「我已決定迎娶基貝．葛雷修之女布倫希爾德為第二夫人。不僅基貝已經欣然應允，我也正慢慢得到萊瑟岡古貴族們的贊同。」

吃完晚餐，齊爾維斯特宣布他決定迎娶萊瑟岡古的女性為第二夫人，並且會在慶春宴上公布此事。接著他說明這是自己身為奧伯所作的判斷，而且現在確實有必要主動向萊瑟岡古以及葛雷修示好，今後也會與萊瑟岡古多多往來。

「布倫希爾德？她不是羅潔梅茵的見習侍從嗎？」

韋菲利特皺起眉往我看來。我點了點頭。

「之前基貝．葛雷修還突然要她馬上回去，所以她急急忙忙就回家了，原來是為了這件事啊。要是事先跟我商量的話，我也能幫忙美言幾句呢……」

我主張「自己什麼也沒做喔」，看向齊爾維斯特。他一臉無奈地聳聳肩。

「若能取得妳的協助，這件事可以輕易談成吧。但是，必須由我主動向萊瑟岡古釋出善意才行，這點至關重要。再者，現在萊瑟岡古裡已屆適婚年齡的女性並不多，我等於搶走了妳的侍從，對妳很是過意不去。」

如果是已經成年的女性貴族，馬上迎娶就會影響到還有身孕的芙蘿洛翠亞。不過，這雖然是理由之一，但主要是因為已屆適婚年齡的女性都和萊歐諾蕾一樣，早已有了婚配。畢竟總不能因為要迎娶為奧伯的第二夫人，就讓人家解除婚約。所以從各方面來看，布倫希爾德可說是最適合的人選。

「布倫希爾德願意接受奧伯的求婚，我也很高興。因為肅清過後，領內正一片混亂，也不適合迎娶具有強大影響力的他領貴族為第二夫人。而且在我生下孩子之前，這段時間布倫希爾德也願意代替羅潔梅茵，負責與領內的女性貴族們交際往來。她還說之前在貴族院的時候，都是與夏綠蒂互相幫忙，希望今後也能齊心協力。」

我最擔心的就是芙蘿洛翠亞的反應，所以看到她笑容滿面地對布倫希爾德表現出歡迎，我總算鬆了口氣。我正暗暗如釋重負的時候，夏綠蒂也露出安下心來的微笑。

「布倫希爾德因為還未成年，得等上一段時間才會正式舉行星結儀式呢。她又是基貝．葛雷修的女兒，我認為對奧伯．艾倫菲斯特來說是再合適不過的對象了。父親大人，恭喜您。」

麥西歐爾大概是有樣學樣，明明一臉沒聽懂的樣子，還是跟著向齊爾維斯特道賀。唯獨韋菲利特神色複雜地看著大家，一句話也沒說，晚餐也就此結束了。

到了慶春宴當天，由於齊爾維斯特吩咐過「快開始時再進場」，我們便在離大禮堂最近的房間裡待命。這時近侍們一一走了進來。

「明明只去了五天，感覺卻好久不見了呢。馬提亞斯、勞倫斯、繆芮拉，歡迎回來。調查很辛苦吧？明天會放你們一天假，所以今天的慶春宴再努力一下吧。」

「感謝羅潔梅茵大人。」

這場宴會基本上所有貴族都要出席，因此是等到了前往調查的騎士團回來後才開始。在這麼短的時間內，要搜查已向喬琪娜獻名的基貝們的宅邸應該很辛苦吧。除了波尼法狄斯有哪些英勇表現外，我並沒有收到任何詳細的報告，但似乎有所斬獲。

第七鐘響後，騎著騎獸拚命趕路的騎士團一行人終於歸來，幾乎沒能喘口氣就要接著出席慶春宴。繆芮拉臉上有著掩飾不了的疲倦，但馬提亞斯與勞倫斯看起來倒是精神很好。只不過，馬提亞斯的表情非常嚴肅。

「馬提亞斯，如果詳細情況已向奧伯稟報，那你晚一點再向我報告也沒關係，現在先放輕鬆吧。你的表情好可怕呢。」

從馬提亞斯的表情來看，顯然基貝．格拉罕還活著。只要知道這一點，之後再慢慢聽取報告就好了。至少沒必要在慶春宴舉行前聽。

奧黛麗負責觀察情況，然後帶著我們前往大禮堂。對舊薇羅妮卡派進行的肅清結束後，大概是布倫希爾德將成為第二夫人的消息已經傳開來了，萊瑟岡古的貴族們臉上都掛著笑容，顯得十分高興。

而站在他們中心的人物，便是身穿春季正裝、襯托著一頭紅髮的布倫希爾德。她的腰桿筆直，神情專注堅定，與老一輩的貴族們有說有笑。身邊還有提供協助的艾薇拉，以及認真注視著姊姊的貝兒朵黛。

……看來萊瑟岡古的貴族們交給布倫希爾德就沒問題了。不過，另一邊的那群人得想辦法提拔他們才行呢。

與喜形於色的萊瑟岡古貴族不同，也有不少貴族面色沉痛，再不然就是待在角落，像是不想加入任何對話。他們大概是受到了輕微處分的舊薇羅妮卡派貴族吧。

「是被處刑的人不多，還是有很多貴族都已經接受完了處罰，所以被釋放出來呢？感覺貴族人數沒有我想像中的減少那麼多。」

「妳只是因為身邊的人沒什麼變化，才會這麼覺得。有些人雖然沒有被連坐處刑，但不代表完全不用接受處分。我有幾名近侍就是受到了牽連被迫離開。明明他們沒有犯下任何過錯，一直以來陪在我身邊的人卻非走不可，我可是很難過。」

韋菲利特邊說邊稍微移動目光。我跟著望過去後，看見了曾是他首席侍從的奧斯華德。聽說他在回領的兩天後，主動請辭說：「不能因為我的關係，讓萊瑟岡古的貴族們有機會說韋菲利特大人的不是。」

……原來不只養父大人，韋菲利特哥哥大人也失去了一些近侍。

「看來得努力與萊瑟岡古一族並肩合作，然後慢慢提拔舊薇羅妮卡派裡的優秀人才，希望可以早日把他們找回來當近侍呢。」

現在已經做到不讓還未成年的人連坐受罰，為了加快世代交替的腳步，我也建議了可以提拔本身清白無辜的貴族。城堡裡的人事要如何安排，要設定怎樣的方針讓貴族們遵循，這些都是齊爾維斯特與韋菲利特該思考並執行的事情。為了把自己的近侍找回來，希望他們能好好努力。

「……妳講得還真是事不關己。」

「我不能覺得這跟自己有關喔。因為我已經被吩咐過不能太出風頭，必須全部交給身為下任領主的韋菲利特哥哥大人。而且和女性的社交應酬，我也交給夏綠蒂與布倫希爾德了。我之後會待在神殿，盡量不插手城堡裡的事情。」

我在神色僵硬的韋菲利特護送下來到最前排，領主夫婦似乎也馬上跟著進場。才剛被貴族們包圍，還沒來得及寒暄，慶春宴便在齊爾維斯特的宣告下正式開始。

「幸得水之女神芙琉朵蕾妮的清澄水流庇佑，生命之神埃維里貝已然遠離，土之女神蓋朵莉希破縛而出。為融雪獻上祝福！」

首先發表學生們在貴族院的成績。最優秀者雖然只有我，但今年的優秀者相當多。所有的領主候補生，以及各自有幾名近侍都上了臺，和往年一樣接受表揚和紀念品。

「在肩負著艾倫菲斯特未來的孩子中，出現了這麼多優秀的人才，實在是件幸事。期望你們繼續精進自己，維持優秀的好成績。」

緊接著，齊爾維斯特轉向聚集在大禮堂內的貴族們，分享今年貴族院發生了哪些事情。比如我們取得了數量驚人的加護，也因此與戴肯弗爾格展開共同研究，王族甚至參加了我們在貴族院舉行的奉獻儀式；學生們認真向諸神祈禱後，好幾名重新舉行加護儀式的畢業生還再取得了一些加護等。這些事情來參觀過領地對抗戰的家長們多少知道，但其他貴族幾乎不太曉得。

「為了取得更多加護，如今以中央為首，所有領地都開始看重儀式。而領主候補生會參加儀式的艾倫菲斯特，正站在這項趨勢的最尖端。因此，我決定任命麥西歐爾為見習青衣神官，在羅潔梅茵成年之時接掌她所卸下的神殿長一職，並且未來三年的時間要前往神殿慢慢交接。」

聽到王族參加了儀式，儀式也開始受到重視後，萊瑟岡古貴族所在的方向傳來驚呼。接著又聽到不光是我，其他領主候補生也將以見習神官的身分進入神殿，他們似乎毫不感到排斥就接受了。貴族們的臉色都明亮而充滿希望。

「羅潔梅茵姊姊大人，我們什麼時候要去神殿呢？」

「等和兒童室裡的孩子們談過了，我們就一起去神殿。首先得去神殿參觀，確認房間的大小與需要的物品，也要挑選在神殿內服侍你的侍從。」

我與麥西歐爾交談的時候，接著公布了一些人事的安排。齊爾維斯特表示，肅清後空出來的基貝位置，他將指派萊瑟岡古的貴族接任；但也會設下三年的觀察期，表現若無問題再予以正式任命。眾人聽了同樣報以歡呼。

「今年冬天，我們也一鼓作氣掃蕩了品行不端的貴族。在這當中，自身雖然無辜卻也照著慣例自動請辭的人、受到牽連而被免職的人，以及罪行輕微已接受完了處罰的人，將會視個人能力盡快予以任用。所以希望各位持續努力，別因受到處分便心灰意冷。」

大禮堂內的氣氛頓時緩和了一些。但是，齊爾維斯特接著說起肅清後，氣氛再度變得緊張。他表示現在雖然已經排除了向他領第一夫人獻名的危險貴族，但似乎仍有貴族逃到了他領，所以危機還沒有真正解除。

「為了對抗潛在危險，我才會指派萊瑟岡古的貴族擔任基貝。倘若發現任何可疑或異常情況，請即刻通知騎士團。」

萬一出了事可要負責──齊爾維斯特拐著彎這麼暗示後，萊瑟岡古貴族們的表情也變得嚴肅。看來多少讓他們明白，現在不是掃蕩舊薇羅妮卡派後感到高興的時候。

「此外，葛雷修的改造計畫將在我的主導下於秋天進行。具體細節，我會召集葛雷修周邊的基貝們一起說明。為了不讓他領商人在來訪時看輕艾倫菲斯特，推行改造計畫時我也會向周邊的基貝尋求協助。」

這種時候要是說「為了不被上位領地的貴族看不起」，大人們的想法還是會和下位領地時一樣，覺得被看輕也是很正常的事；但如果改口說成「他領商人」，反倒會受到刺激，覺得「怎麼能被平民瞧不起」。布倫希爾德說了，只要改一下用詞，給人的感覺就會完全不一樣。

「……就這樣，我將與萊瑟岡古的貴族們攜手合作，努力治理艾倫菲斯特。與此同時，在城堡這裡，我也會積極採用已習慣與他領往來的年輕人。做為見證，我將迎娶基貝·葛雷修的女兒為第二夫人。她身為羅潔梅茵的見習侍從，在與王族以及上位領地往來時，貢獻可謂良多。」

聞言，萊瑟岡古的貴族們皆拍手鼓掌，表達熱切歡迎。雖然也有貴族驚訝得雙眼圓睜，但畢竟長久以來大家都認為應該要迎娶第二夫人，所以並沒有人質疑齊爾維斯特的決定。

「布倫希爾德，請上臺來。」

齊爾維斯特開口催促後，布倫希爾德先是往我看來，接著在侍從的陪同下上臺。她的下巴抬得比平常要高一些，神情堅毅凜然。女性侍從手中捧著一個小盒子，顯然已經準備好了訂婚魔石。

緊接著布倫希爾德緩緩跪下，身邊的侍從同樣跪地垂首。幫齊爾維斯特捧著魔石，在一旁待命的是黎希達。確認布倫希爾德已經作好準備，黎希達便恭謹地打開蓋子，遞向齊爾維斯特。齊爾維斯特從小盒子裡取出魔石，再遞到布倫希爾德面前。

「由引導之神艾爾瓦克列廉所選出的基貝．葛雷修之女布倫希爾德，妳願意成為我的水之女神芙琉朵蕾妮，治癒並扶持如今正一片混亂的艾倫菲斯特嗎？」

齊爾維斯特這些話的意思是，他希望布倫希爾德能成為水之女神，輔佐光之女神並治癒土之女神。聽說與第一夫人不同，一般不會在公開場合將第二夫人比喻為光之女神。而且奧黛麗說過，通常都是比喻成沒那麼常見的眷屬神。然而，齊爾維斯特竟將布倫希爾德比喻為芙琉朵蕾妮，由此可知對她有著極高的評價。

「我願意。」布倫希爾德接下齊爾維斯特遞來的魔石，接著遞出自己做的訂婚魔石。「我在引導之神艾爾瓦克列廉的帶領下來到此處。倘若奧伯．艾倫菲斯特希望我成為水之女神，那我便成為艾倫菲斯特的芙琉朵蕾妮吧。一切全是艾爾瓦克列廉的指引。」

從面帶微笑的布倫希爾德手中接過魔石後，齊爾維斯特朝她伸出手去。布倫希爾德握住他的手站起來。

「那麼，婚約就此成立。」

現場旋即響起熱烈掌聲，大家讓思達普發出光芒，祝福站在臺上的兩人。我也跟著變出思達普使其發光。

……希望布倫希爾德可以過得幸福快樂。

「啊！」

有些大量的祝福光芒飛往臺上。我好像祈求得太認真了點。

「羅潔梅茵！」

「韋菲利特哥哥大人，您放心吧。剛才那些祝福不醒目啦。」

「怎麼可能啊！」

我連忙收起思達普，假裝什麼也不知道，但周遭的貴族都在看我，很顯然韋菲利特說的才是對的。

我垮下肩膀，在心裡頭辯解：「明明是因為我還操控不好思達普嘛……」這時，菲里妮露出可愛的甜笑安慰道：

「沒事的，畢竟是自己近侍布倫希爾德的喜事嘛。我們早就料到羅潔梅茵大人會給予祝福，剛才那樣的量也在可以接受的範圍內喔。」

「是啊。而且又不像之前在貴族院會產生光柱，跟上課上到一半突然有祝福從天而降比起來，這也不算什麼嘛。大家很快就會忘記的。」

優蒂特也跟著開口安慰我，但我總覺得沒有被安慰到。兩個人的接受度和對常識的判斷標準好像都有些偏差了。

「我倒覺得既然要給予祝福，不如灑滿整個大禮堂呢。我舉行星結儀式的時候，羅潔梅茵大人若願意盡情給予盛大的祝福，我與克拉麗莎都會非常高興。」

……哈特姆特和克拉麗莎的星結儀式也太恐怖了！

神殿觀摩

今天是去神殿觀摩的日子。幾頭騎獸彼此相連，從城堡飛往神殿。我的小熊貓巴士裡還傳出孩子們的歡聲笑語，感覺熱鬧非凡。除了要讓麥西歐爾前往神殿挑選侍從，我也帶了兒童室裡的孩子們，讓他們參觀神殿裡的生活。參觀完畢後，再由他們自己決定要住在城堡還是神殿。

現在還住在兒童室裡的孩子，有兩名男孩加上兩名女孩共四人。其中一個女孩子的父母已經遭到處刑，其餘三人則是父母犯了很重的罪，有好幾年的時間都不會回到他們身邊。尼可拉斯也在這群孩子當中。而受到輕微處分的貴族父母，似乎老早就把孩子接回去了。跟被送到孤兒院的孩子們比起來，父母願意帶回去的比例高很多。

……果然在這個世界，還未受洗的孩子們非常不受重視呢。

「大家辛苦了，這裡就是神殿喔。請下來吧。」

我把小熊貓巴士停在神殿的正門玄關前，轉頭看向後座說道。最先映入眼簾的，是並肩坐著的優蒂特與萊歐諾蕾，接著是麥西歐爾與他的護衛騎士，再往後則是兒童室裡的孩子，並由柯尼留斯與達穆爾看著他們。出發之前，我已經用舒翠莉婭之盾確認過孩子們都沒有敵意，但護衛騎士們仍是堅持要在一旁看守。畢竟他們的工作就是隨時要保持警戒，所以我也不再多嘴干涉。

「羅潔梅茵姊姊大人的騎獸好厲害喔。我第一次看到騎獸可以變得這麼大，太神奇了。我也想變出這樣的騎獸。」

要是能跟我一樣就好了呢——我與麥西歐爾這麼閒聊的時候，他的近侍倒是一臉非常為難，難以啟齒似地開口：

「那個，麥西歐爾大人，我看窟倫還是……」

「既然您是奧伯的孩子，還是請變出獅子造型的騎獸吧。」

沒有乘坐小熊貓巴士的文官與侍從都在旁邊收起自己的騎獸。與此同時，其他人也陸陸續續從小熊貓巴士裡走出。眼角餘光中，只見孩子們都仰頭看著神殿，我再走向出來迎接的一行人。有身穿青衣神官服的哈特姆特與神殿的侍從們。

「哈特姆特，準備很辛苦吧？謝謝你的幫忙。」

我慰勞了先回到神殿來、為觀摩作準備的哈特姆特，他開心地露齒微笑。

「能為羅潔梅茵大人效勞是我的榮幸。我與護衛騎士還有神殿裡的侍從們討論過了，為了您的安全著想，將帶大家前往神官長室而非神殿長室。我來為眾人帶路，請羅潔梅茵大人收起騎獸，先回房更衣吧。」

聽到哈特姆特要為大家帶路，我向他道謝後，確認所有人都下來了就收起騎獸。緊接著，我與法藍、薩姆以及莫妮卡一同走回神殿長室。達穆爾與萊歐諾蕾負責護衛，跟在我的身邊，除此之外的近侍們則是為麥西歐爾等人帶路，還有照顧孩子們。優蒂特與菲里妮可能因為有弟弟的關係，照料起孩子們得心應手。

「我回來了。好久沒見到大家，神殿這裡一切都還好嗎？」

我問起近況後，法藍他們便投來一如既往的溫暖笑容。熟悉的臉孔讓我安下心來，身體也不再緊繃。由於在城堡經常要擠出客套的假笑，臉部肌肉變得十分僵硬，直到這時候才自然地放鬆下來。

「神殿長室這裡一切安好。但孤兒院因為多了不少孩子，生活似乎與以往有很大的不同。」

聽完法藍的報告我點點頭。莫妮卡也面帶微笑，告訴我孤兒院現在的情況。

「為了迎接各位，葳瑪正在孤兒院內作準備。妮可拉還在哈特姆特大人的指示下，做了表達歡迎之意的點心。」

「但雨果和艾拉都還沒回來，她一個人應該很吃力吧。」

今天只是過來參觀，之後還要載孩子們回城堡，所以我的專屬廚師們仍在城堡裡。

「她說她做的是一個人也能輕鬆完成的帕露煎餅，而且還用了孤兒院的孩子們與昆特獻給您的帕露。她說再不吃就要腐爛了，所以您回來得真是時候。」

因為我每年都非常期待，聽說大家還特意留了帕露給我。太好了。達穆爾每年冬天也很期待吃到帕露煎餅，肯定會很高興吧。

「吉魯與弗利茲上午就會把工作做完，還下了指示要孤兒院的大家沐浴淨身。等各位移步前往孤兒院的時候，應該所有灰衣神官也都到齊了。」

「薩姆，謝謝你。」

到了神殿長室後，莫妮卡幫我更衣。感覺也好久沒穿上神殿長服了。

「莫妮卡，可以安排三天後，把商業公會、普朗坦商會與奇爾博塔商會的人都叫來神殿嗎？我有急事要告訴他們。」

「遵命。看來也要順便委託奇爾博塔商會，為您修改服裝呢。裙襬已經短得超出我的預期。」

莫妮卡邊為我換裝邊說道。低頭仔細一看，裙襬確實稍微變短了。之前還剛剛好在小腿肚旁邊，現在已經短到膝蓋底下了。

……噢噢，好驚人！我長高了好多！

至今很少能目睹到肉眼可見的變化，我好感動。這是因為尤列汾藥水徹底融解掉了凝固的魔力嗎？還是減少魔力壓縮次數所造成的效果？總之，我太高興了。

換好衣服的我帶著法藍他們，往神官長室移動。但是不知為何，站在門前讓我們入內的，居然是麥西歐爾的護衛騎士。

「為什麼是麥西歐爾的護衛騎士守在門外呢？」

「因為我表示自己要守在內側。」

安潔莉卡站在房內的門前，主張著自己正認真工作。大概是安潔莉卡一如往常表示自己要守在房內，麥西歐爾的護衛騎士就只好到門外守著吧。但其實應該由安潔莉卡站外面，讓麥西歐爾還不習慣陌生環境的護衛騎士站房內，才能看到自己的主人。但既然他們已經談好了，那就這樣吧。

「羅潔梅茵大人，恭迎您的歸來。今天的點心是帕露煎餅喔。」

一走進屋內，馥郁的甜香便撲鼻而來。神官長室裡的侍從們正在準備茶水，妮可拉與羅塔爾則正把帕露煎餅端進來。懷念的香氣讓我陶醉不已，妮可拉那張笑咪咪的開心笑臉更是治癒了我，我往伊米爾準備好的座椅坐下。法藍與莫妮卡馬上加入哈特姆特侍從們的行列，也開始泡茶。

看著眼前飄散出甜香的帕露煎餅，孩子們皆投以期待的目光；對照下，麥西歐爾的近侍們則是目不轉睛地注視著神殿侍從們工作的模樣。想起布倫希爾德一開始也是用打量的眼光到處檢視，我輕笑起來。

「他們的表現很得體吧？在場我與哈特姆特的侍從，都受過斐迪南大人的教育。對於灰衣神官們究竟可以做到多少事情，我的近侍一開始也投以懷疑的眼光呢。」

麥西歐爾的近侍們回過神似地抬起頭來，淡淡笑道：「確實是教人大吃一驚。」看來法藍他們的工作表現過關了。哈特姆特也輕笑一聲，環顧自己的侍從說：

「起初我也十分驚訝。但多虧斐迪南大人教育得好，我在神殿幫忙處理公務時才能很快適應。為了讓麥西歐爾大人的文官也能學會處理公務，我打算將神官長室裡的一名侍從指派給麥西歐爾大人。羅塔爾，麻煩你了。」

「遵命。小人名為羅塔爾。」

被叫到的羅塔爾上前一步。在服侍過斐迪南的侍從當中，他的個性最溫和沉穩，我認為很適合跟在麥西歐爾身邊。

「除了羅塔爾，其他侍從請您在孤兒院內自行挑選。建議可以選擇服侍過青衣神官的侍從。因為這些侍從已經知道如何服侍貴族，也接受過相當完整的教育。再加上他們也很清楚神殿的生活作息與一整年有哪些儀式，也了解貴族區域裡的各項用品放在何處。」

哈特姆特說話時，孩子們都漠不關心地置若罔聞，目光緊緊盯著點心，我便開口說了：「如果你們要在神殿生活，也要自己挑選侍從喔。」

「侍從不是要在神殿監視我們的人嗎？我們可以自己挑選嗎？」

尼可拉斯訝異地眨著眼睛，我對他點點頭。

「當然，侍從必須匯報你們在神殿過得怎麼樣、身體有沒有哪裡不舒服等等，但如果不自己挑選會隨時跟在身邊的人，會覺得很不自在吧？」

今後將與侍從長時間相處，萬一合不來就太痛苦了。曾為平民的我本來只和家人一起生活，後來卻突然有侍從由早到晚跟著我，所以我能明白這種痛苦。聽到可以自己挑選侍從後，孩子們都產生了些許興趣地抬起臉龐來。

剛在兒童室裡見到他們的時候，所有人都低著頭，有氣無力到了教人擔心的地步。畢竟他們失去了父母，失去了本會成為貴族的未來。明明其他孩子都有父母來迎接，自己卻沒有，眼中皆有著被拋棄的落寞。看到他們這時都稍微抬起頭來，我鬆了口氣。

「羅潔梅茵大人，請。」

「法藍，謝謝你。好香喔……這個叫作帕露煎餅，是冬季特有的點心，只有在神殿才吃得到喔。煎餅所用的帕露，還是孤兒院的孩子們和交情很好的平民幫我採回來的。」

喝了口法藍泡的茶，再吃口帕露煎餅後，我接著招呼大家享用。說是大家，但坐著的人其實只有我、哈特姆特、麥西歐爾與兒童室裡的孩子們。我與麥西歐爾的近侍則是等著我們往下分送。

……嗚唔～好久沒吃到帕露煎餅了。

今年因為奉獻儀式的時候沒有回來，只能吃到這麼一次吧。下次要等到明年了。這對我來說，是最懷念的平民美食。

……不知道爸爸和媽媽過得還好嗎？

「羅潔梅茵姊姊大人，這個好好吃喔。」

「對吧？這是冬天才吃得到的甜食喔。天氣一變暖和，帕露很快就會腐敗，所以侍從都放在冰窖裡保存，等我回來的時候就可以吃。」

訪客當中，身分最高的麥西歐爾笑著吃起帕露煎餅後，其他孩子也不慌不忙地伸手取用。但吃了一口後，隨即展開優雅的爭奪戰。儘管進食時都保持著貴族的優雅，但吃的速度相當快。

「妮可拉，今天時間不多，請告訴近侍們，快趁現在輪流享用吧。還有達穆爾很喜歡帕露煎餅，請給他多一點。」

我這麼向妮可拉吩咐後，哈特姆特輕挑起眉。

「羅潔梅茵大人，達穆爾與柯尼留斯在奉獻儀式時就吃過了，您不必特別關照他。」

「哎呀，原來比我更早就享用過了呀。那分量跟大家一樣就好了。」

我本來還心想只吃這麼一次的話太可憐了，但既然早在我之前就享用過了，那就不用額外給他關照。我收回了給妮可拉的指示後，達穆爾一臉大受打擊地瞪向哈特姆特。

「哈特姆特，你不是說那是我協助奉獻儀式的獎勵嗎？」

「我都已經給了你獎勵，還想要羅潔梅茵大人給你特別關照，你不覺得自己太厚臉皮了嗎？」
我沒理會兩人，吩咐近侍們輪流享用帕露煎餅後，悠哉地喝起茶。法藍泡的是斐迪南最喜歡的茶葉，香氣高雅迷人。
……斐迪南大人當神官長的時候，搞不好這個房間幾乎從沒這麼熱鬧過呢。
「羅潔梅茵大人……」
「尼可拉斯，怎麼了嗎？」
彷彿做好了會挨罵的覺悟，尼可拉斯在大腿上握緊拳頭，開口說了：
「……羅潔梅茵大人也算是我的姊姊大人嗎？」
「尼可拉斯是我的異母弟弟，所以當然算囉。」
我一這麼回答，柯尼留斯立刻低聲喊道：「羅潔梅茵大人。」可是，我是尼可拉斯的異母姊姊是不爭的事實。
「如今我已是奧伯的養女。即便是同母兄長的柯尼留斯哥哥大人與蘭普雷特哥哥大人，在公開場合上也不能以兄妹相稱。所以就算尼可拉斯是我的異母弟弟，我也不能偏袒你喔。柯尼留斯哥哥大人會生氣的。」
聞言，柯尼留斯與尼可拉斯都顯得鬆了口氣。
「您多少能明白就好。」
「您願意把我當成是異母弟弟嗎？」
由於自己的母親朵黛麗緹和艾薇拉感情並不好，再加上首次見面時甚至沒能正式向我打聲招呼，他似乎以為自己徹底遭到厭惡。

「我還以為連開口攀談您也無法接受，既然您似乎不討厭我，那我就放心了。」

尼可拉斯露出靦腆的笑容。雖然這個弟弟比我還高，但看到他這麼想與我親近，我不由得有些高興，「呵呵」地回以微笑。瞬間，我迎上柯尼留斯銳利逼人的眼光。

……啊啊啊啊！他的眼神明顯在說：「不要因為他比妳還小就心軟！」

明明出發前已經用舒翠莉婭之盾確認過孩子們沒有敵意，但柯尼留斯好像還是無法對他放下戒心。

「羅潔梅茵大人，關於接下來的行程，在移步去孤兒院之前，可能最好先去看看房間。麥西歐爾大人的侍從最在意的應該是這件事吧。」

哈特姆特開口後，我從柯尼留斯身上別開目光。布置家具的時候，很多細節都要實際看過房間才能確認。侍從又得趕緊備好家具，所以對他們來說，察看房間是最重要的事情吧。

「那麼看完房間以後，再去孤兒院吧。」

「此外，法瑞塔克預計將會回來。請保留他的侍從，別被其他人招攬。」

「哈特姆特，太棒了。你真是優秀！」

看來與齊爾維斯特交涉過後，他成功把法瑞塔克要回來了。這樣一來，處理起公務也能輕鬆一些吧。現在就連能夠前往祈福儀式的青衣神官也變少了，真是教人傷腦筋。

吃完帕露煎餅，我馬上帶著大家去參觀房間。來到走廊上後，我指向神官長室周邊的房門。

「這邊的房間專供上級貴族出身的青衣神官入住。」
我一邊說明，一邊走向要提供給麥西歐爾使用的房間。
「這裡將是麥西歐爾的房間。其實本來該把神官長室空出來給你使用，但如果要很多人一起辦公，還是在大一點的房間裡比較好。等公務交接完畢了，麥西歐爾再搬到神殿長室去，然後接下神官長一職的近侍再搬到神官長室去。在這之前，先麻煩你住在這個房間了。」
「是。」
會選上這個房間，是因為這裡的大小僅次於神殿長室和神官長室，再加上旁邊有好幾間空房，方便近侍留下過夜時使用。聽完選擇這個房間的理由後，麥西歐爾的侍從們都表示理解，接著開始精準測量房間的大小。大人們討論著床鋪與辦公桌要放在哪裡的時候，孩子們則一臉新奇地打量著沒有家具的空房間。
「那也去參觀一下其他房間吧。」
兩名侍從還在思考要如何配置家具，我請薩姆陪著他們，領著其他人移動。
「女孩子的房間在樓上，要從正門玄關的這處樓梯上樓。另外男女住的樓層不一樣，這點就跟城堡還有貴族院的宿舍一樣呢。」
其實神殿也是男女要住在不同的樓層。不過，我當初是從孤兒院長室搬到神殿長室，因此這是第一次來到青衣巫女所居住的房間。但這種事我不會告訴大家。畢竟誰會閒著沒事來走樓梯，所以我從來沒有上樓過。而我對此隻字不提，繼續帶路。
「尼可拉斯，你應該會使用這邊的房間吧。」

尼可拉斯是上級貴族，原本會使用神殿最北邊那一排的房間。但是，由於神殿長室、神官長室與麥西歐爾的房間附近，都有提防戒備的護衛騎士們會進進出出，所以我為他介紹了介於中級與上級之間的房間。

「其他人則是從這裡開始到南邊那一排的房間。可選擇的房間大小，會根據老家提供的捐獻金而有不同。像這裡是中級貴族出身的青衣神官使用過的房間。目前大家都還沒有進入貴族院就讀，我想這邊的房間應該就很夠用了。」

法藍打開房門，只見房內原封不動地擺著青衣神官留下的家具。如果是這個房間，只要在孤兒院再招攬兩、三名侍從，然後雇用廚師，馬上就能在這裡生活了。

看了房間一圈後，有個女孩子問：「原本家裡的家具可以搬過來使用嗎？」之前住的青衣神官已經離開好幾年了，因此房內的家具無人維護，稍微有些汙損。雖然我不太放在心上，但打從出生起就一直以貴族身分生活至今的孩子們似乎很在意。

「如果有人願意幫你們搬過來，要使用原先家裡的家具也沒問題……只不過，要是肅清過後宅邸被奧伯沒收了，那還得再徵求奧伯的同意，總之可以問問看。」

孩子們紛紛垂下目光。因為他們也不曉得能否找到人幫自己搬家具吧。況且要是有大人能幫忙張羅家具，那他們早就回家了。

「等到以青衣見習生的身分在神殿生活，就會在自己的房間裡就寢、用餐，然後去孤兒院上課。孤兒院那裡不只有貴族院低年級的學科參考書，灰衣神官也能教導你們，還能跟著我的樂師練習飛蘇平琴。」

聽到我說被送去孤兒院的未受洗孩子們都很努力在練習，期望將來能以貴族的身分受洗，四個孩子的臉龐都稍微抬起來。

「那些尚未以貴族身分受洗的孩子們，其實比已經被視為貴族的你們還要惶恐不安。但就算是這樣，為了成為貴族，他們還是很努力在孤兒院裡生活喔。裡面說不定還有你們的弟弟妹妹呢。」

有個孩子猛然抬起頭來。看來是想到了自己的弟弟或妹妹吧。

「那我們去孤兒院吧。只要親眼看看未受洗的孩子們，就能知道他們在神殿都過著怎樣的生活。而且，麥西歐爾也要挑選神殿這邊的侍從。」

我往孤兒院邁開步伐後，其中一個女孩子怯生生地開口：

「羅潔梅茵大人，我也可以挑選侍從嗎？既然在神殿可以上課，那麼比起城堡，我更想在這裡生活。哥哥大人告訴過我，在貴族院大家會一起學習、取得優秀的成績，還會得到老師們的稱讚，得到新的點心食譜當獎勵。我一直很期待去貴族院。」

她開了這個口以後，其他孩子也紛紛表示自己想在神殿生活。尼可拉斯也是。

「如果可以，為了當上騎士，我還希望有訓練的時間……」

「在我回到神殿的時候，你應該是可以與護衛騎士一起訓練……」

灰衣神官從不需要鍛鍊身體以成為見習騎士，所以要在每天的作息中加入訓練，恐怕是不太可能。可是我基本上又不愛活動身體，那該怎麼加入訓練這個行程才好呢？我思考起這個問題時，柯尼留斯聳聳肩，露出打從心底感到厭煩的表情說：

「尼可拉斯，你留在城堡生活比較好吧？要是知道你住進神殿，朵黛麗緹可會不高興，而且還會向母親大人抱怨。」

尼可拉斯神色為難地說著：「母親大人也對我造成了很大的困擾啊。」然後，他朝我投來求助的眼神。

「柯尼留斯哥哥大人，既然現在父親大人很忙，沒辦法把尼可拉斯接回家，那就讓他自己選擇要在城堡還是在神殿生活吧。既然剛才已經用過舒翠莉婭之盾了，可以暫時消除對他的疑心吧？」

「話雖如此……」柯尼留斯一臉自討沒趣地別過頭。「但就算尼可拉斯自身沒有敵意，他身邊的人還是很危險。」可是，現在尼可拉斯又無法與外面的人接觸，至少這時候我希望能尊重他個人的意願。

「我的意思並不是要把尼可拉斯納為近侍。所以要住在哪裡，請讓他自己選擇吧。貴族大概永遠也很難與父母撇清關係，但至少待在神殿的時候，我希望可以不看他們的父母，而是在相處的過程中了解他們本人。」

要是朵黛麗緹因此抱怨的話，那就告訴她：「是因為妳犯了罪，尼可拉斯才不得不住進神殿。」讓她閉上嘴巴。我說出自己的看法後，尼可拉斯露出安下心來的笑容。對照下，柯尼留斯則是用力按住太陽穴。

「這種想法固然值得欽佩，但依羅潔梅茵大人的個性，一旦允許了尼可拉斯在神殿內與您接觸，日後很可能再演變成『只有待在貴族院的時候而已』，而像泰奧多那樣也把他納為有時間限制的近侍。我不希望這種事情發生。」

……原來還有這一招。

「柯尼留斯哥哥大人好聰明喔，我完全沒想到還有這個方法呢。」

柯尼留斯一臉「糟了」地摀住嘴巴，只見萊歐諾蕾拍了拍他的肩膀以示安慰。

一離開貴族區域，便能看見孤兒院。法藍他們打開孤兒院的大門後，食堂旋即映入眼簾。我的侍從葳瑪、吉魯與弗利茲三人跪在最前面，身後則是所有的灰衣神官及灰衣巫女，再往後是灰衣見習生們與還未受洗的孩童們。

「羅潔梅茵大人，恭迎您的歸來。麥西歐爾大人，恭候您的大駕。」

我發現有很多看起來和戴爾克以及康拉德年紀差不多的孩子。他們都是因為肅清被送到孤兒院來的吧。不僅如此，肅清後有的青衣神官被送回老家，所以被送回孤兒院的灰衣神官與灰衣巫女好像也變多了。感覺人數一下子多了不少。看著眼前這幅光景，我才真正感受到了肅清行動的規模有多大。

「……原來神殿的孤兒院裡有這麼多人。」

「其實之前沒有這麼多人喔，這也反映出了青衣神官的減少呢。再加上今年冬天收容了不少孩子……」

聽見麥西歐爾的低語，我也壓低音量這麼回他，然後走上前朝自己的侍從喚道：

「葳瑪、吉魯、弗利茲，謝謝你們帶領孤兒院內的眾人。」

隨後，掌管神殿人事的哈特姆特告訴大家，今天麥西歐爾與即將成為青衣見習生的孩子們將會招納侍從。接著他轉頭看向麥西歐爾一行人，露出爽朗的笑容。

「其中一名侍從，請一定要有過服侍青衣神官的經驗。除此之外只要受洗過了，想要選誰皆是各位的自由。他們在孤兒院都接受過妥善的教育，相信到了新的工作環境也能很快駕輕就熟。」

聽到哈特姆特說，想選年紀和自己相仿的人為見習侍從也沒關係，麥西歐爾便興致勃勃地看向身穿灰衣的一大群人。

「麥西歐爾大人請挑選五人，其他人則請挑選三人，建議可以先選好能擔任廚房助手的侍從。首先，請從有過服侍經驗的侍從中選出一人吧。吉魯、弗利茲，請集合當過侍從的人。」

吉魯與弗利茲下了指令後，曾服侍過青衣神官和青衣巫女的人便移動到麥西歐爾等人面前。看著來到前方集合的灰衣神官和灰衣巫女，哈特姆特接著又從貴族的角度進行篩選。他把曾為侍從的灰衣神官及巫女們分成左右兩邊，然後要左邊的人退下。

「這些人原是青衣神官的侍從，即便被送回孤兒院，依然認真工作，從未表現出不滿。做事也機靈細心，縱然主人還年幼，也會誠心誠意侍奉吧。」

看來旁邊被淘汰掉的那群人，都對於被送回到孤兒院表現出不滿過，或是曾因此遷怒旁人，又或者曾抱怨過這不是自己該做的工作吧。哈特姆特居然能掌握到這些消息，我十分驚訝。

「哈特姆特不光是神官長的工作，就連孤兒院的事情也瞭若指掌呢。」

聽見我的低語，菲里妮輕笑起來。

「哈特姆特是最頻繁出入孤兒院的人，也很密切地與羅潔梅茵大人的侍從們保持聯繫喔。他也備受年紀還小的戴爾克與康拉德仰慕，從他們那裡蒐集到了小孩子才知道的消息。據說能聽到毫無保留的真實想法呢。」

「即便面對灰衣神官和灰衣巫女，哈特姆特一樣表現得平易近人，所以大家才都看不出來吧。但他其實是以『假如哪天羅潔梅茵大人要招納新侍從』的標準在檢視眾人。評分標準可是相當嚴格。」

達穆爾偷偷這麼告訴我。羅德里希順便跟著小聲說：「他對近侍的評分標準一樣嚴格。」看來他本人雖然優秀，卻也給身邊的人帶來了不小的壓力。

在哈特姆特說明的時候，尼可拉斯他們也都認真傾聽，等著麥西歐爾最先挑選侍從。還沒有過服侍經驗的人，則是一臉驚懼地看著剛才進行了篩選的哈特姆特，靜靜等著輪到自己被叫上前。

「葳瑪，請把還未受洗的孩子們叫過來。」

由於還未舉行洗禮儀式，不可能被選為侍從的孩子們站成一排。除了戴爾克與康拉德，還有今年冬天新進來的孩子們。康拉德與菲里妮已經很久沒見面了，我在眼角餘光中看見兩人正以眼神互相問候。就在這時，其中一個孩子驚訝地小聲叫道：「哥哥大人。」我循著那孩子注視的方向看去。

「他是勞倫斯的弟弟嗎？」

「是的，貝特朗是我的異母弟弟。由於他母親已經過世了，原本預計由家母收養他，再為他舉行洗禮儀式。」

勞倫斯開心地看著貝特朗。這麼說來，之前我在說明會如何處置未受洗孩子們的時候，勞倫斯便很高興弟弟也能得救。

「等一下你們再慢慢聊吧。」

接著我詢問孩子們，冬季期間的生活是否還有欠缺，以及學習了哪些事情。孩子們的表情都有些緊張，告訴我過冬時的情況。聽說一開始比歌牌和撲克牌時，都是戴爾克與康拉德比較強，但最近他們獲勝的次數也慢慢增加了。

「他們也很認真在練習飛蘇平琴喔。之前只有我一個老師，但現在羅潔梅茵大人回到神殿了，今後還能再接受羅吉娜的指導吧。」

葳瑪告訴我哪些孩子的琴藝很好，以及平常是如何練習。由於生活習慣和以前完全不一樣，她說孩子們起先都很難適應，但現在也漸漸習慣神殿的生活了。

「也多虧了戴爾克與康拉德會帶頭示範，還會幫助遇到困難的人。」

「真的嗎？戴爾克、康拉德，謝謝你們。」

我慰勞了戴爾克與康拉德以後，也保證等一下會把帕露煎餅送來給他們。剛才喝茶時還有剩下的帕露煎餅，我想分給兩人。

「羅潔梅茵大人，請您也犒賞戴莉雅與莉莉。孤兒院內多了這麼多孩子後，主要負責照顧他們的就是她們二人。」

葳瑪說完，我看向始終待在後方的戴莉雅與莉莉。戴莉雅因為不能離開孤兒院，莉莉則是孩子還未受洗，所以兩人都無法參加侍從的選拔。

「戴莉雅、莉莉，謝謝妳們。等一下和戴爾克與康拉德一起去吃帕露煎餅吧。」

「感謝羅潔梅茵大人。」

問完冬季期間過得如何後，我再慢慢看向成排的孩子們。

「其實你們當中有五個人，父母已經提出請求，再過不久會來接你們回去。」

我逐一唸出五個孩子的名字，只見那些孩子的小臉立刻高興發亮。對照之下，其他孩子的表情越來越灰暗。

「另外，奧伯也有話要告訴被留在孤兒院裡的孩子們。他說秋天的時候會與各位見一面，決定是否要讓你們成為貴族。屆時確定要給予貴族待遇的人，會在冬天的時候舉行洗禮儀式。雖然你們心裡一定還有很多不安，但請以貴族為目標，努力加油吧。」

「是！」

回答時聲音鏗鏘有力的人，正是勞倫斯的弟弟貝特朗。從他的身高與儀態來看，應該快要到受洗的年紀了吧。眼裡有著一定要以貴族身分活下去的強烈決心。受他影響，其他孩子也抬起頭來。

「以上，我要說的話都說完了。在麥西歐爾他們選完侍從之前，可以讓我看看大家的學習成果嗎？菲里妮、勞倫斯，你們可以去找自己的弟弟說說話。」

我這麼告訴孩子們，然後帶著自己的近侍往放有書本與玩具的地方移動。勞倫斯與菲里妮則是分別去找自己的弟弟。馬提亞斯他們是第一次進神殿和孤兒院，看到屋內有一整排的飛蘇平琴供大家使用，雙眼睜得老大。

「孤兒院裡居然有這麼多飛蘇平琴嗎？」

「為了讓孩子們可以練琴，準備首次亮相，這些琴是從他們家裡沒收來的。一整排的飛蘇平琴我也是第一次看到呢。」

約莫十把的小型飛蘇平琴擺在較高的櫃子上，看起來就像是小學裡面的音樂教室。

大概是為了避免年紀還小的孩子拿來亂玩，才會擺在上面。

「不光是飛蘇平琴，這裡的藏書也跟貴族院宿舍裡的圖書區差不多嘛。差別只在於沒有參考書。」

「雖然那些參考書很重要，但孤兒院裡的藏書也很驚人吧？還有印刷機試印時印的平民故事集喔。」

比如其中有一本書，書裡的故事全是古騰堡夥伴們在葛雷修一帶蒐集來的，由路茲與吉魯印製成冊，內容生動有趣，跟賣給貴族的書籍相比有很大的差異。由於不適合販售，一般貴族是看不到的。

「好奇的話要不要過去看看呢？書裡可以看到不同於貴族的平民生活，說不定會覺得很有意思喔。」

「既然我今後要處理印刷業務，當然得看看才行嘛。」

繆芮拉驀地從馬提亞斯身後探出頭來，一雙綠眼熠熠生輝，踩著輕飄飄的步伐走向書櫃。繆芮拉非常喜歡戀愛故事，不知道她會不會喜歡平民區的故事呢？

……如果貴族可以接受的話，可以印製的書籍種類就能一口氣增加許多。

我一邊這麼盤算著，一邊聽孩子們彈琴、朗讀書籍。有個女孩子在彈完飛蘇平琴後，神情落寞地看向在挑選侍從的孩子們，說：「為什麼哥哥大人不住到孤兒院來呢？」看來尼可拉斯之外的另一個男孩，就是她的哥哥。

「他們已經舉行過洗禮儀式，成為貴族了，所以不能住進孤兒院。但是，往後他們將以見習青衣神官與見習青衣巫女的身分住進神殿。等一下妳再告訴哥哥，自己平常在神殿都上哪些課，還有過著怎樣的生活吧。」

「這樣啊……」

她大概很希望兄妹倆能住在一起吧。但還未受洗的孩子，與已經以貴族身分受洗的孩子之間，有著明確的區分。即便他們之後能在孤兒院內一起上課，但平常還是要分開生活。孤兒院裡的孩子們也被禁止進入貴族區域。

「你們兄妹倆可以一起生活喔」這種話說來簡單，但我們不時得與商人開會，再加上要舉行加護儀式的關係，今後出入的貴族將會變多。在這種情形下，讓孩子們隨意走動太危險了。貴族有可能因此抗議抱怨，然後不得不處罰小孩子。而這些未受洗的孩子們都有犯下罪行的父母，就跟我當初一直被人說是平民出身的青衣見習巫女一樣，處境非常危險。想在神殿內與家人住在一起，這麼簡單的願望卻是難如登天。

「至少在孤兒院上課的時候，妳可以見到哥哥。只要妳好好努力，以貴族身分受洗，往後說不定就可以都在貴族區域裡生活了。加油吧。」

「是。」

看著就此訂下目標的小女孩，我面帶微笑，心裡卻有些哀傷。

……要是努力就能和家人一起生活的話，那我一定拚了命地去努力吧。

好久沒見到家人了，不知道有沒有機會看大家一眼呢？我正這麼心想時，忽然聽見一道聲音說：「我倒認為在神殿再怎麼努力，也對貴族的生活毫無幫助。」我抬起頭來，看見勞倫斯正在制止自己的弟弟。

「喂，貝特朗！」

「我說的不對嗎？我們得趴在地板上打掃神殿、從水井汲水、自己整理自己的衣服和寢具，還要到森林挖開有積雪的地面，尋找能吃的食物喔……這些根本不是貴族該做的事情。」

你們竟然過著這樣的生活嗎——勞倫斯低聲咕噥，看著得在孤兒院生活的弟弟等人，眼裡有著無限的同情。對早就習慣了有侍從隨身伺候的貴族來說，或許會覺得他們很可憐吧。但只要換個角度思考，在孤兒院的生活其實可以有很多收穫。

「以前你們還住在貴族宅邸裡的時候，身邊永遠都有侍從，生活所需也都有人打點好；現在來到孤兒院以後，卻突然凡事都要自己打理，確實很難適應吧。坦白說，換作是我進了孤兒院，大概會活不下去。」

近侍們深知我的身體有多麼虛弱，都輕輕點頭表示贊同。雖然這一點也不值得驕傲，但我可謂是真正的沒有人照顧就活不下去。但即便是這樣的我，在平民區生活過的經驗還是在我當上貴族後派上了用場。

「可是，在孤兒院生活過的經驗、與平民的往來，能否在成為貴族以後派上用場，完全是因人而異。」

「咦？」

多半沒想到我會反駁，貝特朗訝異地眨了眨眼。我對他微微一笑。

「我多有關照的那些商人，不是都會出入這裡的工坊嗎？他們是如何製造出商品？又是怎麼讓商品在市面上流通？認識商人以後，要怎麼交涉才能在對雙方都有利的情況下，讓商人採納自己的意見？這些事情只要用心觀察，應該都能知道。如果去問商人，他們也會願意告訴你們吧。」

班諾他們非常清楚，能與商人溝通的貴族是越多越好。只靠我居中協調的話風險太高，所以若想要改善這種情況，一定會願意不厭其煩地指導他們。

……雖然有可能像指導我時那樣，稍微露出點不耐煩的表情，但不至於用拳頭狠鑽他們的腦袋瓜吧。嗯。

「一旦了解了要怎麼與商人往來，今後在艾倫菲斯特將可以成為受到重用的文官。因為我們現在最缺乏的，就是能與商人溝通的文官。」

已決定要進入神殿當見習青衣巫女的女孩子猛然轉過頭來。看來她的志願是成為文官。

「而且現在天氣開始變暖，之後去森林的次數會增加吧。到了夏天，就是他領商人拜訪艾倫菲斯特的季節。他領商人想要什麼？有什麼不滿？這些事情，你們都能在前往森林的半路上偶然聽見吧。說不定一起去森林的平民還會告訴你們。如果想在成為貴族以後活用現在的經驗，就應該好好把握在這裡生活的時間。」

聽完一臉意外的，反倒是那些貴族近侍。看來若能妥善利用自己現在的身分，在孤兒院長大的這些孩子們將能成為非常優秀的文官。

「再來我想想……不如向你們展示一下尋常貴族做不到，但神殿出身的我卻做得到的秘密絕招吧？等你們見識過以後，說不定就會想要去體驗更多新事物。」

說完我站起來，卻發現不知為何哈特姆特已經站到我旁邊，橙色雙眼還閃閃發亮，興沖沖地衝著我問：「您要展示什麼秘密絕招呢？」

……咦？哈特姆特不是在協助麥西歐爾他們挑選侍從嗎？何時過來的？

我大感疑惑，但大概是侍從已經挑選完了，麥西歐爾也走過來說：「現在要做什麼嗎？」

……唉，算了。

事情只要一扯到哈特姆特，想再多也沒用。「請後退一點，不然很危險喔。」我讓孩子們往後退開，然後看著一塵不染的潔白地板，拿出騎獸用魔石。

「這是我的騎獸用魔石。在貴族家出生的孩子，應該都看過家人騎著騎獸，想必也知道這個魔石可以任意改變形體吧？」

聞言，不知道我要做什麼的貝特朗一臉警戒地點點頭。

「首先，就像這樣……」

我讓魔石如氣球般膨脹變大，就和以前在斐迪南面前做過的一樣。但現在我操控起魔力已經駕輕就熟，所以可以讓魔石在破掉的同時，碎片又不會往外飛。魔石裂開以後，便宛如拼圖的碎片般掉落一地。

「那是騎獸用的魔石耶⁉」

「您等一下打算怎麼回城堡⁉」

在大家的慘呼聲中，我接著用手把地上的魔石碎片集中起來。然後一邊灌注魔力，一邊唸著「變圓吧、變圓吧」揉捏魔石。最後，我挺起胸膛，高舉起重新變圓的魔石向大家展示。

「咦？變回原樣了？」

「這怎麼可能……」

貴族們就和說過我想法異於常人的斐迪南一樣，驚訝地發出叫喊。與此同時，我朝著愣在原地的貝特朗盈盈一笑。

「好比土壤一樣，雖然乾燥的狀態下一捧起來就會從指縫間溜走，無法捏成球狀，但只要加點水變成泥土，便能輕鬆地揉成一團吧？碎成碎片的魔石也只要灌注魔力、讓碎片變軟，就可以重新捏成球狀。」

「魔石碎片可以變軟？這種事太離譜了……」

貴族們不敢置信地凝視著我恢復原樣的魔石。即便他們都覺得這樣不合常理，但我們對常識的認知本來就不一樣，所以這也是沒辦法的事情。

「操控魔力的時候，最重要的就是腦海中要有明確的想像，知道自己要如何使用。就算你們覺得我這樣做很不合理，但我就是成功了。不管是挖地、整理衣服還是清潔地板，誰也不曉得哪些事情能為自己帶來幫助。所以能否活用這些經驗，全取決於你們自己。」

近侍們說過，他們是在親眼看過要怎麼壓縮魔力以後，才比較容易想像，所以聽到我這麼說都有些明白了吧。他們立刻環顧起孤兒院，像是想要尋找靈感。

「看來比起在一般環境下長大的貴族，你的生活會更有意思哪。貝特朗，加油吧。」

被勞倫斯拍了拍肩膀後，貝特朗用力點頭。儘管他還無法完全接受現在的生活，但從那雙意志堅定的眼睛，看得出來他已經打定主意要好好活用這些經驗。

「羅潔梅茵姊姊大人，我也想要體驗更多新事物，然後像您一樣做到這麼多事情。可以做到其他人都辦不到的事情，真是太厲害了！」

看著麥西歐爾燦然發亮的藍色眼眸，我輕聲笑了起來。等他開始出入神殿，會因為要參加儀式而前往各地農村，將能體驗到許許多多的新事物吧。

「在神殿得到的體驗是其他貴族體會不到的，請好好加以活用吧。」

「是！」

眼看身為領主一族的麥西歐爾都幹勁十足，對於往後的新生活以及一般貴族難以獲得的體驗，其他孩子似乎也比較能樂觀看待了。他們的表情都變得明朗許多，對此我感到心滿意足。但就在這時候，達穆爾在旁邊小聲說：「羅潔梅茵大人，雖然您講得十分激勵人心，但魔力不夠多的話，沒那麼容易就讓魔石重新變圓吧。」

「……達穆爾，噓！」

所有人的侍從就這麼選定了。接著我們討論後說好，孩子們將在祈福儀式過後以青衣見習生的身分進入神殿，各自的侍從們也會在那之前整理好房間。至於雇來烹煮三餐的廚師，要等到與班諾以及芙麗妲商量過後再決定。

神官長哈特姆特看向被招攬的新侍從們。

「你們要準備迎接新主人。至於他們在成為青衣見習生後要學習哪些事情，日後我會再下指示。祈福儀式過後，除了麥西歐爾大人，他們也將出入孤兒院，但既然我本就常來走動，相信大家不會有問題吧。」

……哈特姆特說得一派理直氣壯，但其實青衣神官原本並不會這麼頻繁地出入孤兒院喔。

雖然我本就希望孤兒院與青衣神官的處境能慢慢改變，但這也改變得太快了吧。至少在我剛成為見習青衣巫女、開始出入神殿與孤兒院的那時候，領主候補生可不會一臉這麼雀躍地進出這些地方。但經過今天的觀摩，麥西歐爾的近侍們似乎對神殿改觀了許多。希望這種正向的改變能持續下去。我正這麼心想時，哈特姆特最後帶著大家獻上祈禱。

「那麼，向司掌浩浩青空的最高神祇，以及分掌瀚瀚大地的五柱大神：水之女神芙琉朵蕾妮、火神萊登薛夫特、風之女神舒翠莉婭、土之女神蓋朵莉希、生命之神埃維里貝，還有艾倫菲斯特的聖女羅潔梅茵大人，獻上祈禱與感謝吧。」

「祈禱獻予諸神！」

在場的灰衣神官與灰衣巫女動作整齊劃一地獻上祈禱。冬天才進入孤兒院的孩子們，似乎也已經相當習慣祈禱，抬起手腳的動作毫不猶豫。而我的近侍們因為平常會出入神殿，對於要獻上祈禱早就習慣了。然而，剛成為近侍的馬提亞斯等人、麥西歐爾的近侍們以及兒童室裡的孩子們，顯然都有些被嚇到了。

……嗯？最後是不是有句話怪怪的？

由於哈特姆特加得太過自然，我一時間沒有注意到，但他在向諸神獻上祈禱的時候，最後好像還唸了我的名字。儘管我很想衝上去質問他：「剛才那是怎麼一回事?!」但這時候可不能在大家面前表現出慌亂的樣子。我只好帶著僵硬的笑臉，離開孤兒院。

儀式的準備

回到城堡以後，晚餐席間我向齊爾維斯特報告了今天的觀摩結果，順便與他討論預算以及家具的搬運等事情。基本上都得到了他的許可，這件事便暫告一段落。

「雖然已經確定麥西歐爾與孩子們要進入神殿，但其他還有很多問題呢。」

「問題嗎？」

「現在太缺乏可以去舉行祈福儀式的人手了。主要是斐迪南大人不在了，麥西歐爾又還無法參加祈福儀式。」

斐迪南離開以後，都還沒有人能填補他的空缺，青衣神官的人數卻在肅清過後又減少了。甚至之前的奉獻儀式，還出動了我的護衛騎士們幫忙。接下來的祈福儀式，每個人要負擔的行程量將相當龐大。必須趕快想想祈福儀式要怎麼分配才行。

「麥西歐爾灌注魔力的練習做得還不夠，所以這也沒有辦法……」

其實本該從去年的領主會議開始讓他練習一整年，今年就可以參加祈福儀式了。然而，去年的領主會議卻決定了斐迪南要入贅至亞倫斯伯罕。之後斐迪南都在神殿裡忙著交接、為我預習領主候補生課程，所以不太有時間參與基礎魔法的供給。

結果，提供給基礎魔法的魔力一下子減少許多，我和斐迪南以外的領主一族必須要加倍提供，芙蘿洛翠亞與波尼法狄斯也就沒有餘力協助麥西歐爾。不僅如此，到了冬天肅清又提早進行，所有人忙得不可開交；再加上芙蘿洛翠亞懷孕以後，便為了安全起見禁止麥西歐爾離開北邊別館。

「之前夏綠蒂就算練習了整整一個季節，第一次參加祈福儀式的時候，還是對妳造成了不小的負擔吧？那幾乎沒有練習過的麥西歐爾太危險了。」

「明年我一定要參加。」

麥西歐爾面帶不甘地如此表示。然而，今年齊爾維斯特與芙蘿洛翠亞更是忙得沒有時間陪他練習，兩人臉色為難地互相對望。

「在城堡，可能沒有時間練習怎麼向基礎魔法供給魔力吧。但是到了神殿，他可以一邊奉獻魔力一邊練習。只要勤加練習，明年應該就可以參加了。」

明年應該沒問題，但今年是怎麼也沒辦法了。

「至於基貝所管理的土地，既然祈福儀式時只要把小聖杯送過去，不像直轄地的農村還得舉行儀式，那就算沒有灰衣神官在旁邊協助也沒關係吧。只要讓我的近侍們分頭去送小聖杯，就能解決人數不足的問題。只不過，由於可以出城的成年近侍幾乎都是護衛騎士……」

「這樣太危險了，怎能減少身邊的護衛騎士。」

齊爾維斯特立即否決，我點了點頭：「我也知道，所以才傷腦筋呀。」找近侍們商量的時候，柯尼留斯也用同樣的理由駁回了我的提議。

「馬車、食物、廚師、侍從和儀式服等等，這些事情都有辦法用錢解決，就只有人才我實在是無能為力。」

韋菲利特默不作聲地聽了許久，這時抬起頭來。

「不然就由我、夏綠蒂和剩下的青衣神官去基貝所管理的土地，妳和哈特姆特去直轄地舉行儀式如何？」

「咦？可是……韋菲利特哥哥大人和夏綠蒂都很忙吧？不過是送小聖杯而已，拜訪各地的基貝不僅花時間，也會對身體造成很大的負擔。既然神殿的事情都交給我了，大家又這麼忙，如果真的願意幫忙，應該去近一點的直轄地比較好吧……」

我說出自己的看法後，韋菲利特聳聳肩。

「為了得到萊瑟岡古的支持，我得盡量製造機會與他們見面。而且，最好還是由我和夏綠蒂去拜訪基貝的土地，讓貴族們能親眼看到我們也會參與儀式。」

至今為了少點舟車勞頓，也為了避免與基貝土地的收成差距太大，魔力豐富的領主候補生都負責前往直轄地舉行儀式。然而，好像就是因為這樣，貴族們都看不見韋菲利特與夏綠蒂的付出。

「貴族們聊天時，都會提到是羅潔梅茵帶著古騰堡們前往各地，也會提到哈爾登查爾的奇蹟，但看過我們舉行儀式的貴族，就只有我們自己的近侍而已。大概是因為這樣，萊瑟岡古才會以為只有妳被迫在舉行儀式。蘭普雷特蒐集了有關萊瑟岡古的情報後，告訴我這些事情。」

……我完全沒發現有這回事。

因為若要帶著一大群人出遠門，由我駕駛著小熊貓巴士來載送會最快、最方便。但沒想到就因為我重視效率和方便性，貴族們竟以為只有我遭到了無情的使喚。

「哥哥大人說得沒錯，也許該由我們去拜訪各地基貝呢。而且只要使用騎獸，即便要遠行也不會造成太大的負擔。」

夏綠蒂變得出乘坐型的騎獸，所以有辦法載著小聖杯移動。這樣一來，應該能減少得在外奔波的天數吧。聞言，韋菲利特點一點頭。

「說不定也該讓青衣神官前往直轄地。我想盡量多見幾位基貝。」

「哥哥大人身為下任領主，應該要與新上任的基貝們打聲招呼，那最好主要前往南邊的土地吧。」

夏綠蒂說完，韋菲利特想了片刻後，點頭道：「我確實想去拜訪葛雷修以及有較多新任基貝的南邊土地。」看來他很積極地想與萊瑟岡古的貴族們打好關係。

「那我預計要帶古騰堡成員們前往克倫伯格，便負責前往克倫伯格與直轄地吧。」

「羅潔梅茵，祈福儀式要前往各地農村、供給魔力，想必十分辛苦，但畢竟關係到整年的收成，之後還要與法雷培爾塔克進行共同研究，那就麻煩妳了。」

齊爾維斯特也特意開口囑託了，我點點頭。煩惱許久的問題終於解決，我感到如釋重負。這時，韋菲利特往我瞥來一眼。

「羅潔梅茵，妳說過接下來會一直待在神殿吧？那可以盡快試著重新取得加護嗎？如果可以證明即便是成年人，只要參加儀式都有助於取得加護，我也比較好說服屆時要與我同行的近侍。」

原來韋菲利特的近侍們都認為太危險了，不希望他離開城市。就連韋菲利特想要參加祈福儀式，他們也不太贊同。畢竟雖說這是領主候補生的職責，但出了城市就會有許多潛在危險。第一次去舉行祈福儀式就遭到襲擊的我，非常能明白護衛騎士們的心情。

「既然他們擔心韋菲利特哥哥大人會有危險，那我來幫忙做護身符吧。順便也做給夏綠蒂。」

我可以提供分別能抵禦物理攻擊和魔力攻擊的護身符，這樣一來他們會比較放心吧。萬一遇到偷襲，護身符就能先擋下攻擊，相信緊接著護衛騎士便能反應過來。我自己身上就戴著各式各樣的護身符，正思考著要從中選擇哪一種護身符製作時，夏綠蒂發出了輕笑聲。

「姊姊大人，雖然只有我們要去參加祈福儀式，但如果只有麥西歐爾一個人沒拿到護身符，他可會鬧彆扭唷。」

聞言，我轉頭一看。只見麥西歐爾正有些鼓著臉頰，小小聲嘟囔：「我才不會呢。」於是我保證，也會為只能留守的麥西歐爾製作護身符。話一說完，齊爾維斯特輕拍了拍手。

「羅潔梅茵，今天下午我收到了斐迪南從亞倫斯伯罕送來的信。他好像有些私人用品，想請我們連同結婚賀禮一起送過去。信上還寫著，要我把信轉交給持有宅邸鑰匙的妳。他說只要把信交給留在宅邸裡的侍從，侍從便會準備妥當，稍後派文官過來拿。」

「遵命。斐迪南大人看起來過得還好嗎？」

不過，領地對抗戰與畢業儀式的時候才見過面，應該沒什麼新消息吧。我這麼心想著隨口一問，齊爾維斯特的臉色卻有些沉下來。

「……看起來是還可以，但情況好像變得相當棘手。斐迪南似乎得在亞倫斯伯罕那裡舉行祈福儀式。」

「什麼？」

由於星結儀式尚未舉辦，正式說來斐迪南仍是艾倫菲斯特的人，為什麼要為亞倫斯伯罕舉行祈福儀式？我簡直無法理解。而且，現在他領仍對神殿和儀式抱有強烈的排斥感，除了極少數的領地外，領主一族根本不會出入這些地方。

「據說是亞倫斯伯罕雖然魔力不足，但還不能讓斐迪南為基礎供給魔力。我在猜想，可能是奧伯．亞倫斯伯罕已經亡故，下任奧伯得開始為基礎重新染上魔力吧。」

聽說他們告訴斐迪南，既然不能為基礎供給魔力，那就去舉行儀式。顯然看過信件的芙蘿洛翠亞也手托著腮，傷腦筋地嘆氣。

「而且舉行祈福儀式的時候，斐迪南大人似乎會帶著萊蒂希雅大人同行。好像是因為蒂緹琳朵大人聽說了在艾倫菲斯特，受洗完的領主候補生都會供給魔力，便沒有先讓萊蒂希雅大人練習，就想讓她直接供給魔力……」

「……怎麼艾倫菲斯特的儀式在傳到他人耳裡時，都偏離了原本的意思呢。」

夏綠蒂同樣一臉憂心。在還沒習慣之前，小孩子很難操控魔力，必須要有大人在旁邊指導，所以麥西歐爾才會因為大家都很忙而無法練習。如果已經在貴族院學過了那倒沒關係，但還沒學過的人會不懂得拿捏分寸，體內的魔力也會跟著大人一起被大量吸走。在艾倫菲斯特，為了防止這種事情發生，會讓小孩子從操控魔石裡的魔力開始練習。藉由調節魔石裡的魔力量，就能避免魔力被吸走太多而暈倒。但當然，如果還沒習慣操控魔力的話，光是做這種練習就會很辛苦。

……要是沒有練習就讓小孩子供給魔力，這是非常危險的事情。

斐迪南似乎是擔心一旦自己不在城堡，蒂緹琳朵不知道會強迫萊蒂希雅做什麼事，便決定帶著萊蒂希雅一起去舉行祈福儀式。與此同時，也會教她怎麼操控魔力。

「……也許該提醒一下萊蒂希雅大人，當初斐迪南大人提供好心版的回復藥水時，曾被韋菲利特哥哥大人和夏綠蒂以為是在欺負他們呢。」

「羅潔梅茵，現在不是擔心這個的時候吧！而是艾倫菲斯特的儀式在傳到他領貴族的耳裡時，到底變成了什麼樣子！」

我可是一片好心，不希望斐迪南被萊蒂希雅討厭，卻遭到了韋菲利特的猛烈吐槽。

……話是這麼說沒錯啦，但正常的貴族因為自己有過親身經歷，都知道魔力供給會對身體造成多大的負擔，一般不會去強迫還沒就讀貴族院的小孩子吧。

想到這裡，我忽然憶起自己第一次參加奉獻儀式與祈福儀式的時候，就曾經慘遭壓榨，被迫消耗了大量魔力。這樣看來，那交給斐迪南也很危險嘛。不知道是因為身世特殊，還是被薇羅妮卡虐待過的關係，斐迪南的判斷標準有時會跟常人不太一樣。

……希望身邊的人會適時阻止他。

「先不說好像有所誤解的蒂緹琳朵大人了，但如果喬琪娜大人都沒有阻止的話，這點更教人擔心呢。養父大人，有關肅清的結果，您寫信告訴斐迪南大人了嗎？」

齊爾維斯特吩咐過，除非有他的許可，否則領內的情報不能洩露給他領的人知道。那基貝．格拉罕可能還活著這件事，他告訴斐迪南了嗎？據馬提亞斯所說，館內放有魔導具的一個秘密房間被弄得亂七八糟。他說基貝．格拉罕向來都把魔導具收得井然有序，以備想使用時方便拿取，所以不可能讓房間這麼凌亂，多半是趕在宅邸遭到搜查之前，慌慌張張地帶走了需要用到的魔導具。

……嗯，雖然看在據說秘密房間亂到沒地方站的勞倫斯眼裡，那點程度的凌亂好像不足以證明基貝還活著就是了。

至於只有基貝．格拉罕才能進去的個人秘密房間，聽說就連馬提亞斯也進不去，所以無法進去搜索。但是，波尼法狄斯發現門上夾了一塊奇怪的碎布。據說那塊被人用蠻力扯斷的碎布帶有著銀色光澤，而且有種難以說明的古怪。

「我送了些消息給他。他在信上說了，會調查看看是否去投靠了姊姊大人。」

「是嘛，那真是太好了。不過，兩位的信件竟能通過檢查呢。」

「想要暗中交換情報，方法多得是。妳就算看了信也看不出端倪。」

齊爾維斯特意味深長地看著我這麼說。看來斐迪南不只跟我，也有方法能與齊爾維斯特秘密交流資訊。

用完晚餐，派哈特姆特去拿取信件抄本後，我拿著斐迪南以前寄來的信進入秘密房間。斐迪南用發光墨水在信裡說過，他曾在神殿實驗性地舉行過加護儀式，所以得把必要資訊抄寫下來，拿給其他人看。

信上說了，從神殿工坊搬去宅邸的魔導具中有他自製的魔法陣，如果我把詳細的實驗結果寄去給他，就可以借我使用。

「嗯……反正得把行李送過去，要順便寫封信告訴他實驗結果也不是不可以啦。可是，他明明說過要把宅邸裡的東西全部讓給我，這個附加條件又是怎麼回事？會不會太過分啦？」

看著那些顯然沒打算把東西讓給我的文字，我彷彿看見了斐迪南本人，忍不住笑出來。

「話說回來，居然自己製作了那麼龐大的魔法陣，看來斐迪南大人剛進入神殿的時候真的很閒呢。」

貴族院所使用的魔法陣十分巨大，若要做出來進行研究的話，根本大得不切實際。那位瘋狂科學家一點也不覺得這樣太大費周章嗎？對此感到難以理解的我走出秘密房間，發現哈特姆特已經帶著信件抄本回來了。

「哈特姆特，謝謝你。明天我們要去圖書館找東西。如果要舉行加護儀式，好像需要這些物品。斐迪南大人說他已經做過實驗了。」

「真不愧是斐迪南大人。」

接過哈特姆特遞來的信件抄本，我再把自己抄寫下來的必要資訊交給他。

「菲里妮，麻煩妳幫我向布倫希爾德送去奧多南茲，告訴她與商人會面的日期，並請她一同出席。因為會談到有關葛雷修的事情，她也在場會比較好吧？記得提醒她要帶幾名文官同行。」

「遵命。」

「奧黛麗、莉瑟蕾塔、谷麗媞亞，我明天去完圖書館後，會直接回神殿。然後暫時都會待在神殿那裡，再麻煩妳們作準備了。」

只要這樣吩咐下去，不光是衣服與生活用品，她們還會幫忙聯絡廚師與羅吉娜，然後為他們安排好馬車。我的侍從們非常優秀。

「還有，由於我要修改神殿長的儀式服，之後會把奇爾博塔商會的人叫來神殿。到時一併訂做夏天的服裝，那天請來神殿一趟。」

「遵命。」

向近侍們下達了指示後，我接著看起齊爾維斯特的文官所抄寫的信件。內容大多是關於要送去亞倫斯伯罕的物品，只有寥寥幾句寫到了近況，而且都是齊爾維斯特剛才就已經說過的。由於是文官抄寫的信件，我很快就看完了，也沒有看著熟悉的字跡感到懷念。儘管以貴族特有的措辭寫得十分委婉，但蒂緹琳朵從貴族院回來以後，斐迪南顯然過得並不輕鬆。指導萊蒂希雅的工作好像也因此被耽擱到了。

……但萊蒂希雅大人正快要被斐迪南大人的嚴厲擊垮，說不定心裡反而鬆了口氣呢……啊，可是祈福儀式的時候，他們從早到晚都得待在一起。

看來也要多送些點心過去。但一定要提醒斐迪南，小孩子都不喜歡好心版的回復藥水，否則恐怕兩個人的關係我也愛莫能助。

隔天，為了打包要送去給斐迪南的行李，以及為加護儀式作準備，我帶著近侍們前往自己的圖書館。

……自己的圖書館。聽來多美妙啊。

我興高采烈地騎著騎獸，一到目的地便仰望自己的圖書館，「唔呵呵」地笑起來。

這天我還特地帶了皮袋過來，據說裡頭的錄音魔導具錄有稱讚。我今天一定要聽到！

我站到玄關大門前，取出胸前鏈子上的宅邸鑰匙。「喀喳」一聲將鑰匙插入鑰匙孔後，門上旋即浮起帶有魔力的紅線，緊接著嘰嘰作響地自動敞開。

「羅潔梅茵大人，恭迎您的歸來。」

宅邸的侍從已經站在屋內等候。之前把行李搬過來的時候，以及蒂緹琳朵來訪的時候，我都曾見過他。他是與斐迪南年紀相仿的下級貴族，名為拉塞法姆。待人溫和有禮、說話沉穩；儘管行事內斂低調，眼神卻堅定有力，這些特質都與法藍以及薩姆相通。一看就知道「啊，是能得到斐迪南大人青睞的侍從呢」。我也因為對方身上有著熟悉的氣質，輕鬆地便能開口攀談。

「拉塞法姆，好久不見了。如同之前寄來的奧多南茲所說，能麻煩你為斐迪南大人打包他需要的物品嗎？打包好後送去城堡，就會連同結婚賀禮一起送過去給他。我則要與近侍們去工坊找東西，還會使用秘密房間，或是去圖書室看書、看書跟看書。」

拉塞法姆老早就目睹過我曾在圖書室裡死都不放開書本，結果被斐迪南轟出去，所以事到如今也沒有裝的必要。

……不如說再怎麼裝，大概也很快就會露出馬腳吧。

拉塞法姆很快地看完我遞給他的信件抄本，說：「羅潔梅茵大人，請您在進入圖書室之前幫忙開門。」他說館內有好幾個房間，都是只有身為主人的我才能開門，而斐迪南的行李都收在裡面。

我照著拉塞法姆的要求開完門後，便與哈特姆特他們一起往工坊移動。就連工坊門扉的開關也得由我親自來，所以無法丟下一句「那我去圖書室了，你們自己找」就走人。安全措施雖然徹底，但真是讓人覺得有點不方便。

「這邊的魔導具都是從神殿搬過來的，加護儀式用的魔法陣應該就在這裡面。寫著詳細清單的紙張我已經交給哈特姆特了，請大家一起找吧。我為自己建好秘密房間後，就會去圖書室。」

「羅潔梅茵大人，雖說您在館內，但身邊還請帶著護衛。反正我在尋找魔法陣上也派不上用場……」

安潔莉卡這麼說著，自願攬下護衛的工作。眼看大家都對大量的魔導具很感興趣，所以我只帶著安潔莉卡上樓。

「話說回來，為什麼女性的房間永遠是在樓上呢？」

「可能是因為如果不所有地方都統一，有人會搞混吧？」

我與安潔莉卡有些答非所問地閒聊著，走進自己在這棟宅邸裡的房間。左右環顧一圈後，我發現房內的家具品質雖好，但都有些老舊。

聽說斐迪南是在受洗前被帶來艾倫菲斯特，當時曾有一名女性陪著他一起過來，而這裡就是那名女性住過的房間。斐迪南一直將她視為母親景仰，但他後來曾被帶去城堡準備洗禮儀式，回來後就再也沒有見過她。他說過，可能是薇羅妮卡將她排除了。

反正我對家具並沒有特別的要求，也不打算丟掉對斐迪南來說很重要的這些家具買新的，便決定留下來繼續使用。

……能讓斐迪南大人當成母親一般景仰的女性，到底是什麼樣的人呢？

「安潔莉卡，請幫我拿那張椅子過來。」

我走到床鋪後方的秘密房間門前，登記魔力後打開房門，讓安潔莉卡把椅子搬進還空空如也的秘密房間。接著我把安潔莉卡留在外頭，關上秘密房間的門。

坐下後，我拿起腰間上的皮袋，取出裡頭的錄音魔導具。然後我灌注魔力，魔導具旋即傳出斐迪南的聲音。

「妳現在是在我給妳的圖書館秘密房間裡聽錄音嗎？」

「那當然。」

我挺起胸膛，對著魔導具回答。停頓了一會兒後，斐迪南接著說起他擔心的事情。他說喬琪娜現在已經搬去離宮，剛入冬時曾有好一陣子都沒見到她的蹤影，還聽說她身邊的近侍變多了，就連離宮裡的下人也有人盯著，所以尤修塔斯無法偷潛進去。

「冬季期間肯定發生了某些事情。也說不定是逃過肅清的餘黨跑來投靠了喬琪娜。幫我轉告齊爾維斯特，千萬不要放鬆警戒。還有，在放有我行李的房間裡，有個收納文件的木箱，裡頭蒐集了一些也許能用來牽制萊瑟岡古一族的資料。從今往後我無法再從旁伸出援手，齊爾維斯特只能靠自己去壓制他們，但一旦妳覺得他可能快撐不住了，就把資料提供給他。」

……怎麼都是給養父大人的叮囑，我什麼時候才會聽到稱讚？

當然我也知道這些情報很重要，但所謂期望越高，失望越大。我有些垂頭喪氣，接著往下聽。

「再來是給妳的提醒……」

……不要只有提醒，也請給我稱讚！

「我聽齊爾維斯特說，今年還是無法與更多領地展開貿易。對此心懷不滿的領地，也許會採取某些強硬手段。此外到了今年，由於他領的商人先前對艾倫菲斯特還不了解，一直以來只是暗中查探，但現在熟悉以後，想必會開始有些動作。」

他先舉了庫拉森博克曾想讓卡琳嫁過來，結果因此引發糾紛一事為例，告訴我接下來很可能再發生同樣的事情。

「倘若婚事取得了男女雙方的同意，這倒不會演變成什麼大問題，但難保不會有人動用武力脅迫。如今不管是印刷業還是髮飾，過半的獲利確實都來自於妳所栽培的那些工匠與工藝師。他們極有可能被盯上。」

之後古騰堡夥伴們會前往克倫伯格，但髮飾工藝師中能力最好的多莉一直是在平民區，班諾和馬克也一樣。

……被人以武力脅迫？那怎麼辦……

我完全不知道該怎麼保護大家。畢竟我不可能時時刻刻跟在他們身邊，而我戴在身上的眾多護身符又需要大量魔力，無法提供給平民區的大家佩戴。我能做的也只有警告他們可能會有危險。但班諾他們多半比我還要清楚，與人做生意時要小心哪些事情。

「為此，我會教妳如何製作沒有魔力的平民也能佩戴的護身符，做好後就讓妳想保護的人帶在身上。」

說完，斐迪南開始說明護身符的做法。我急急忙忙掏出寫字板，把他說的方法記下來。跟可以自行補充魔力的貴族用護身符相比，平民用護身符的做法和所需原料都有些不太一樣。

「原料應該圖書館的工坊裡就有……藉著教他們如何使用護身符、幫忙補充魔力，就有理由常把他們召進神殿吧？還有，只要做成像是我送給妳的髮飾，也能當作是祝賀用的禮物。」

多莉的成年禮在夏季尾聲。說不定斐迪南就是為了讓我能光明正大地送出成年禮的賀禮，才說了這麼一大堆迂迴又難懂的話。

「……講話還是一樣這麼難懂。」

我對著安靜下來的魔導具小聲抱怨，用力噘起嘴巴。

「要是最後再有一句稱讚就完美了呢。」

竟然期待斐迪南會稱讚我，看來是我太笨了。我握著說完叮囑的魔導具，不滿地大嘆口氣，下一秒——

「……我想妳確實非常努力。」

沒想到在極為漫長的沉默之後，魔導具又傳來聲音。擔心自己聽錯的我，把魔導具湊到耳邊。

「非常好。」

短短這麼一句話，我就覺得自己所做的一切有了回報。

高興的同時，也為自己感到驕傲。

正因為要聽到這句稱讚太不容易，我才會這麼高興吧。

我捧著不自覺咧開笑容的臉頰，跳下椅子，然後把錄音魔導具收進皮袋裡，放在椅子上。想要聽到稱讚的時候，再過來就好了。

……既然斐迪南大人實現了我想聽到稱讚的心願，那我也得加油才行。為了可以再進來聽，我必須付出值得聽到這句稱讚的努力。

「很～好！我湧起幹勁了。來做大家的護身符吧！」

恢復活力的我推開秘密房間的房門，笑容滿面地前往工坊。

加護的再取得

大家在工坊裡找東西的時候，我則在旁邊勤奮地製作護身符。平民用的護身符必須使用圖書館工坊裡的原料才做得出來。如果要發給平民區的家人與古騰堡夥伴們，得做不少的量。而且，如果把公會長、奇爾博塔商會與普朗坦商會的人都叫來神殿了，總不能發送時獨獨跳過公會長。

「我還額外多做了一點，這樣就沒問題了吧。」

就這樣，難得地比起看書，我更專注於製作平民用的護身符，做完後再把儀式所需的用品載去神殿。明天要重新舉行加護儀式。

「羅潔梅茵大人，我畢業儀式過後已經重新取得加護了，明天就不參加儀式，而是去參加訓練。」

「我也重新取得過加護了，所以想留在城堡工作。」

萊歐諾蕾與莉瑟蕾塔說完，我點點頭後轉向優蒂特。

「那優蒂特呢？」

「我覺得自己祈禱得還不夠，這次就先不參加吧。我可以去參加訓練，但如果您需要護衛騎士的話，也可以去神殿保護您。」

「目前護衛騎士的人數已經夠多了，那妳去參加訓練吧……也要問問奧黛麗與布倫希爾德才行呢。」

我向兩人送去奧多南茲。奧黛麗回說她目前為止幾乎沒怎麼祈禱；布倫希爾德則正忙著與葛雷修的人商議討論，還要安排侍從接受教育，再加上她自己也能在畢業儀式之後再舉行一次加護儀式，所以這次就決定不參加了。

「不過，已向我獻名的谷麗媞亞是一定要參加，所以明天請來神殿喔。」

「遵命。」

羅德里希會變成全屬性，多半是向我獻名的關係，但目前這個推論還沒有得到證實。所以這次除了已成年的近侍們，我打算讓已獻名的近侍們也舉行一次儀式。

……不知道母親大人能不能過來？

艾薇拉如果能來神殿，我就可以調查獻名者的主人一旦變更，是否能夠取得的加護也會不一樣。雖然得讓繆芮拉舉行好幾次儀式，但我想藉這機會調查清楚。我寄了奧多南茲詢問艾薇拉的行程後，她捎來回覆說：

「下午我應該能過去一趟。那順便也給我新點心的食譜吧。現在柯尼留斯畢業了，我都拿不到新食譜了呢。」

艾薇拉做事絕不讓自己吃虧。於是，我決定提供之前在貴族院當獎品的慕斯做法送給她。

隔天第三鐘響前，預計要舉行儀式的近侍們都到了。我打開神殿長室裡的工坊，再提供出入工坊用的魔石胸針，讓人把魔法陣等物品搬出來。

「羅潔梅茵大人，這些東西都要搬去禮拜堂嗎？」

「是的，法藍。我已經吩咐哈特姆特，等他指示其他人處理公務後要前往禮拜堂，所以請搬到那邊去吧。我想盡可能布置得和貴族院一樣。」

搬東西需要力氣，所以不只法藍，我也從孤兒院的工坊找來了吉魯與弗利茲幫忙。哈特姆特的侍從們很快也來協助，東西一下子被迅速搬出。

「莫妮卡，妳通知過孤兒院裡的人了嗎？」

「是的。我已經通知大家，今天絕對不能進入禮拜堂。」

由於我得看著出入工坊的人，準備工作便交給了哈特姆特與達穆爾。文官繆芮拉、羅德里希與菲里妮則擔任助手。

等到所有用品都搬出來了，我便收回魔石胸針，關閉工坊，前往禮拜堂。照著我先前下達的指示，哈特姆特他們正在禮拜堂內進行準備。

祭壇上供奉著布料與水果，香爐也已經點燃，禮拜堂內彌漫著淡淡的香氣。地板上朝著祭壇鋪有紅色地毯，連接著畫有魔法陣的一塊偌大布料。布上的魔法陣不同於我在貴族院裡看過的，並不是刺繡，而是以墨水畫成。看來斐迪南也沒有閒情逸致一針一線地繡出魔法陣。

「為了確認魔法陣能否順利發動，以及按個別屬性舉行儀式時還能不能取得加護，首先就由安潔莉卡開始測試吧。」

因為魔法陣是用墨水畫成，有些地方可能時間一久就磨損脫落了，也有可能魔法陣並未設置妥當，導致無法發動。

「由於是測試，安潔莉卡舉行儀式時我會在旁邊觀看，但之後就麻煩大家自己輪流進來了。畢竟在貴族院舉行加護儀式的時候，也是一次進來一個人吧？大概是因為能取得多少加護是個人的隱私，也為了讓學生能集中精神吧。」

安潔莉卡需要有人在旁邊看著，確保她能唸出禱詞，但其他人應該沒有問題。而在確認儀式流程的時候，大家都一臉擔心地望著安潔莉卡。這種時候的她格外讓人不放心。儘管當事人一臉凜然地用力點頭說：「我會加油。」但還是讓人擔心得要命。

「安潔莉卡測試完後，下一個換哈特姆特。」

「不是我嗎？」

柯尼留斯訝異反問。測試的時候由身分較低的人負責當然沒問題，但確認儀式可以順利進行後，通常就會從身分最高的人開始輪流。

「是呀。因為得讓哈特姆特快點舉行完儀式，回去工作。」

柯尼留斯是護衛騎士，有好幾個人能代替他，但沒有人能代替哈特姆特，以神官長的身分發號施令。這次是因為韋菲利特提出了要求，哈特姆特自己也很期待，才會提早舉行加護儀式，要不然我們這陣子正忙得昏天暗地。再過幾天就是洗禮儀式了，還要為祈福儀式作準備。

「原來如此。想講求效率的話，確實該由哈特姆特先舉行儀式。但是，貴族社會最不樂見的就是有人不按照順序，這點請您千萬小心。」

對於要與哈特姆特交換順序，柯尼留斯沒有意見地接受了，但同時他也提醒我，這種做事方法只在神殿裡管用。

「我陪安潔莉卡舉行完儀式後，就會待在神殿長室裡的工坊。請依照哈特姆特、柯尼留斯、馬提亞斯、勞倫斯、繆芮拉、谷麗媞亞、達穆爾這樣的順序舉行儀式，結束後來向我報告結果。另外等母親大人來了以後，要麻煩繆芮拉再舉行一次儀式。」

「遵命。」

看到大家都點頭後，我再指向自己腳邊的木盒。

「木盒裡放有魔力回復藥水。請大家別忘了，一定要讓魔力盈滿魔法陣喔。」

叮囑完後，其他人暫且退出禮拜堂。護衛騎士們會在門外守著吧。我從木盒裡拿出魔力回復藥水，遞給安潔莉卡。

「安潔莉卡，那我們開始吧。為了得到自己想要的加護，先來測試如果只呼喚特定神祇的名字，是否能成功舉行儀式。」

「是。」

安潔莉卡接過我遞去的魔力回復藥水後，站到魔法陣中央，然後朝著祭壇跪下來，觸碰魔法陣灌注魔力。

「創世諸神，吾等在此敬獻祈禱與感謝。」

為免說錯，安潔莉卡十分緩慢地唸出最高神祇與五柱大神的名字。她擁有適性的火與風屬性符號隨即發亮，往上竄起不高的光柱。親眼看到別人舉行的儀式後，我終於完全可以明白自己為什麼會被說是異於常人。因為我打從一開始就是所有屬性皆升起光柱，光柱的高度還是安潔莉卡的兩倍。有人可以作對比真的很重要呢。

……而且得到眷屬神的加護以後，光柱還會繼續往上變高。看來我跟其他人會有很大的差距。

我正這麼心想時，安潔莉卡開始詠唱眷屬神的名字。

「疾風女神休泰菲黎茲、英勇之神安格利夫，吾之祈求若合其所意，懇請惠賜祢的加護。」

……她還真的只對自己想取得加護的神祇獻上祈禱嗎?!

安潔莉卡大概只非常渴望得到這兩個加護，唸完這兩位神祇的名字後，馬上就說出最後一句禱詞。但是，她詠唱了眷屬神的名字以後，不僅魔法陣沒有任何反應，光柱還倏地暗下消失。

「完全可以肯定失敗了呢。」

「果然得背出所有神祇的名字才行嗎?太遺憾了。」

看來即便讓魔力盈滿魔法陣，也不能任意更動或省略儀式的步驟。所以貴族院的學生才會在升上三年級後，有背下所有神祇名字的這項共同作業吧。否則的話，肯定老早就取消這麼嚴格的規定了。

「那也試試看若跟著斯汀略克複述禱詞，能否成功舉行儀式吧。」

我接著這麼表示後，原本一臉絕望的安潔莉卡立刻恢復生氣。

「我相信斯汀略克一定能成功。」

「主人，若不是這次要做實驗，否則妳本該自己背下來。」

斯汀略克以斐迪南的聲音斥道，安潔莉卡則是喝下回復藥水。居然說因為是實驗才願意配合，斯汀略克明顯受到了聲音原主人的影響嘛。

……那實驗結果再乖乖送去給斐迪南大人吧。

「我重新再來一次。」

魔力恢復後，安潔莉卡再度走到魔法陣中心，讓魔力盈滿魔法陣。

「創世諸神，吾等在此敬獻祈禱與感謝。」

安潔莉卡至少能把最高神祇與五柱大神的名字順利背出來，但重點在於接下來的眷屬神們。

「暗的眷屬除厄之神卡歐斯弗立耶、隱蔽之神費亞勃肯……」

每當斯汀略克唸完，安潔莉卡便跟著複述。這些神祇顯然她從未獻上祈禱過，魔法陣一點反應也沒有。順帶說明，這兩位神祇我都取得了加護。但明明得到了卡歐斯弗立耶的加護，為什麼厄運還是接踵而來呢？

「火的眷屬英勇之神安格利夫。」

直到這時，魔法陣才第一次有了反應。帶有火神貴色的藍色光柱往上變高了些。甚至唸到引導之神艾爾瓦克列廉的時候也有反應，藍色光柱又高了一些。見狀，安潔莉卡露出開心的笑容。而且大概是湧起了幹勁，複述的聲音變得元氣十足。

「風的眷屬時之女神德蕾梵庫亞、疾風女神休泰菲黎茲。」

這次是黃色的光柱往上變高了些。看來她得到了休泰菲黎茲的加護。我還以為說不定也能得到飛信女神沃朵施奈莉的加護，但很可惜地並沒有。

在這之後魔法陣都不再有反應，安潔莉卡唸出最後一句禱詞。

「吾之祈求若合其所意，懇請惠賜祢的加護。」

光芒倏地從藍黃兩道光柱升起，在半空中旋轉了數圈後，化作祝福的光芒灑在安潔莉卡身上。盈滿魔法陣的魔力也形成一道光流，沿著紅布流向祭壇，被神像所吸收。

「這次成功了呢。」

我回想自己儀式時的情況，確定這樣應該是成功取得加護了。只不過，我看不出來安潔莉卡是否得到了風之女神的加護。

「妳這次得到風之女神舒翠莉婭的加護了嗎？」

「是的。以前我在貴族院舉行儀式時，黃色光柱在最後一瞬間暗了下來，所以這次應該是沒問題。」

……原來沒得到大神加護的時候，光柱會暗下來嗎？我第一次聽說。

看來安潔莉卡在貴族院有過極其難得的體驗。雖然我個人並不怎麼想體驗這種事情，但光柱因未能取得加護而消失的情況肯定非常罕見。

「安潔莉卡，妳能取得加護都是多虧了斯汀略克，記得誇獎它、賜給它魔力喔。」

「是的。另外也多虧了賜給我斯汀略克的羅潔梅茵大人。接下來我想馬上前往訓練場，確認自己是否稍微變強了。也想試著贏過師父一次。」

安潔莉卡顯得無比興奮。但得到神祇的加護後只是魔力的消耗量會減少，能稍微減輕自己的負擔，應該不是馬上就會變強。

……還是說，會和得到安格利夫的祝福時一樣呢？

但得到了安格利夫加護的騎士們沒來向我報告過任何異樣，所以戰力應該不會一下子就有大幅提升。只不過對安潔莉卡來說，光是使用斯汀略克時能減少魔力消耗，這似乎就是很驚人的效果了。

「今天神殿裡有很多護衛騎士在，那妳就去參加訓練吧。記得向祖父大人炫耀，說妳取得了加護。祖父大人說不定也會想來神殿呢。」

聽完安潔莉卡的分享，說不定對神殿感到忌諱的波尼法狄斯也會願意前來。想著這些事情的我走出禮拜堂，看見近侍們都在門外等候，順便擔任守衛。

「安潔莉卡成功了，儀式可以順利舉行喔。哈特姆特，換你進去吧。結束後，請來神殿長室告訴我結果。」

「遵命。那我先進去了。」

哈特姆特向柯尼留斯輕輕抬手致意，然後走進禮拜堂。

「接著要舉行儀式的柯尼留斯留在這裡就好了，其他人請先去做自己的工作吧。安潔莉卡，妳可以去參加訓練了。」

我讓羅德里希、菲里妮、繆芮拉與達穆爾回神官長室去工作，再麻煩馬提亞斯與勞倫斯擔任我的護衛，谷麗媞亞則是回到神殿長室待命。只見安潔莉卡迅如疾風地衝了出去。

回到神殿長室後，我馬上準備進入工坊。出入工坊用的魔石胸針也要交給谷麗媞亞，並吩咐她若有人舉行完儀式回來了，帶到工坊裡來見我。這麼做是為了避免孤男寡女在工坊裡獨處，所以需要有谷麗媞亞在場。

「還有，我也會使用防止竊聽的魔導具，不讓谷麗媞亞聽見其他人取得了哪些加護。啊，對了。法藍，請你回到平常的工作崗位上吧。帶人進來工坊這件事交給谷麗媞亞就好了。」

為了迎接從禮拜堂回來的我，法藍一直在神殿長室裡待命，但他平常應該都在神官長室裡處理公務。然而，法藍微笑婉拒道：「神殿長室裡不能一名神殿的侍從也沒有。」

接著我把出入工坊用的魔石胸針交給谷麗媞亞。

「羅潔梅茵大人，您要在工坊裡做什麼呢？」

「做護身符。」

「……您昨天在圖書館的工坊裡不是就做過了嗎？」

谷麗媞亞看著我一臉詫異。昨天我確實已經做了很多護身符，但光那些還不夠。

「我昨天做的，是給古騰堡夥伴們的份。但除了平民用的以外，我還要做貴族用的護身符。」

其實斐迪南在收拾神殿工坊的時候，就把部分原料送給了我，而且優先送到神殿長室工坊來的都是屬性數與魔力含量多的原料。所以若要製作貴族用的護身符，在神殿工坊這裡可以做出品質更好的。

「那等哈特姆特回來，請帶他進來吧。」

「遵命。」

進入工坊後，我根據自己身上的護身符挑選了魔力消耗量較少的一款，開始製作同樣的護身符。而且我得做兩種，分別可以反彈魔力攻擊與物理攻擊。

……只要護身符能先擋下偷襲，之後護衛騎士們就能反應過來吧。

領主一族身邊的護衛騎士們都受過波尼法狄斯的嚴格訓練。遇到偷襲的時候，只要護身符能先擋下攻擊，接下來想必就不用擔心。

我很快做好了要給韋菲利特與夏綠蒂的護身符，長長吐了口氣。現在兩人都已開始在壓縮魔力了，魔力量較多；但相比下麥西歐爾還無法好好操控魔力，所以做給他的護身符，魔力消耗量不能太高。斐迪南以前也成天提醒我，不能以他為標準。

……居然乖乖記得，我簡直太完美了嘛？

「羅潔梅茵大人，這邊的護身符，是您為了將前往祈福儀式的韋菲利特大人與夏綠蒂大人所製作的嗎？」

「哎呀，哈特姆特。你結束了嗎？」

看到谷麗媞亞與哈特姆特一起走進工坊，正為麥西歐爾挑選護身符原料的我停下手來，下了腳凳朝桌子走去。端詳了我為兩人所做的護身符後，哈特姆特面露微笑。

「羅潔梅茵大人，我也要外出舉行祈福儀式呢……」

哈特姆特笑容滿面地暗示自己也要護身符。要做給他是沒關係，但這正是讓他答應我要求的好機會。我仰頭看向哈特姆特，同樣面露微笑。

「只要哈特姆特能讓大家停止獻上奇怪的祈禱，我可以做給你喔。教小孩子們那樣祈禱，對諸神太不敬了嘛。」

對於哈特姆特若無其事地把我的名字也加進禱詞裡，為此我斥責過他，他卻沒打算改地回說：「因為得讓舊薇羅妮卡派的孩子知道，他們應該要感謝誰。」哈特姆特還主張，如今孩子們在貴族社會裡一直遭人非議，要是還不明白是我救了他們一命，甚至心懷怨恨的話，那他們不管再怎麼努力想成為貴族，也會在那之前就被鏟除。所以他是出於一片好心，教他們明白這個道理。

「可是，應該還有其他更好的方式吧。」

不應該是把我的名字加在禱詞裡頭。聽見我的要求，哈特姆特低下頭想了一會兒，隨即抬起頭來，露出爽朗到了可疑地步的笑容說：

「我知道了，謹遵羅潔梅茵大人的吩咐。一旦孩子們不明白自己應該感謝的對象，在面對可說是殺害自己家人的仇人領主一族時，真不知道他們會有怎樣的態度，貴族們又會作何感想呢。但是，跟我向羅潔梅茵大人索取的護身符比起來，孩子們的未來簡直不足為道。那就停止那樣的祈禱吧。」

……咦、咦？停止那樣的祈禱是件很糟糕的事情嗎？孩子們的未來將因此黯淡無光嗎？咦？等一下。

哈特姆特這些話堵在我的胸口，讓我腦筋陷入一片混亂。「為了孩子們著想，是不是繼續保持比較好呢？」我正這麼心想時，谷麗媞亞輕拍我的肩膀。

「羅潔梅茵大人，請您打起精神。讓孩子們學會與原先不同的祈禱，才對他們的未來沒有幫助。教導他們懂得感謝領主一族，與改變禱詞一事不能相提並論。」

「對、對吧？谷麗媞亞，謝謝妳。我清醒了。哈特姆特，你一定要停止那種奇怪的祈禱喔。知道了嗎？」

我這麼命令後，哈特姆特神色有些遺憾地聳聳肩，表示遵命。

「那麼，你取得眷屬神的加護了嗎？」

我拉來桌上備好的紙張，再把防止竊聽魔導具遞給哈特姆特，拿好了筆。

「是的。從我具有的適性，我獲得了光的眷屬秩序女神蓋芭朵儂、火的眷屬培育之神安瓦庫斯與風的眷屬飛信女神沃朵施奈莉的加護。」

「既然你說是從自己具有的適性，代表從沒有適性的眷屬那裡也得到了加護吧？」

我一邊做筆記一邊問道。哈特姆特開心地笑著點頭。

「我得到了長壽之神道爾勒本與夢神席朗托羅莫的加護，因而獲得了命屬性。」

「有命屬性的人好像不多，那很難得呢。」

現在會參加收穫祭與奉獻儀式的哈特姆特，竟從意想不到的眷屬那裡取得了加護。

「我開始舉行儀式至今還不到一年的時間，就得到了這麼多眷屬神的加護。看來必須積極地參與儀式呢……今後這幾年若都在神殿祈禱，說不定還能追過韋菲利特大人。」

神殿內需要奉獻魔力的儀式並不多，因此好幾年來都在向基礎供給魔力的韋菲利特自然取得了更多加護。哈特姆特似乎對此有些不甘心。

「韋菲利特哥哥大人平常就在奉獻魔力，所以想要追過他恐怕不容易喔。不知道夏綠蒂明年能取得多少加護，真是教人期待。」

聽完哈特姆特的結果，我便請他離開工坊。隨後，我還沒開始製作要給麥西歐爾的護身符，柯尼留斯與谷麗媞亞就進來了。這次我同樣使用了防止竊聽魔導具，詢問柯尼留斯取得了哪些加護。

「我和萊歐諾蕾一樣，得到了英勇之神安格利夫與疾風女神休泰菲黎茲的加護。幸好，保住了我做為妳護衛騎士的顏面。」

看到未婚妻萊歐諾蕾率先取得了安格利夫的加護，原來柯尼留斯暗中一直有些焦急。這是所謂男人的自尊吧。

……柯尼留斯哥哥大人是想在萊歐諾蕾面前保持優秀的形象吧。

我感到莞爾地仰頭看向柯尼留斯。大概是注意到我多了層深意的目光，他稍微別開頭去。

「還有，我得到了暗的眷屬神飛德雷歐斯的加護。」

「那哥哥大人增加了暗屬性呢。恭喜您。」

飛德雷歐斯是驅魔之神，正確地說是趕走混沌女神的神祇。還真符合他騎士的身分。

「我沒想到屬性會增加，所以很開心。」

「母親大人中午會過來，可以向她報告一聲喔。還是說要向萊歐諾蕾送去奧多南茲？」

我「唔呵呵」地笑著，抬頭看向柯尼留斯。「妳別老想這些無用的事情。」柯尼留斯邊說邊用力捏了下我的臉頰，然後走出工坊。

「為什麼大家這麼愛捏我的臉頰呢？」

我摸著有些發麻刺痛的臉頰，繼續調合麥西歐爾的護身符。

……接下來就是已獻名的近侍們了。不知道結果如何？

「儀式剛開始，我才唸出最高神祇與五柱大神的名字，所有屬性都發光了。」

重新舉行完了加護儀式的馬提亞斯握著防止竊聽魔導具，開始向我報告。看來他開始舉行儀式後，還沒唸出眷屬神的名字，所有屬性便都出現光柱。儀式的發展聽起來就跟羅德里希報告過的差不多。

「原本我只具有火、風、土的適性，所以很意外所有屬性在一開始就發出光芒。」

中級貴族大多只有兩種適性，馬提亞斯卻有三種。接受獻名時看到馬提亞斯的石頭有三種顏色，我還嚇了一跳。他的祖母是與嘉柏耶麗一同從亞倫斯伯罕來到艾倫菲斯特的上級侍從，應該是深受她的影響。明明擁有與上級貴族相當的魔力量，卻一直受到萊瑟岡古打壓，據說基貝・格拉罕對此十分不滿。

「……我個人本打算畢業時，在貴族院再次舉行儀式就好，羅潔梅茵大人這次卻特意吩咐已獻名的近侍都要參加，是因為向您獻名的近侍都變成了全屬性嗎？」

「嗯，很有可能。因為羅德里希變成了全屬性，我才想要確認。等一下我會請繆芮拉更改獻名的對象，然後再舉行一次儀式，應該就能得到驗證了。」

「更改獻名的對象可不輕鬆哪。」馬提亞斯喃喃道。這確實會對繆芮拉造成很大的負擔，但被允許更改獻名對象的例外就只有她一個。自身擁有的屬性如果會因為主人而產生變化，這對孤兒院與兒童室裡的孩子們來說將有深遠的影響。

「羅德里希向我獻名之後，似乎感受到了一些加成的效果，比如調合等等的成功機率變高了。那馬提亞斯呢？」

「此刻細想的話，大概就只是在調合自己沒有適性的屬性時，確實比以前輕鬆一些吧……」

看來屬性數因獻名而增加以後，並不會造成多大的影響。像羅德里希這樣接近下級的中級貴族，似乎能明顯感受到因此帶來的加成效果；但像馬提亞斯這樣接近上級的中級貴族，因為自己本身適性多、魔力也多，便幾乎察覺不到微小的變化吧。

「話說回來，那馬提亞斯得到眷屬神的加護了嗎？」

我知道羅德里希受獻名影響，變成了全屬性，但他並未另外得到眷屬神的加護。不知道馬提亞斯的結果如何呢？我詢問後，馬提亞斯露出有些開心的靦腆笑容。

「我得到了英勇之神安格利夫與驅魔之神飛德雷歐斯的加護。」

我與馬提亞斯還在說話的時候，谷麗媞亞注意到了出現在門邊的法藍。上前聽完他說的話後，谷麗媞亞走回來告訴我，第四鐘已經響了。

「法藍說該用午餐了，請您談完話後離開工坊。」

於是與馬提亞斯談完話後，我便走出工坊，剛好勞倫斯與繆芮拉也從禮拜堂回來了。

「我舉行完儀式，正在喝回復藥水時第四鐘就響了，所以繆芮拉下午再繼續。」

「知道了。那麼下午我再進入工坊，聽取勞倫斯的結果吧。下午的儀式就從繆芮拉開始，接著是谷麗媞亞，帶人進工坊的工作就麻煩菲里妮了。」

法藍與莫妮卡在準備餐點的時候，我與近侍們討論著下午的行程。就在這時，忽然有奧多南茲飛了進來。白鳥降落在我面前，開口說道：

「我是萊歐諾蕾。波尼法狄斯大人說他要與艾薇拉大人一同前往神殿。」

……祖、祖父大人嗎?!

萊歐諾蕾的聲音帶著點困窘，為計畫臨時有變向我致歉：「實在非常抱歉。因為我心想這是讓波尼法狄斯大人前往神殿的好機會。」她說現在正在舉行重新取得加護的儀式，而加護對貴族來說又是直白可見的利益，因此這是消除偏見的絕佳好機會。雖然我是說過，要安潔莉卡去向波尼法狄斯炫耀，但我沒想到回應會來得這麼快。原本艾薇拉就會過來，所以茶點早已準備妥當，可是我還沒有作好心理準備。

……我得努力宣傳神殿的優點才行！

必須讓對神殿抱有成見的波尼法狄斯知道，現在的神殿並不是一個很糟糕的地方。只要身為領主一族的波尼法狄斯改觀了，必然也會影響到同世代的貴族。

……唔嗚，壓力有點大呢。

迅速吃完午餐，我帶著菲里妮與勞倫斯進入工坊。

「勞倫斯，請告訴我你取得了哪些加護吧。等祖父大人與母親大人來了，我就要專心接待兩位，沒有充分的時間與你好好談話。」

勞倫斯握著防止竊聽魔導具，輕佻地笑起來。

「羅潔梅茵大人，意思是您想要有充分的時間與我談話嗎？」

「……唉，現在谷麗媞亞不在，我真慶幸是在下午與你談話。」

看著工坊內負責帶人進來的菲里妮，我這麼說完後，再抬頭看向勞倫斯。他挑挑眉，不明白我這麼說是什麼意思。

「谷麗媞亞很不喜歡男孩子調侃她。請你不要用這種輕浮的語氣接近谷麗媞亞。」

谷麗媞亞似乎很害怕與男性接觸。莉瑟蕾塔向我報告過，她總是想與男性近侍們保持距離。尤其對於總是吊兒郎當地出言調侃的勞倫斯，每次都露出非常厭惡的表情。

我開口提醒後，勞倫斯一時語塞，緊接著嘆了口氣，正色道：

「我以後會小心。」

根據勞倫斯的報告，他取得的加護和馬提亞斯一模一樣。除了在獻名後變成全屬性，也得到了英勇之神安格利夫與驅魔之神飛德雷歐斯的加護。現在已經有柯尼留斯、馬提亞斯、勞倫斯共三個人得到飛德雷歐斯的加護了。

……雖然萊歐諾蕾並未取得，但難不成在暗屬性中，飛德雷歐斯是騎士特別容易取得的加護嗎？呃，可是，我也取得了喔。那就不曉得共通點是什麼了。

我看著大家取得的加護發出沉吟時，勞倫斯在一旁喃喃低語。

「等大家都知道了在神殿祈禱有助於取得加護，那麼也許失去了親人、將在神殿長大，還會由奧伯主持洗禮儀式的弟弟他們，往後的日子也不會太難熬吧。」

「但現況也很難馬上改變就是了……請你去告訴貝特朗，說你在祈禱後取得了眷屬神的加護吧。由哥哥親口告訴他，他一定會毫不懷疑地相信。」

讓勞倫斯前往孤兒院後，菲里妮接著帶繆芮拉走進來。繆芮拉顯得有些倉皇無措，一握住防止竊聽的魔導具就說：「羅潔梅茵大人，那個，我……」

「妳變成了全屬性吧？是獻名的關係喔。」

「原來是這樣啊……另外，我也得到了萌芽女神布璐安法的加護。之前我一直和蕊兒拉娣大人一起祈禱，能得到我真是太高興了。」

在貴族院參加過奉獻儀式以後，他領的學生也都開始向神祈禱，而三年級生中唯一取得眷屬神加護的，就是約瑟巴蘭納的蕊兒拉娣。看樣子她與繆芮拉的感情真的很好。繆芮拉似乎很想取得經常在戀愛故事中登場的神祇的加護，向我展示了她手腕上的好幾個護身符。

「那請妳繼續加油，取得更多加護吧。還有，等母親大人來了，要麻煩妳更改獻名的對象，然後再次舉行儀式。雖然一定很辛苦，但就拜託妳了。」

「……是。」

繆芮拉表情有絲緊張地點頭。

隨後，谷麗媞亞還沒從禮拜堂回來，艾薇拉、波尼法狄斯與萊歐諾蕾就到了。由於波尼法狄斯還帶著近侍，人數比我預期的要多。對此我有些不知所措，但還是歡迎兩人入內：「祖父大人、母親大人，恭候多時。」

我吩咐法藍泡茶，再請妮可拉端來點心。波尼法狄斯始終神色僵硬地看著他們，一旁的艾薇拉發出咯咯輕笑。

「波尼法狄斯大人，接到萊歐諾蕾通知的時候，我真是嚇了一大跳呢。」

「機會難得，我便心想可以與妳一同前來，順便擔任妳的護衛。畢竟怎能讓女性單獨前往神殿。」

「哎呀，我可是一點也不在意唷。不僅羅潔梅茵與柯尼留斯經常出入這裡，這個房間還是卡斯泰德大人布置的呢。」

當初因為有卡斯泰德與艾克哈特先出入神殿，再加上他們提供的消息，艾薇拉似乎從一開始就沒有半點遲疑。

「而且神殿打掃得很乾淨，我的侍從也十分優秀，不會令人感到不快吧？」

我這麼詢問後，喝了法藍泡的茶、吃了妮可拉端來點心的波尼法狄斯點一點頭。這下子他應該可以看出，我確實過著和在城堡沒有兩樣的生活。

「今後不只麥西歐爾，兒童室裡的孩子們也將進入神殿。但是，在神殿雖然能上學科課，卻無法鍛鍊身體。所以如果祖父大人不嫌棄的話，請來訓練孩子們吧。」

「舊薇羅妮卡派的孩子們嗎？」

「是的。他們大多數人都必須向領主一族獻名才能活下去。獻名以後，成為把性命獻給領主一族的近侍。當然要好好訓練才行吧？」

他們若在神殿裡生活，有很高的機率會成為我或者麥西歐爾的近侍吧。之前我在尤列汾藥水裡沉睡的時候，之所以很難保留到近侍，就是因為從未與孩子們接觸過。雖然最終還是得看本人的意願，但接觸頻率的多寡也很重要。

「而且尼可拉斯是祖父大人的孫子，他也將進入神殿當青衣見習神官喔。請幫忙實現他想成為騎士的心願吧。」

「……我會考慮考慮。」

「謝謝祖父大人。」

即便只是偶爾，但如果波尼法狄斯願意來訓練他們的話，想成為騎士的孩子也就不用放棄這條路。不僅如此，若看到波尼法狄斯都來訓練孩子們了，說不定也能說動我或麥西歐爾的護衛騎士們，輪流去擔任指導員。

「對了，祖父大人，安潔莉卡取得加護後變強了嗎？」

「是啊，她的速度與斯汀略克的刀身都和以前不太一樣。儘管只是些許的差異，但在實力如安潔莉卡這般強大的人身上，卻是不容小覷。雖然這次又是我贏了，卻打得有些吃力。」

由於安潔莉卡的速度比他原本預想的要快了些，該與斯汀略克保持的安全距離也變得和以前不太一樣，波尼法狄斯似乎打得並不輕鬆。儘管他嘴上說著「我可還不會輸」，但聽到安潔莉卡炫耀自己在我的協助之下，在神殿重新取得了加護後，眼看我的近侍越變越強，似乎讓他十分好奇。

「既然剛好在測試的時候來神殿，祖父大人與母親大人要不要也試著重新取得加護呢？尤其祖父大人會以領主一族的身分為基礎供給魔力，肯定能得到很多加護喔。」

我開口邀請後，波尼法狄斯忽然沉下臉來，表情非常兇惡地說：「不……」之前他連要來神殿都猶豫不決了，但就連儀式也這麼討厭嗎？我忍不住嚇得一震，艾薇拉像要緩和氣氛地露出苦笑。

「羅潔梅茵，我們當然也想試試看，但那些禱詞我們只在好幾十年前的課堂上背過，即便編寫故事時會讓神祇登場的我，也不記得完整的內容喔。在舉行儀式之前，得先花點時間複習才行。您說對嗎，波尼法狄斯大人？」

「嗯。既然羅潔梅茵說了，魔力供給有助於取得加護，那我很感興趣。等我背好禱詞再挑戰吧。」

看來戀愛故事裡需要用到的神祇名字艾薇拉雖然不會忘，但其他少見的神祇她不至於都還記得，所以就連完整的禱詞和順序也記不太清楚了。

……說得也是啦。

達穆爾也說過，他為了再取得加護，這次重新背了禱詞。艾薇拉他們已經是好幾十年前背的了，後來也沒再用過，不可能還記得所有神祇的名字吧。

「羅潔梅茵，這是奧伯給妳的信函。他已經同意我為重新取得加護的儀式提供協助，也說了繆芮拉就交給我們。」

艾薇拉說完，將信交給菲里妮。我接過菲里妮遞來的信函後，很快看了一遍。簡單歸納起來，意思就是：「繆芮拉這件事我會給妳通融，那妳也要盡快向我報告儀式結果，讓我也重新取得加護。」

……畢竟魔力消耗量的減少有助於減輕負擔，能越快取得加護越好吧。增加領主一族可使用的魔力量，可說是當務之急。可以的話不光是齊爾維斯特，我也希望波尼法狄斯能舉行儀式、取得加護。

「祖父大人，養父大人來舉行儀式的時候，您要不要也一起過來呢？雖然這樣得趕快背好禱詞與諸神的名字……」

「嗯，那就一起吧。話說回來，對於要來神殿，齊爾維斯特一點遲疑也沒有哪。這也是年紀造成的差異嗎……」

看到齊爾維斯特在信上寫著，等結果一出來就要馬上來神殿舉行儀式，波尼法狄斯有些愁眉苦臉。儘管很想大聲反駁：「並不是！」但我會忍住的。

……因為養父大人本來就會換上青衣神官服，跑去參加祈福儀式喔。還曾神采奕奕地跑去平民區的森林打獵。我想這跟年紀的差距一點關係也沒有。

無論如何我絕不能坦白說出，自己與齊爾維斯特的初次見面就是在神殿的祈福儀式上，但大家如果知道了肯定非常吃驚。因為一般根本沒有領主會偷偷參加祈福儀式。在了解貴族的常識以後，我更是深深如此認為。

「母親大人，那為了盡快向養父大人報告，來變更繆芮拉的主人吧……能請祖父大人在這裡稍候片刻嗎？」

獻名是很私密的事情，所以我打算在工坊裡進行。聞言，波尼法狄斯表情嚴肅地問我：「我想親眼看看加護儀式，方便我去參觀嗎？」看來雖然他對神殿和儀式還是有些抗拒，但也產生了興趣。

「等一下會輪到達穆爾舉行儀式，如果他不介意的話就沒關係。」

明知達穆爾無法拒絕，我還是這麼回答了。因為谷麗媞亞害怕與男性接觸，總比在她舉行儀式的時候，波尼法狄斯突然闖進去參觀要好。只要先問過一聲，至少達穆爾也能作好心理準備吧。

「畢竟儀式不方便隨意讓人參觀，而且就算是祖父大人，跟女性單獨待在禮拜堂裡面也不好吧？目前還未舉行儀式的男性近侍就只剩下達穆爾一人，所以請您問問達穆爾吧。」

我很清楚，男女若在神殿內單獨相處容易引人非議。聽完我的說明，波尼法狄斯頷首道：「知道了。」

「柯尼留斯哥哥大人，請您帶祖父大人去禮拜堂吧。還有，在旁邊參觀達穆爾舉行儀式的，請只有祖父大人一人就好。要是有太多人在場，達穆爾會無法集中精神。」

「明白，我會讓近侍在禮拜堂外等候。柯尼留斯，走吧。」

波尼法狄斯幾乎是拖著柯尼留斯，帶著近侍們走出神殿長室。目送他們離開後，我也帶著艾薇拉、繆芮拉，以及擔任護衛兼見證人的萊歐諾蕾進入工坊。打開櫃子裡上鎖的盒子後，我從成排的獻名石中拿出繆芮拉的石頭。

「繆芮拉，現在我將名字還給妳。」

接受獻名時，我必須釋出魔力包住石頭；歸還名字的時候，則要把自己的魔力收回來。外觀有如白繭的獻名石，旋即變回了原先放在白色盒子裡的狀態。打開盒子一看，盒裡的石頭確實刻著繆芮拉的名字。

「感謝羅潔梅茵大人。」

看著回到自己手中的獻名石，繆芮拉先是定睛望了一眼，緊接著她慢慢深呼吸，在艾薇拉面前跪下來。

「艾薇拉大人，請您收下我的名字。每一天我都能從您的故事當中，感受到布璐安法的降臨。我由衷冀望著能與您一同編織、宣揚美好的故事，並與更多的人分享。」

「繆芮拉，我的同伴。我願意接受妳的獻名。」

艾薇拉接下繆芮拉遞出的白色盒子，照著我事前說明過的一鼓作氣灌注魔力。繆芮拉看起來雖然沒有向我獻名時那麼痛苦，但也難受地繃緊全身，接著有些虛脫無力地仰望艾薇拉。

「這樣一來獻名就結束了。繆芮拉，可以麻煩妳再舉行一次儀式嗎？」

「是。」

離開工坊後，舉行完儀式的谷麗媞亞已經在外頭等著了。她說自己一離開禮拜堂，就看見波尼法狄斯一行人成排站在門外，嚇了好大一跳。

「聽到羅潔梅茵大人竟然下達了許可，達穆爾看起來非常無奈呢。」

「因為總比祖父大人在妳舉行儀式時突然闖進去要好。達穆爾這是崇高的犧牲。」

大概是想像了自己舉行儀式到一半，波尼法狄斯突然闖進來的畫面，谷麗媞亞一臉慶幸地以手按著豐滿的胸口。

「之後得向達穆爾道謝才行呢。」

「妳若願意成為達穆爾的新娘候補人選，他搞不好還會喜極而泣喔。」

我輕笑著這麼提議後，谷麗媞亞神色認真地搖頭。

「我不擅長與男士相處，所以並不想與任何人結婚。除非羅潔梅茵大人下令，否則恕我婉拒這樣的提議。」

……太遺憾了，達穆爾。居然被一本正經地拒絕啦。

「多虧繆芮拉的協助，證實了獻名者的魔力會受到主人影響。大家也都各自取得了加護，還有不少人增加了屬性。這次的實驗可以說是圓滿結束。」

我把不記名的儀式結果和自己的感想寫成報告，交給羅德里希，吩咐他回到城堡後送去給齊爾維斯特。

哈特姆特不僅得到了好幾位眷屬神的加護，還增加了命屬性。柯尼留斯主要則獲得了戰鬥系眷屬神的加護，另外也增加了暗屬性。馬提亞斯等人皆因獻名而變成了淡淡的全屬性；而谷麗媞亞除了變成全屬性，也得到了隱蔽之神費亞勃肯的加護。

繆芮拉在變更了獻名的對象以後，便不再擁有全屬性，而是受到了艾薇拉擁有屬性的影響。另外，她一樣又取得了萌芽女神布璐安法的加護。

「嗯，這儀式真有意思。那我也來背禱詞和諸神的名字吧。」

「是呀，這下我也有動力背禱詞了呢。因為我想得到萌芽女神布璐安法，以及司掌語言的言語女神格拉瑪拉圖亞的加護。」

不管是參觀了達穆爾儀式的波尼法狄斯，還是得到了繆芮拉這名屬下、又得知柯尼留斯增加了暗屬性的艾薇拉，都一臉心滿意足。正好他們那一代的人都對神殿避之唯恐不及，所以看到兩人有意要參加儀式，我非常高興。這樣一來，應該可以慢慢改變貴族的觀感吧。

「縱使親眼所見，屬性增加一事還是教人不敢置信哪。」

波尼法狄斯這樣說著，看向垂頭喪氣的達穆爾。由於儀式時波尼法狄斯就在旁邊參觀，所以他知道達穆爾取得了哪些加護。負責詢問、整理結果的我也知道。

……嗯，只能說真不愧是達穆爾呢。

達穆爾在得到了結緣女神黎蓓思可赫菲的加護後，增加了光屬性；此外他也從自己原有的風屬性，得到了時之女神德蕾梵庫亞與離別女神尤葛萊莎的加護。當初為了能與布麗姬娣結婚，據說他非常虔誠地向黎蓓思可赫菲祈禱過。然而，幾乎沒怎麼祈禱過的尤葛萊莎卻也賜給了他加護，顯然是相當受到祂的青睞。

「……看來我想結婚是沒希望了。」

達穆爾望著遠方說出的低語委實太過沉重。

克拉麗莎的來襲

「唔呵呵、呵呵～……準備得真是完美。」

今天是與平民區商人會面的日子。除了連備用也包含在內的大量護身符，我還把要討論的事情條列式地寫下來，另外也準備了雨果構思的食譜。我收到渥多摩爾商會的請求，今天要拿雨果的食譜與尹勒絲的食譜作交換。表面上是說，尹勒絲的食譜是今年夏天要在義大利餐廳推出的新菜色，所以想請身為出資者的我提供意見。

……好耶，要有新食譜了！

第三鐘響後，羅德里希與菲里妮會帶著麥西歐爾及其近侍，還有布倫希爾德和葛雷修的文官，以及年輕一輩的文官們前來。由於不能讓貴族等候，商人們會比他們要早過來。等負責帶路的薩姆過來通報他們到了，我就馬上往會議室移動。

「羅潔梅茵大人，神官長請求入內。」

我向法藍下達許可後，房門隨即打開。平常總是面帶遊刃有餘笑容的哈特姆特，此刻難得一臉困惑地走進來。

「發生什麼事了嗎？」

「今日您與平民區的商人有重要會議，其實本可稍後再說，但我總有種不祥的預感，所以決定先向您報告……聽說克拉麗莎從戴肯弗爾格出發了。」

「你說什麼？」

為了成為我的近侍，克拉麗莎決定與哈特姆特結婚。然而，由於後來哈特姆特進入了神殿填補斐迪南的空缺，就任成為神官長，但按規定神官與巫女不能結婚。因此，哈特姆特如果要成婚，至少得等到我成年後離開神殿。

得知了這些事情，對於婚事會被延後，聽說克拉麗莎在被問到意見時非常生氣：「我不介意婚事延期，但請允許我以未婚妻的身分前往艾倫菲斯特。因為我無法忍受成為近侍一事被延期。」

為了懷孕、生產和育兒，女性本來就有好一段時間必須離開工作崗位。所以如果能以未婚妻的身分服侍我，反而在婚事延期的這段時間，克拉麗莎一直都能服侍我。聽說她強烈希望能以哈特姆特的未婚妻之身分，盡快前來艾倫菲斯特。

其實，早在哈特姆特就任成了神官長的那個當下，這門婚事就算被取消也不奇怪，結果卻沒有取消。據說是因為克拉麗莎以戴肯弗爾格特有的奇妙主張，說服了奧伯．戴肯弗爾格。她說：「這門婚事是我靠著武力取得任務、通過對方的測試，要取消也得我本人同意！」

哈特姆特跟我說過，領地對抗戰那時候，克拉麗莎與親族以及奧伯．戴肯弗爾格進行過談話，得出的結論是「只要能取得奧伯．艾倫菲斯特的同意，克拉麗莎便可以在領主會議時動身啟程」。

「這麼說來，養父大人同意了吧？」

「是的。因為如今斐迪南大人不在了，羅潔梅茵大人太過繁忙，若能有一位來自上位領地如戴肯弗爾格的近侍，相信您會十分高興。據說奧伯．艾倫菲斯特在回覆時表示，他很歡迎克拉麗莎的到來。」

整件事聽起來完全沒問題。因為不管是斐迪南的離開讓我忙得不可開交，還是上位領地的文官克拉麗莎能帶來很大的幫助，這些都是事實。

「可是，她為什麼現在就出發了呢？領主會議還沒到吧？她要從貴族院過來嗎？」目前貴族院裡空無一人，只有騎士輪流守著轉移陣，宿舍基本上處在封鎖狀態。如果要去迎接克拉麗莎，就得安排人手、打開所有出入口。這樣一來，勢必得大幅地更改原定計畫。

「戴肯弗爾格也沒有捎來任何通知吧？」

「我也是昨夜才經由奧伯得知此事。原來奧伯．戴肯弗爾格已經知道了斐迪南大人現在的處境，都是他們一手大力促成，對此感到萬般過意不去。他忍不住發了牢騷說：『若克拉麗莎能盡早前往艾倫菲斯特，減輕他們的負擔，這未嘗不是一件好事。』」

……奧伯．戴肯弗爾格——！

結果就這麼剛好被克拉麗莎聽到了。她還為了不造成艾倫菲斯特的負擔，決定走陸路而不經由貴族院，帶著護衛自己的女騎士，意氣揚揚地動身出發了。據說時間就在慶春宴的隔天，而且還是一大清早。

聽說當時克拉麗莎的父母才剛結束冬季的社交活動、也為已經畢業和成年的女兒慶祝了一番，好不容易能夠放鬆休息，在清新爽朗的早晨緩緩張眼醒來，卻馬上接獲女兒早已啟程出發的消息。大驚失色的兩人立刻衝去找奧伯。「戴肯弗爾格的貴族竟又擅作主張，給艾倫菲斯特添了麻煩……」領主夫婦也面色鐵青，利用領主間的緊急聯絡手段，向齊爾維斯特致歉並告知此事。

「奧伯·戴肯弗爾格也非常過意不去地表示，希望奧伯·艾倫菲斯特能派人前往法雷培爾塔克的境界門迎接克拉麗莎。聽聞她的父母親已經緊追在後，母親大人也在昨晚便趕回家，說要趕緊整理好房間，並為迎接作準備。」

雖然克拉麗莎臨時更改計畫教人困擾，但我們也真的非常缺乏人手，所以她來也的確幫了我們大忙。情況真是尷尬。總而言之，既然現在女方一行人都已經出發了，那也無可奈何。前往境界門迎接是男方該有的禮儀。

而且，儘管克拉麗莎擅作主張，但她似乎也多少為我們設想過了。因為她並不是經由距離戴肯弗爾格最近的亞倫斯伯罕境界門，而是要從離這座城市最近的法雷培爾塔克境界門進來。如果是從戴肯弗爾格途經舊孛克史德克領，再從法雷培爾塔克進入艾倫菲斯特，得花上好幾天的時間吧。那應該來得及準備去迎接。

「哈特姆特，那你預計何時出發跟回來？祈福儀式的日程也得調整才行吧？」

既然新娘一行人剛從戴肯弗爾格出發，抵達法雷培爾塔克的境界門時，應該剛好我們也要出發去祈福儀式。

「我得先與父母商量，作好準備後再決定。」

「戴肯弗爾格人的親切，是不是最終都會給對方造成麻煩呢？之後得向克拉麗莎表達不滿，請她以後一定要先問過我們才行。」

更改原定計畫是很麻煩的事情。尤其像祈福儀式這樣，參與的人越多，造成的影響也越大。就在我咳聲嘆氣的時候，薩姆走了進來。看來是商人們到了。

「反正克拉麗莎不是馬上就到，等我們討論出了較詳細的結果，屆時再向您報告。現在請先前往會議室吧。若要發送平民用的護身符，最好趕在其他文官抵達前發完。」

哈特姆特說完，我點了點頭，帶著莫妮卡與柯尼留斯前往會議室。莫妮卡捧著裝有護身符的盒子，柯尼留斯負責擔任我的護衛。

如同薩姆的通報，渥多摩爾商會來的人有公會長、芙麗妲和康吉莫；奇爾博塔商會來的人有歐諾、多莉和提歐；普朗坦商會則是班諾、路茲和馬克。

……來的都是熟面孔，真教人感到安心呢。

上一次見面，是告訴他們斐迪南將前往亞倫斯伯罕一事的時候。即將成年的多莉他們好像又變成熟了一點。雖然我也長高了，但不知道他們會不會發現？

「羅潔梅茵大人。」

公會長做為代表，在胸前將右拳貼在左掌心上。發覺是商人間的春季問候，我也在胸前將右手拳頭貼在左掌心上。

「為融雪獻上祝福。願春之女神偉大的恩澤照耀於您。」

在我們互道寒暄的時候，法藍和薩姆則在旁邊泡茶、端來點心。接著我指示莫妮卡，請她把裝有護身符的盒子放到桌上，然後向大家轉告斐迪南的擔憂。

「大家應該比我更清楚商人間要注意哪些事情吧。但是，我還是擔心大家會遇到危險，所以製作了平民用的護身符，送給帶領城內商人的諸位。還請收下。」

「多謝羅潔梅茵大人。確實到了這時候，會有人因為已經熟悉環境了而動起歪腦筋吧。我們也會提高警覺，迎接今年夏天的到來。」

班諾沒有輕忽斐迪南提供的寶貴忠告，這麼回道。莫妮卡接著把護身符發給大家。多莉與路茲也都收到了。其他人慎重接下護身符的時候，只有他們兩人瞬間往我瞥來，眼神像是在說：「這東西真的沒問題嗎？」在兩人心裡，我大概還是那個什麼也不會的梅茵吧。他們的目光既讓我感到懷念，也很不甘心。

……你們兩個太過分了！我多少也有長進了喔！別看我這樣，我在貴族院可是獲選為最優秀者耶！動手製作之前還用心地思考過了！

但這些話總不能真的說出來，所以我拿起多餘的護身符，仔細地說明使用方式。而且我不是直接重複斐迪南的說明，不忘強調自己「用心思考過」的部分。

「好比我是領主一族，我身上所攜帶的護身符，只要有人稍微用力撞到我的肩膀，護身符就會發動。但這種護身符想必會影響到各位的日常生活，所以我修改成了在受到足以造成重傷的衝擊時，護身符才會發動。」

斐迪南是以貴族為基準，我則是以平民為基準，想得就是這麼周到。其他貴族肯定做不到像我這樣。發現多莉露出了有些佩服的表情，我得意挺胸。

……很厲害吧？唔呵呵。

「非常感謝您為我們如此費心。」

「我也做了要給古騰堡成員的份，出發去克倫伯格之前再拿給他們吧。趁著其他貴族還沒到，請先把護身符收起來。因為多半會有貴族覺得不需要給平民護身符。」

我請大家在其他貴族到來前，先把護身符收起來後，接著從沒有貴族文官幫忙記錄也沒關係的事情開始說起。

「初冬的時候，孤兒院收容了許多孩子。今後他們將會出入工坊。趁著在工坊裡幫忙時，能請各位指導他們如何與商人交涉嗎？我想將他們栽培成能與平民溝通的文官，這樣以後就算我卸下神殿長一職了也不用擔心。」

「哦……這項任務可真是責任重大。」

班諾饒富興味地輕挑起眉，爽快答應：「請包在我身上。」看來他完全理解了孤兒院收容的這批孩子身上都有貴族血脈，往後將成為貴族。

「另外，為了栽培可以代替我與商人談話的文官，今天將有幾名文官一同出席。目的在於讓他們看看我們都是如何協商，所以基本上只會在旁邊參觀。」

但我也聲明，討論到有關葛雷修的事情時，布倫希爾德與她帶來的文官可能會開口發言。

「還有，接下來一直到冬天，我大多時間都會待在神殿，所以能麻煩奇爾博塔商會到神殿這裡來嗎？我需要訂做服裝與髮飾。」

「遵命。一個季節過去後，羅潔梅茵大人似乎長高了呢。想必需要訂做新衣吧。」

聽到歐托也覺得我長高了，我高興不已。然後我請他們在洗禮儀式與祈福儀式之間，找個時間過來一趟。正當這個時候，薩姆走了進來。看來是從城堡過來的文官們到了。公會長、班諾與歐托都站起來，和站在身後待命的商人們一起跪地，等著迎接貴族。

確認大家都作好準備，我也站起來，允許外頭的人入內。以麥西歐爾為首，貴族們接連走進會議室。其中好幾個文官我都不認識。

「首先我來介紹一下。這位是奧伯．艾倫菲斯特之子麥西歐爾。現在已經決定待我成年之後，將由麥西歐爾接任神殿長一職。今後不管是神殿事務還是這類的談話場合，都會慢慢地將工作交接給他。」

商人們異口同聲地向麥西歐爾問好。

「幸得水之女神芙琉朵蕾妮的清澄指引結此良緣，願能蒙受您的祝福。」

這是第一次有平民向自己問好，還要給予祝福吧。麥西歐爾神色有些緊張地讓戒指浮出綠光。

「再來，這位是我的近侍，但慶春宴上已經宣布她將成為奧伯的第二夫人。她是基貝．葛雷修之女布倫希爾德。」

「今後為了葛雷修的改造，很多事情都需要各位商人的協助，還請多多指教。」

與布倫希爾德道完寒暄後，我請大家坐下來。貴族當中坐下來的只有我、布倫希爾德與麥西歐爾，除此之外的近侍與文官們都站在身後。商人們站起來後，公會長、班諾與歐托也和剛才一樣坐下，多莉他們則站到後方。

「首先要討論的，是對商人們來說也一樣非常重要的葛雷修改造計畫。」

我先是說明和上次改造平民區一樣，今年也計畫要讓葛雷修變得乾淨整潔，以備接待他領商人，然後重複了一遍我向齊爾維斯特提出過的建議。

「明年會讓葛雷修也開始接待商人，所以今年預計不再增加貿易的對象。」

「那真是太感激了，因為如今城裡已接待不了更多商人。」

公會長有些如釋重負地說道。

「那麼，還請公會長徵召願意在葛雷修開設分店的商人。我想請渥多摩爾商會在葛雷修再開一間義大利餐廳。義大利餐廳很受他領商人的歡迎吧？所以我認為葛雷修也需要開一間相同的餐廳。當然，我也會提供資金。」

公會長回頭看向芙麗妲。芙麗妲請求發言後，詢問了廚師與侍者打算如何教育。

「等祈福儀式結束後，神殿內將有新的見習青衣神官及見習青衣巫女。可以讓他們從平民區雇用不供宿的廚師，提供練習機會，不知這麼做各位覺得如何呢？剛好我也需要雇用廚師補充人手，所以打算讓雨果去指導他們。」

芙麗妲微微垂下目光。她肯定正在腦袋瓜裡，從各方面計算著利弊得失吧。

「如今因為義大利餐廳也深受他領商人的好評，想要加入飲食店家協會成為廚師學徒的人變多了。若能接受雨果的指導，應該會有人願意去神殿吧。我們會招募有意願的廚師學徒。」

芙麗妲接著問了最多可以指導幾名學徒、薪水是多少，以及工作時間與環境。我一邊回想見習青衣巫女時期雨果與艾拉的工作情況，一邊一一回答。

「開設分店固然是十分吸引人的提議，但想在明年夏天就開始營運恐怕不太可行。倘若秋天的時候才會對葛雷修進行改造，內部裝潢與家具的訂做多半來不及。」

班諾曾為了高級餐廳與小神殿的內部裝設而疲於奔命，所以分享了自己的經驗，並分析大概需要多少時間。對此，布倫希爾德開始說明他們會使用沒收來的家具。

「有些家具與調理器具，能以奧伯的權限從貴族的宅邸裡進行徵收。如此一來，家具應該就不用擔心了吧？」

「另外葛雷修也會蓋新旅館，預計以同樣的方式徵收貴族宅邸裡的家具。至於侍者與要在旅館裡工作的員工，他們也已經在招募人手。布倫希爾德，對吧？」

我這麼確認後，布倫希爾德點點頭。

「這是羅潔梅茵大人的提議。等我們在葛雷修周邊募集到人手，便會由基貝·葛雷修安排馬車，將他們送到艾倫菲斯特來。想請各位從今年春天開始對他們進行培訓，順便也讓他們知道夏天忙碌起來會是什麼樣子。」

「雖然會給城裡的商人造成負擔，但這樣不僅可以栽培往後要在分店工作的員工，還多了人手可以在旅館與餐廳裡幫忙。正好一舉兩得吧？」

我這麼表示後，班諾勾起嘴角回道：「還真是羅潔梅茵大人會想出來的好主意。」

我們一起呵呵微笑時，布倫希爾德轉向商人們說了：

「那個，各位請聽我說。我與奧伯討論過了，只要是在今年的夏季尾聲之前，各位都可以自行為分店畫設計圖。這樣一來，也方便各位訂做內部裝潢所需的物品吧。」

「如果是這樣的話，願意開設分店的店家會變多吧。」

公會長稍微往前傾身。足以讓城市改頭換面的改造計畫其實非常罕見。所以商人們開店時，只能使用很久前就蓋好的建築物，然後重新裝潢。若能照著自己畫的設計圖建造，還可以省下一筆裝修費用。

布倫希爾德示意後，站在她身後的文官立刻遞來一張紙。那是一份清單，上頭列出了她希望能在葛雷修開設分店的商會。

「我希望商業公會也能幫忙遊說，讓清單上的這些商會願意在葛雷修開分店。畢竟要是沒有他領商人都想造訪的知名店家，葛雷修將淪為空有住宿設施的貿易城市。這樣一來，便無法達到最一開始想要分散人潮的目的。」

……曾經只是連平民區也沒去過的上級貴族千金，布倫希爾德真是太努力了。看到布倫希爾德沒有透過文官，而是直接與平民商人對話，我感動不已。不過短短兩年的時間，這真是驚人的變化。

布倫希爾德似乎常與基貝．葛雷修以及齊爾維斯特商議，雖然討論主題還是葛雷修的改造計畫，她卻提到了一些連我也不知道的事情。我交由布倫希爾德主導談話，自己則環顧會議室。站在她身後安靜聆聽的文官們，有的驚訝得睜大雙眼，有的把這當作是今後的工作模式而看得非常專注，有的則是神情略顯苦悶，各自不太相同。但我發現麥西歐爾聽得興致勃勃，這讓我鬆了口氣。

有關葛雷修的討論稍微告一段落後，我便轉向路茲攀談。

「那麼接下來討論印刷業的相關事宜吧。普朗坦商會的路茲，今年古騰堡成員們預計前往克倫伯格，所有安排還是和去年一樣嗎？」

「有幾項更動想請您准許。」

路茲拿出自己的寫字板。

「出發與回來的時間就和過往一樣沒有問題。但是，今年由於墨水工坊的海蒂懷孕了，本人無法前往外地，所以想請您同意改由徒弟前往。」

……什麼！海蒂懷孕了?!

而且因為海蒂的個性容易失控，約瑟夫也會留下來陪她。聽說海蒂非常不甘心，不停嚷嚷著：「我的新原料，我的研究……」但孕婦不適合長期在外出差，再者到時候會變成要在克倫伯格生產。

「我同意。我會再拜託基貝．克倫伯格，準備新原料給她當禮物。」

「感謝羅潔梅茵大人。」

大概是和我一樣想像到了海蒂會有多高興，路茲露出苦笑。

「另外鍛造工匠薩克也提出了請求，希望今年能改派徒弟前往。因為他今年要以新郎的身分參加星祭。」

……啊，也到了這樣的年紀呢。

平民區的女性和貴族一樣，大多在二十歲之前就結婚；男性則大多是二十出頭結婚，比貴族要晚一些。這是因為通常到了這個年紀，才有足夠的收入養活家人。剛認識約翰與薩克的時候，兩人都正值成年前後，現在已經到了要談論婚事的年紀。

「那約翰呢？」

我這麼問有兩個意思。一個是那他能去克倫伯格嗎？另一個是他有結婚的對象了嗎？畢竟約翰的個性連要找到資助者也不容易，真是教人擔心。路茲點了點頭回答：

「約翰最快也要兩年後才能參加星祭。我聽說他預計等到工坊師傅的孫女成年後便結婚。」

……原來早就有對象了啊。也是，有那麼厲害的技術，師傅肯定捨不得放人。

「約翰也提出了請求，希望今年前往外地時能帶著徒弟丹尼諾同行。他說因為自己到了做事規矩不一樣的工坊工作時，曾經吃過苦頭，想要有可以交接的時間。」

「薩克與約翰的請求我都同意了。另外請告訴英格，請他也派徒弟前往吧。因為我打算委託他為葛雷修的旅館做內部裝潢，還要向他訂做我圖書館要用的書櫃。」

既然葛雷修的改造將由奧伯主導，身為養女的我也得讓自己的專屬參加才行。

「等直轄地的祈福儀式結束後，就要出發去克倫伯格，所以請提醒今年第一次去外地的徒弟們，一定要作好準備。還有，今年的祈福儀式也會與哈塞的孤兒院交換人手，麻煩你和往年一樣安排好馬車與護衛的士兵。」

「遵命。」

路茲點點頭，把待辦事項寫在寫字板上。麥西歐爾一臉訝異地問：「其他地方也有孤兒院嗎？」

「是啊，像緊鄰著艾倫菲斯特的哈塞城鎮裡也有孤兒院喔。那裡的人經常與哈塞居民往來，所以氣氛會與神殿的孤兒院不太一樣。每年我都會派四、五名灰衣神官去作交換，希望能為彼此帶來正面的影響。」

雖然艾倫菲斯特的神殿可以新書一出就馬上收到，也有很多原是侍從的神官及巫女，在教育方面比較具有優勢；但哈塞的小神殿可以在幾乎沒有貴族出入的環境下耕種田地、與居民交流，精神層面反而能夠比較放鬆吧。

「有機會真想去看看呢。」

「如果能向養父大人徵得許可，祈福儀式的時候我可以帶你一起過去喔。」

「咦？可以嗎？」

「如果只是去哈塞參觀祈福儀式，再去小神殿參觀孤兒院並住一晚，最後坐近侍的騎獸回城堡，應該可以得到許可吧。因為早一點了解祈福儀式是什麼樣子、神殿要舉行的儀式有哪些，也不是一件壞事。像商人與工匠也會跟著父母或親戚，去參觀他們的工作環境和工作內容吧？」

我看向路茲與多莉問道，兩人一致點頭。

「如果能在實際開始工作前預先了解內容，不僅有助於對工作產生熱情，也能作好萬全的準備喔。我認為這是很重要的事情。」

多莉微笑回道，路茲則是拿出一塊木板，彷彿在說「時機真巧」。

「正好我們想讓有意進入普朗坦商會當學徒的孩子來工坊參觀，不知能否得到您的允許？」

「可是原則上，尚未受洗的孩子不能進入神殿……」

我一邊回答一邊看向木板，發現有意成為學徒的孩子名字是加米爾。

……唔咦?!加米爾?!我看錯了嗎?!我看錯了吧！這是名字一模一樣的另一個人嗎?!

我極力克制自己，不讓慌亂表現在臉上，抬頭看向路茲。路茲的翡翠色雙眼閃著得意的光芒。錯不了，這個孩子真的是加米爾。

……嗚哇——！他已經到了要當學徒的年紀了嗎！就算知道腦筋還是轉不過來！

我記憶中的加米爾依然包著圓鼓鼓的尿布，走起路來東倒西歪的。我也不知道他想要進入普朗坦商會當學徒。

……好想答應。超級想答應。而且是現在馬上！

但是，這件事不能輕易下決定。因為這不只關係到加米爾，也要考慮到往後若有孩子想要參觀的時候，我是否都要允許。

「這件事還須好好商議。」

「那就拜託羅潔梅茵大人了。」

……加米爾要是進了普朗坦商會當學徒，那我說不定也找得到一些機會與他見面囉?!好耶！祈禱獻予諸神！

正當我在心裡狂灑祝福的時候，有奧多南茲飛了進來。不習慣看到奧多南茲的商人們都嚇了一跳，但早已習慣的我們則是伸出手，等著它會停在誰的手上。最終奧多南茲停在哈特姆特的手臂上，開口說了：

「我是克拉麗莎。」

……這怎麼可能?!

奧多南茲無法穿越領地邊界。既然克拉麗莎有辦法送過來，那就代表此刻她已經在艾倫菲斯特領內了。但明明今天早上我才收到她從戴肯弗爾格出發的消息，為什麼現在已經在艾倫菲斯特了？

「我現在已經抵達艾倫菲斯特的西門。但守門士兵攔住了我，說未持有奧伯許可證的他領貴族不能入城。請問我該怎麼辦才好呢？」

……西門?!不只進到領內，甚至已經來到這座城市了?!咦?!她怎麼辦到的?!好恐怖！

我與哈特姆特面面相覷。面對這驚人的事態，文官與商人們也都愣在原地。心裡頭也許能見到加米爾的喜悅一下子就消失無蹤。

……啊啊，真是的！

我終於明白為什麼每次聽到我失控亂來，斐迪南與身邊的人都會抱頭苦惱了。這種人需要加以管束，並且好好罵一頓才行。

……沒錯，就像斐迪南大人那樣！

我毅然地抬起頭，哈特姆特馬上為我遞來奧多南茲用的魔石。我以思達普輕敲後，將魔石變作白鳥。

「我是羅潔梅茵。克拉麗莎，妳要服從士兵的指示，在西門待命。要是辦不到的話，我馬上將妳送回戴肯弗爾格。」

揮下思達普送出奧多南茲後，我再轉向在身後擔任護衛的柯尼留斯，請他叫來達穆爾與安潔莉卡。過不久兩人快步走進會議室，我下令道：

「士兵他們應付不了克拉麗莎，請你們馬上趕往西門。還有，在我過去之前，請讓克拉麗莎在原地待命。事情一談完我就趕過去。」

「是！」

克拉麗莎的處置

現在奧多南茲寄了，達穆爾與安潔莉卡也已經派往西門。這樣一來面對士兵與平民，克拉麗莎不至於強人所難或大鬧一場吧。大門那邊的緊急事態勉強暫時解決，接著輪到貴族這邊，必須聯絡齊爾維斯特。

「哈特姆特，麻煩你去通知奧伯・艾倫菲斯特。」

「遵命。」

哈特姆特點點頭後離開會議室。哈特姆特不僅是克拉麗莎的未婚夫，最近又因為常去向齊爾維斯特提供消息，很容易就能見到他。倘若光靠奧多南茲溝通還不夠的話，他會直接前往城堡吧。

大致打點完畢後，我重新打起精神，與商人們繼續談話。原本安排好的行程還是得先消化完。我剛重新坐好，目光便與公會長對上。他正觀察著周遭文官們的表情，面色為難地斟酌著該怎麼開口。

「羅潔梅茵大人，事態聽來十分緊急，我們是否該就此告退？」

聽他這麼一問，有的文官正要點頭，但我堅決地搖頭。

「不了，還是先談完今天要討論的事情吧。既然他領的商人將在夏天來訪，明年又有可能要在葛雷修開設分店，各位想必也很忙碌吧？」

「感謝您的費心。但是，對方似乎是戴肯弗爾格的貴族……」

公會長語帶顧慮地低聲嘟囔，一名文官附和道：

「羅潔梅茵大人，這人說得沒錯。既然戴肯弗爾格的貴族來了，比起商人更該優先處理這件事吧？商人們再召見即可。」

「不，現在為了改造葛雷修，準備時間本就不夠充分。如果想要成功，怎麼能浪費掉實際要做準備的人們的寶貴時間。葛雷修的改造要是失敗了，會有麻煩的並不是要在平民區開店的商人，而是奧伯與基貝．葛雷修喔。」

布倫希爾德猛然抬起頭來。但是，還是有幾名文官一臉難以苟同。是因為他們心裡都有著根深柢固的想法，認為貴族比平民更重要吧。我嘆了口氣，看向布倫希爾德。她點一點頭後，開口說了：

「各位，羅潔梅茵大人並非是為了商人們才如此堅持。如今葛雷修的改造計畫改由奧伯主導，因此每次談話，我與羅潔梅茵大人一定都要在場。她的意思是，以艾倫菲斯特目前的情況，接下來我們根本配合不了彼此的時間。」

布倫希爾德告訴大家，這次葛雷修的改造計畫，她必須居中在基貝與奧伯之間幫忙協調，另外還得與夏綠蒂一起協助芙蘿洛翠亞處理公務，同時得為自己將來第二夫人的身分作好打點和準備。

「此外就我所知，羅潔梅茵大人接下來也有幾個儀式要舉行，更奉王命要在領主會議上主持星結儀式。等這些事情忙完，他領商人也都出發要來艾倫菲斯特了。那名貴族可是事前也沒通知一聲就擅自跑來，讓她等便是了。羅潔梅茵大人是領主候補生，沒有必要為了他領的上級貴族更改自己的行程吧。不是嗎？」

布倫希爾德嫣然一笑，成功說服了在場的文官。太厲害了。靠我原本的主張，根本說服不了貴族。看來我也該學習如何能夠說服貴族才行。不過，我還是希望文官們也能明白，商人他們如果無法作好準備，屆時要面臨失敗的會是奧伯與基貝．葛雷修。

「我已經派我的近侍去接待戴肯弗爾格的貴族，所以這件事各位不必擔心。而且，我也派人去通知奧伯．艾倫菲斯特了。相信奧伯也會有所指示。」

儘管我很同情得應付克拉麗莎的大門士兵們，但現在我已經指派不會擺高姿態，也能與平民溝通的達穆爾與安潔莉卡過去了。等他們到了，應付起來應該會輕鬆許多。

「雖然我不打算更改自己的行程，但也想盡快談完喔。谷斯塔夫，關於你們在秋天提出過的檢討事項，請告訴我具體打算如何改善。」

商人們向來會在秋天的時候提出檢討事項，然後在春天提出改善方法。每年都能確實感受到改善與進步，這點真的很棒。我也問了商人們有什麼期許，以及去年的營業額與今年的目標等。對於每年都能達成訂下的目標，芙麗妲顯得十分開心，等著夏天到來的興奮模樣也令人不禁莞爾。

「啊，對了，我有事情要通知普朗坦商會。」

「請問何事？」

班諾回話時格外有禮，但身體頓時繃緊，像是在說：「妳這次又想幹嘛？」其實只是小小的通知而已，用不著這麼警戒嘛。

「前些日子，奧伯宣布了一件事情，說這是艾倫菲斯特貴族的共識。因此，我決定將一直以來僅限在領內販售的兒童用聖典繪本，以及歌牌與撲克牌等益智玩具，也開放給他領的商人購買。」

大人們的共識是希望排名別再往上提升，但為了讓學生們能繼續保有幹勁，我想到了一個好主意。既然不希望我們的成績與排名相較於他領太過突出，那把其他領地的成績也拉上來不就好了嗎？在其他人平均分數都是七十分的情況下，我們卻不斷拿到九十至一百分，那當然引人側目；但只要大家都拿到一樣的高分，就不會顯得我們很突出了。這樣一來，領內孩子們的努力也不會白費。

……我們何必要降低，想辦法提升其他人的成績就好了嘛。唔呵呵。

「端看如何販售，我想獲利應該十分可觀。」

「這點早在我向羅潔梅茵大人購買權利時便已知曉。」

班諾露出肉食性動物般的笑容，看準了獲利準備要大撈一筆。我也跟著勾起嘴角。敲定許多事情，結束了與商人們的談話後，布倫希爾德一行人便返回城堡，我則回到神殿長室。

「羅潔梅茵大人，神官長留了話給您。」

在神殿長室留守的莫妮卡告訴我，哈特姆特已經前往城堡了。因為他說自己得向奧伯報告此事，也想了解自己的未婚妻為何沒在境界門等待、直接就跑到了西門來，還要與父母討論這件事應該如何處理；再者若不向奧伯取得許可證，就算趕去西門也無法讓克拉麗莎入城。

「那我先等哈特姆特回來吧。因為我也沒有許可證能讓克拉麗莎入城，就算去了西門，只會讓士兵們更是不知所措。」

我向哈特姆特送去奧多南茲，告訴他與商人們的談話已經結束，並希望他在去接克拉麗莎之前能先來神殿一趟。很快我就收到回覆。

「現在我便與雙親一同前往。」

「羅潔梅茵大人，非常抱歉給您添了麻煩。」

由於克拉麗莎是以哈特姆特的未婚妻之身分跑來，他的父母親為此事向我道歉。但其實克拉麗莎是為了當我的近侍才跑過來，真要說的話是我連累了他們才對。

「哈特姆特，養父大人怎麼說？」

「在我送出奧多南茲的時候，奧伯還不知道克拉麗莎已經抵達。不過，當時騎士團已經收到了西門士兵用魔導具釋出的路德信號，也派了人去察看情況，似乎正好在我送出奧多南茲後開始回報，奧伯便接連收到了不少奧多南茲。」

至於克拉麗莎為何通過了境界門一事，必須從下達許可的文官開始問起，所以為了詢問戴肯弗爾格與法雷培爾塔克，似乎費了不少工夫。

「據法雷培爾塔克的騎士所說，克拉麗莎出現在法雷培爾塔克與舊孛克史德克間的境界門時，就只有她與護衛騎士兩個人。」

她雖然持有奧伯．戴肯弗爾格簽署的出嫁同意書，但一般要嫁往他領的上級貴族，絕不可能出現在境界門時僅有她與護衛騎士兩人。按理說待嫁新娘會帶著大量嫁妝，坐著馬車與父母一同出現。據說法雷培爾塔克的騎士因此感到可疑，便向戴肯弗爾格這麼詢問：「有名上級貴族自稱是克拉麗莎，貴領內真的有這號人物嗎？此外，貴領奧伯是否同意了她與艾倫菲斯特的貴族成婚？」

法雷培爾塔克的騎士們似乎認定了克拉麗莎是假冒的，戴肯弗爾格的文官也未被告知克拉麗莎已經擅自離開領地。所以，也不知道是騎士們問的方式不對，還是該怪文官太老實。文官是這麼回答的：「戴肯弗爾格領內確實有位名為克拉麗莎的上級貴族，奧伯也同意了她與艾倫菲斯特的上級貴族哈特姆特成婚。」

既然向戴肯弗爾格確認過了，也經由出嫁時帶在身上的登記證確定是她本人，那就沒有理由攔著只是在嫁往他領時途經自領的貴族。聽說法雷培爾塔克於是同意放行，讓她通過境界門。但是，由於克拉麗莎實在太可疑了，法雷培爾塔克便以護衛的名義，派了騎士跟著她。然而，克拉麗莎與她的護衛騎士隨後便騎著騎獸，一路直奔法雷培爾塔克與艾倫菲斯特之間的境界門。為了不被甩開，騎士拚盡全力緊跟在後。到了境界門，騎士一轉告完「此事已向戴肯弗爾格確認完畢」，隨即力竭倒地。

就算聽到騎士說這件事已經確認過了，克拉麗莎二人還是非常可疑。畢竟現場完全不見本該來到境界門迎接的新郎一行人。看著當時在喝魔力回復藥水的克拉麗莎及其護衛騎士，顯然不光法雷培爾塔克，艾倫菲斯特的騎士們也覺得她們可疑至極。

「據說他們也這麼問了城堡裡的文官：『戴肯弗爾格的克拉麗莎是否真的取得了同意，能夠嫁來艾倫菲斯特？但現場完全無人迎接，會不會是誤會一場？』」

接到詢問的文官因為在兩領領主得緊急聯絡時都必須在場，忙於書信往來的時候也多次聽過克拉麗莎這個名字，因此立即回道：「我們已接到奧伯．戴肯弗爾格的通知，說她已經出發。」

一般除非事態緊急，否則任何消息都會在匯集整理後才上報。對那名文官來說，戴肯弗爾格的克拉麗莎是否取得了同意、為何沒人去接她，這些詢問題並不緊急。因為該名文官知道，前一天晚上哈特姆特與他的父母才剛收到克拉麗莎已經出發的消息，會還沒有人過去迎接也是理所當然。

「聽說境界門的騎士們認為，既然奧伯之間會互相聯絡，那就沒有問題，遂允許了克拉麗莎通過境界門。但是，只要沒有男方帶著奧伯簽署的許可證前往迎接，他領貴族便不得入城。因此，克拉麗莎才在西門被攔了下來。」

自從發生過賓德瓦德伯爵那件事，艾倫菲斯特便對他領貴族的出入十分警戒。再加上冬季進行過肅清的關係，整座城市都處在嚴防戒備的狀態，即便是上位領地的貴族，沒有許可證也不能放行。要不是因為這樣，搞不好克拉麗莎早就直接衝到神殿來了。

……明明大家都覺得可疑，克拉麗莎卻還是一路暢行無阻，其實這也很厲害呢。

我正少根筋地佩服起克拉麗莎時，哈特姆特的父親雷柏赫特一臉無奈地嘆氣。

「既然克拉麗莎已經到了，也取得了兩領奧伯的許可，那也只能接受這個事實。畢竟若把她趕回去等同解除婚約，這對所有人來說都是不體面的事情。最妥當的做法，便是對外宣稱她是因為太過擔心與仰慕羅潔梅茵大人及哈特姆特，心急之下衝動跑來，而艾倫菲斯特也接納了她。」

他說如果這時候把克拉麗莎趕回去，影響到的人太多了。包括同意這門婚事的兩領奧伯、儘管懷有疑慮卻還是放她通行的境界門騎士們、接到詢問的文官們、等同默許了女兒擅離領地的克拉麗莎父母，以及未能前往迎接的哈特姆特父母。

「當然，之後還是要嚴厲斥責她的魯莽，也要向戴肯弗爾格表達我們的不滿。但與其把她趕回去，不如把這件事包裝成一樁美談，長久來看還是比較穩妥。否則克拉麗莎的奇異之舉與婚約取消一事，將淪為法雷培爾塔克茶餘飯後的笑柄；我們也會遭到克拉麗莎的埋怨，說她明明是為了對未婚夫伸出援手，在取得領主的許可後不顧一切飛奔而來，卻被拒於門外。」

雷柏赫特似乎是連齊爾維斯特與芙蘿洛翠亞也考慮到了，幾經思量提出了這樣的看法，我點點頭表示贊同。畢竟是否要接納克拉麗莎，全由一家之主的雷柏赫特作決定。

「既已決定接受克拉麗莎的到來，那便只能作好準備。重點在於今後該如何安頓克拉麗莎。方才我們在城堡討論過了，克拉麗莎會以哈特姆特的未婚妻之身分住進我家，並由奧黛麗每天負責帶她回去。」

他說因為未婚夫哈特姆特大多時間都是前往神殿，才會由都是去城堡的奧黛麗與克拉麗莎同進同出。

「不能讓來自他領的貴族千金前往神殿。這點也請羅潔梅茵大人見諒。」

「這我知道。我也不打算讓克拉麗莎進入神殿，會讓她以文官的身分在城堡工作。現在領主夫婦十分缺乏人手吧？雷柏赫特，能麻煩你指導菲里妮與克拉麗莎嗎？」

雷柏赫特是芙蘿洛翠亞的文官。現在因為領主夫婦的近侍人數減少，雷柏赫特正忙得分身乏術，聽到我不只克拉麗莎，還要請他指導菲里妮，他微微皺起眉。

「因為如果我的文官都在神殿，卻只有克拉麗莎在城堡工作，我想她肯定無法接受這樣的事情。而且身邊有個熟人，克拉麗莎工作起來也會比較自在吧？先前在貴族院進行共同研究的時候，菲里妮與克拉麗莎就相處得十分融洽。不僅如此，兩人在公務的處理上還是競爭對手喔。雖然菲里妮是下級貴族、魔力不多，但她接受過斐迪南大人的指導，處理公務的能力非常優秀。」

菲里妮基本上都在神殿處理公務，如果能稍微接觸到城堡的公務，應該會是不錯的經驗。我想讓她去城堡體驗各種工作，順便發掘肯力求上進的年輕人。

「但若見不到人在神殿的羅潔梅茵大人，克拉麗莎恐怕容易失控……」

聽到哈特姆特這麼說，我想了一會兒。但如果為了去看克拉麗莎而頻繁前往城堡，就無法成天待在神殿，向眾人彰顯自己無意成為下任領主了。

「那就安排每三天一次，在我的圖書館聽取她的報告吧。」

……正好也能確保我的看書時間嘛。

與哈特姆特他們討論完了接下來該怎麼處理後，我先送出奧多南茲提前知會一聲，接著乘坐騎獸前往西門。西門上不知該稱作是瞭望臺還是頂樓的寬敞平臺上，安潔莉卡、達穆爾、克拉麗莎與其護衛，還有好幾名士兵都正等著我們。

……爸爸?!

發現士兵當中有父親的身影，我高興得忍不住咧開嘴角，但急忙收起笑容，走下騎獸。我抬起單手，制止了想要跑過來的克拉麗莎後，再看向敲了兩下胸口、向我行禮致意的成排士兵們。

「你們做得很好，阻止了未持有許可證的他領貴族入城，表現非常盡責。我身為領主一族，真為你們感到驕傲。」

「剛才接到緊急通知的時候，我們正在城中召開士長會議，討論今年春天的人事調動，才會碰巧所有大門的士長皆聚集於此。要是她再晚一點到，便是我要被問責了。」

父親說話的同時，目光看著其他大門的士長。這番話的意思，肯定是希望我能向大家表明，貴族不會懲罰他們，也沒有任何不滿吧。有名士兵乍看下是在行禮，其實正按著胃部一帶而不是胸口，應該就是現在西門的士長。

我從哈特姆特手中接過發給克拉麗莎的許可證，遞給西門士長。

「這是奧伯簽署的許可證。」

「沒有問題，這確實是克拉麗莎大人的許可證沒錯。」

就這樣，克拉麗莎獲准入城。我從自己的皮袋裡拿出兩枚大銀幣，交到西門士長手中。

「各位如此認真地守護城市，我們絕不會向士兵問責，反而該獎勵你們才對呢。雖然只是一點心意，但請用這些錢犒賞努力工作的士兵們吧。奧伯也知道各位有多麼盡忠職守。」

說完這些話讓士長放心，也慰勞了士兵們以後，只會讓平民感到緊張的貴族就該離開了。我嚴肅地板起臉孔，看向克拉麗莎。原本在她背上蹦蹦彈跳的麻花辮已經消失，往上盤了起來。外表看起來雖然已經是成年人了，行動卻不是。

「克拉麗莎，走吧。為了以後的事情，我們必須好好談談。」

由於沒打算讓克拉麗莎進入神殿，我便直接前往圖書館。拉塞法姆隨即出來迎接，為我們泡茶。這裡曾是斐迪南的宅邸，如果要像斐迪南那樣訓斥克拉麗莎，這裡是再適合不過的場所了。

「那麼，請妳解釋一下吧。妳為何突然跑來？」

「我以為自己能幫上羅潔梅茵大人的忙。」

從現場氣氛感受到了自己並不受歡迎，克拉麗莎臉色一僵。在她身後待命的護衛騎士，臉上則明白寫著「所以我早就說了嘛」。顯然是早就勸過好幾次，卻還是阻止不了克拉麗莎，最後只能以護衛的身分跟著她過來吧。

「按照原定計畫，妳不是領主會議那時候才會過來嗎？」

「我無法等到那麼久以後。而且奧伯．戴肯弗爾格也說了，我越早來越能幫上更多的忙……」

「所以妳沒有先通知我們一聲，就把馬車與侍從都拋在後頭，也不與父母會合，只帶著最基本的行李，騎著騎獸直奔艾倫菲斯特嗎？」

重新歸納了她的行為以後，這真是太離譜了。只憑著滿腔熱血就衝過來的克拉麗莎在聽完我的總結後，似乎也明白了自己的行為有多誇張，沮喪地垮下肩膀。

「實在非常抱歉。平常大家總說我一旦下定決心，就會不顧任何後果，這次我也真的顧不了那麼多。」

……唔唔，好強烈的既視感。

身邊的人也經常對我說類似的話，因此我不禁語塞，突然不太好意思斥責克拉麗莎。大概是察覺到了這一點，奧黛麗接著開口：

「擅自更改原訂計畫會給所有人造成困擾，請妳一定要預先通知。」

奧黛麗告訴克拉麗莎，一旦她離開了戴肯弗爾格，新郎一家人就必須前往境界門迎接；而且就算她是搭乘馬車，也會正好在抵達那時候，哈特姆特得為了祈福儀式前往各個直轄地。

「哈特姆特可是非常苦惱，不知該如何調整行程。畢竟他是神官長，要是無法參加祈福儀式，便會給神殿長羅潔梅茵大人增添負擔。妳的臨時前來並沒有達到伸出援手的效果，反倒給他們造成了困擾唷。」

聽完奧黛麗的說明，克拉麗莎臉色丕變。因為對一般的貴族來說，慶春宴上舉行完了春季的洗禮儀式後，一直到星結儀式為止都不會有大型儀式。她肯定是完全沒有想到，神殿這陣子正忙著在為各種儀式作準備吧。

「今天接到妳的奧多南茲，說妳已經抵達西門的時候，領主一族正集結了商人在開會。當下雖然決定讓妳先在大門等候，會議繼續進行，但我卻不得不中途離席，去向奧伯詢問與確認情況。身為羅潔梅茵大人的文官，我卻無法做好自己份內的工作。妳能明白我的痛苦嗎？」

哈特姆特說完，克拉麗莎面無血色地連連點頭：「我感同身受。」雷柏赫特先是聲明：「雖然我無法理解你們兩個人明白了什麼……」然後轉向克拉麗莎。

「但是，妳已經給許許多多的人造成了困擾，不知妳有無自覺？途經法雷培爾塔克的境界門時，妳把騎士們嚇得不輕，他們還得再三與人聯繫、確認妳的身分，一般根本沒有這樣的待嫁新娘。況且不只騎士，妳連奧伯也驚動了。」

「奧伯嗎……？」

「先前奧伯．戴肯弗爾格已經透過奧伯間的緊急聯絡方式，向我們告知妳已從戴肯弗爾格出發。接下來有好一段時間，妳必須向各方人士致歉。」

「實在非常對不起。」

被所有人罵了一頓後，克拉麗莎縮成小小一團。雷柏赫特接著表示，他們並不會把她趕回戴肯弗爾格，她可以就此留在艾倫菲斯特。他也照著剛才討論出的結果，吩咐她以未婚妻的身分住進哈特姆特老家，今後要與奧黛麗一同往返住家和城堡；還要和菲里妮一起接受他的指導，以文官的身分工作。

「我希望可以進入神殿。我想為羅潔梅茵大人效力。」

「這我不同意。因為我需要的，是來自上位領地、能領著艾倫菲斯特文官們做事的優秀文官，而不是青衣巫女。」

我當場駁回她的請求。克拉麗莎的眼裡寫滿錯愕，注視著哈特姆特說：「但我聽說，您在神殿沒有足夠的人手。」

「人手再不足，考慮到他領對神殿抱有的觀感，我也不能將妳納為青衣巫女。」

明明送女兒離開時還是未婚妻的身分，抵達後卻成了被禁止結婚的青衣巫女——顧及克拉麗莎父母的心情，我絕不能這麼做。況且，若讓正值適婚年齡、以未婚妻身分前來的他領貴族進入神殿，又會傳出不利於奧伯．艾倫菲斯特的傳聞吧。

「如果將妳納為青衣巫女，大家會怎麼評論哈特姆特的父母親呢？妳若進入神殿，這件事只對妳一個人有好處而已。再說了……」

我先停頓了一下，然後來回看向克拉麗莎與她的護衛騎士。

「像斐迪南大人在亞倫斯伯罕，如今仍是未婚夫的身分，蒂緹琳朵大人卻命令他在領內舉行祈福儀式。怎麼能讓名義上還是未婚夫的他領貴族做這種事？」

聞言，護衛騎士率先變了臉色。得知斐迪南在亞倫斯伯罕受到的待遇並不符合他未婚夫的身分，那名騎士一臉驚愕地說著「怎麼會這樣」。

「對於斐迪南大人竟被派去舉行儀式，奧伯．艾倫菲斯特正感到憤慨，也準備要在領主會議上表達抗議。在這種情形下，我們更不可能讓他領的貴族進入神殿。」

「但我並非有人下令，而是毛遂自薦……」

克拉麗莎似乎還是無法死心，一雙藍眼注視著我說。但我冷冷回絕。

「外人才不在乎這點微小的差異。因為無論妳是奉命還是自願，進入神殿都是無法改變的事實，我們再怎麼否認也沒用。大家只會覺得，是艾倫菲斯特逼妳聲稱自己是自願的。這種事情我在貴族院的茶會上已經體驗過了。」

之前我再怎麼想為齊爾維斯特洗刷污名，最終總是徒勞無功，回想起來還歷歷在目。克拉麗莎也很清楚貴族茶會是什麼模樣、會傳出怎樣的謠言，所以咬著唇低下頭。

「我只是想幫上羅潔梅茵大人的忙。」

「我真的很高興妳有這份心意。妳的研究還得到了斐迪南大人的讚賞，所以我相信妳身為文官有著非常優秀的能力。請做為我的文官，在城堡與菲里妮一起工作吧。」

克拉麗莎目不轉睛地注視了我一會兒，緊接著站起來，走到我面前跪下。

「謹遵您的吩咐。畢竟我就是為了向羅潔梅茵大人效力，才來到艾倫菲斯特。」

「雖然我禁止妳出入神殿，但會安排時間跟妳見面。除非因為儀式長期不在城裡，否則其他時間我每三天都會來這裡聽取妳的報告。也會為妳準備美味的點心。」

「是！」

就這樣，衝動下跑來艾倫菲斯特的克拉麗莎，就暫時交由哈特姆特與他的家人照顧了。

「……話說回來，克拉麗莎的行李何時會送到呢？」

但奧黛麗的這句低喃，在場沒有半個人能回答。

麥西歐爾與祈福儀式

隨後，克拉麗莎與菲里妮開始在城堡裡工作。馬提亞斯與勞倫斯則再次接到騎士團的召集，要他們協助調查；布倫希爾德似乎也帶著貝兒朵黛，忙碌地往返於葛雷修與貴族區。近侍們看來都很忙。

當然我也很忙。至今一半左右的神殿長公務都是斐迪南幫我處理的，但總不能統統再丟給哈特姆特。我決定自己處理神殿長本來該做的工作，卻發現這非常耗時間。我不只要與艾薇拉討論印刷業的相關事宜，還要為前往克倫伯格作準備，同時也得在貴族之間負責協調，而這部分正是斐迪南以前幫我攬下來的。我每天都深刻地體會到，斐迪南至今幫我減輕了多少負擔。

……雖然我也知道不可能，但斐迪南大人，請你回來吧！

春季洗禮儀式結束後的隔天，便是奇爾博塔商會要來神殿的日子。儘管我要訂做的是服裝與髮飾，商會卻提出了想讓母親同行的請求。理由是因為我長高了，也許布料的顏色與花紋也該作點改變。

他們還說，雖然未受過禮儀教育的工匠不能帶去城堡，但神殿裡也有平民能夠出入的區域，所以希望能得到我的准許。我二話不說就答應了。

「如果要方便平民工匠進出，會面地點選在孤兒院長室比較好吧？畢竟並未獲准出入城堡的平民，可能也不適合出入貴族區域。」

在哈特姆特的提議下，便決定在孤兒院長室向奇爾博塔商會訂做服裝與髮飾。看著心思如此細膩的哈特姆特，我感到非常可靠。想起法藍與薩姆曾說：「還未受洗的孩童不能進入神殿。」並不贊成加米爾來神殿參觀，我試著改為拜託哈特姆特。

「另外，其實我也想答應普朗坦商會的請求……」

對此，哈特姆特垂下雙眼想了一會兒後，有些難以啟齒似的回答：「這件事恐怕不太可行。」法藍與薩姆都露出鬆了口氣的表情。

「是因為還未受洗的孩童不能進入神殿嗎？」

我不死心地追問後，哈特姆特搖頭。

「不是，這點根本無關緊要。而是接下來神殿內將增加不少青衣見習生，麥西歐爾大人與他的近侍也會出入神殿。當前來參觀的孩子遭受到不講理的對待時，羅潔梅茵大人有辦法牢牢記住自己領主一族的身分，而不是一味地袒護平民嗎？若您真的重視普朗坦商會，就該避免為他們招來不必要的危險。」

……這我做不到！

要是加米爾遭到了不講理的對待，我沒有信心能保持理智。貴族們成天總說，還沒受洗的孩子不能視為一個人、平民就該徹底服從貴族。在這種情形下，我絕對沒辦法不過度袒護加米爾，還以貴族的身分居中協調。

「我明白了。我會向普朗坦商會致歉，只怪我自己能力不足。」

……嗚嗚，加米爾一定會很失望吧。我也整個人都失去幹勁了。

我無精打采地繼續處理公務後，哈特姆特忽然開口叫我，話聲略顯遲疑。

「羅潔梅茵大人，但如果把時間定在祈福儀式之前，趁著貴族人數尚未增加……或許能稍微減少對他們帶來的危險。」

「神官長！」

法藍與薩姆都瞠大雙眼，但哈特姆特不予理會，反倒露出莫名爽朗的笑容。

「沒辦法。實現羅潔梅茵大人的心願，是我的職責嘛。」

……哈特姆特太帥了?!……但等等，怎麼回事？我總覺得有些發毛。

有了哈特姆特這句話後，法藍和薩姆只能不情不願地同意讓加米爾過來參觀。這我當然很高興。可是，以往斐迪南都會訓斥我、禁止我做的事情，感覺哈特姆特卻正推著我的背，鼓勵我去做，這讓我覺得有點恐怖。這種必須靠著自己踩下煞車的感覺，令我背脊一陣發涼。

「……我、我看還是算了吧。我不想讓普朗坦商會遇到任何危險。」

「那真是太可惜了。」

「哈特姆特在可惜什麼？」

見不到親弟弟加米爾的我當然是捶胸頓足，但哈特姆特有什麼好可惜的。我偏頭不解時，只見哈特姆特的橙色雙眼綻放光彩，露出了非常可疑的燦笑。

「我沒有什麼特別的意思。」

……他的眼神好恐怖！感覺明明就有什麼特別的意思！加米爾，快逃啊！

經過這番討論，最終還是決定等加米爾參加過洗禮儀式、成為學徒以後，再由普朗坦商會帶他來工坊參觀。本來我還很期待見到加米爾，所以心情多少有些消沉。但一想到我成功護住了重要的弟弟，讓他能遠離哈特姆特與其他貴族，又稍微安下心來。

「為融雪獻上祝福。願春之女神偉大的恩澤照耀於您。」

向奇爾博塔商會訂做服裝的當天，所有護衛騎士與侍從我都只帶了女性，然後往孤兒院長室移動。珂琳娜進來後道了商人間的問候語，身後還跟著幾名裁縫師，以及多莉和母親。我好久沒在這麼近距離下見到母親了。

……喂～媽媽，好久不見了！快看看我。啊，眼神對上了。

母親只是投來微微一笑，就稍微退到眾人後方。但光是隔了這麼久又能見到面，我的心頭便陣陣發熱。裁縫師們在為我測量尺寸的時候，我都目不轉睛地望著母親。同一時間，已經習慣與奇爾博塔商會打交道的莉瑟蕾塔，開始與珂琳娜討論要為我訂做怎樣的服裝，谷麗媞亞則在旁邊認真觀摩。

「春天的服裝是不是也該稍作修改呢？比如在裙襬加上蕾絲，或是換掉這邊的布料，要不然裙長似乎有些太短了。」

「是呀。還有，背部這邊能不能去掉鈕扣，改成以繩子調整鬆緊度呢？」

尺寸量完後，我與多莉開始討論髮飾。站在身後的萊歐諾蕾與優蒂特似乎也很感興趣，留神聽著我們的對話。我可以感覺到兩人投在自己背上的目光。安潔莉卡則一如往常守在門前，所以不在這裡。

「羅潔梅茵大人的五官好像也比較成熟了呢。您希望夏天的髮飾做成怎樣的造型呢？想使用哪一種花朵？」

「我的喜好還是沒變，所以請依我現在的模樣，挑選適合的花朵吧。可以的話，我還想與布料的花色做搭配。」

夏天的布料得從現在開始染製，為了讓在一段距離外待命的母親也加入談話，我開口向她攀談。然而，母親只是透過多莉傳話，並沒有往這裡靠近。似乎是因為母親沒有受過禮儀教育，言行與儀態不足以直接和貴族交談，所以不能當著貴族近侍們的面與我說話。萬一其他人覺得母親太過失禮和無禮，禁止她來神殿就糟了，所以現在這樣也是無可奈何。但只能透過多莉與母親交談，還是讓我有些心浮氣躁。

……雖然和加米爾不一樣，光是能看到媽媽就很好了。

討論完了要訂做的髮飾與夏季服裝後，莫妮卡接著往前一站，委託珂琳娜修改神殿長服。

「儀式服請在祈福儀式之前修改完畢。至於平常穿的服裝，請在祈福儀式期間進行修改即可。」

珂琳娜把待辦事項記錄在寫字板上。由於夏天的服裝必須在春季尾聲就縫製完成，接下來她應該會很忙碌。

……但儀式服只要修改長度就好，不需要重新做一件，應該花不了太多時間吧。

「這些護身符是我為專屬準備的，在此送給我的專屬裁縫師珂琳娜與文藝復興。平常請盡可能戴在身上。」

「感謝羅潔梅茵大人。」

把護身符交給母親和珂琳娜以後，服裝的訂做也就此結束。

隨著祈福儀式就快到了，堆滿家具的載貨馬車開始頻繁出入神殿。那些家具，都是為了祈福儀式之後，要住進神殿的見習青衣神官及青衣巫女所準備的。麥西歐爾要用的家具當然也被送了過來，可以看到侍從們匆匆忙忙地在整理房間。

「羅潔梅茵姊姊大人。」

「麥西歐爾，歡迎。」

兩天前麥西歐爾與我聯絡，說他要來神殿看看房間準備得怎麼樣了。趁著貴族侍從在與神殿的侍從討論有關房間的事情，我讓麥西歐爾向神具奉獻了兩顆小魔石的魔力。一開始還不能對身體造成負擔，要讓他慢慢習慣。

奉獻完魔力後，我再編了個理由說：「要是餓著肚子，有可能會暈倒嘛。」然後與麥西歐爾一起喝茶。凡事都要小心為上。

「渥多摩爾商會已經派廚師過來了。現在他們正在我的廚房裡實習，等到他們學會基本工夫了，再讓廚師去你的廚房製作餐點。」

「好的。另外，我也問過父親大人，能不能陪著姊姊大人一起去參加祈福儀式。父親大人說了，我不能在外面過夜。」

因為如果要帶著神殿的侍從同行，就得準備馬車，還要帶著廚師與食材等用品。現在光是整理神殿的房間，就已經耗費了大量的時間與金錢，若要再為祈福儀式作準備，似乎會給侍從造成太大的負擔。

……因為麥西歐爾幾乎沒有未成年的近侍嘛。

上頭有三個兄姊，麥西歐爾能招攬到的學生近侍並不多。學生當中只有兩名比我還低年級的近侍。

「我於是心想，那只要當天來回、與近侍們共乘騎獸，應該就能取得同意，但父親大人卻又問我：『可你沒有儀式服，這點打算怎麼辦？』韋菲利特哥哥大人便跟我說，羅潔梅茵姊姊大人有藍色儀式服，可以向您借用……」

您願意借給我嗎？——麥西歐爾向我問道。

「借你當然沒問題，但那件儀式服帶有花朵的圖案喔。當初韋菲利特哥哥大人就是不喜歡那個圖案，才自己訂做了儀式服。」

「花朵圖案嗎……」

麥西歐爾的表情有些複雜，但馬上下定決心般地抬起頭來。

「請姊姊大人借給我吧。因為夏綠蒂姊姊大人說了，等我開始舉行儀式，大家就得分頭去不同的地方，沒有機會可以看到其他人是如何舉行儀式。她還說羅潔梅茵姊姊大人的儀式非常值得觀摩，要我把握機會。」

……咦？夏綠蒂稱讚我了嗎?!說我是麥西歐爾的榜樣?!

那不好好表現一下怎麼行呢。我立刻讓莫妮卡去取來審慎保管著的藍色儀式服，借給麥西歐爾。

「這樣我就可以去參觀儀式了。」

「是呀。身為下任神殿長，你要好好觀摩喔。」

麥西歐爾來訪過的幾天後，就是去接回法瑞塔克的日子。我去了騎士團，用騎獸把法瑞塔克帶回神殿。比起免受處罰的法瑞塔克，我想坎菲爾應該更高興他回來了。因為法瑞塔克不在以後，他的工作都落在了坎菲爾頭上。

法瑞塔克也就此成了第一個失去老家援助，必須自己賺錢的青衣神官。但是，了解到靠著奧伯給予的補助金、收穫祭的收入、幫忙公務的薪水，以及抄寫我從貴族院借回來的書籍的報酬，只要生活別太奢侈就還過得下去後，他便下定了決心要認真工作。

這次由於法瑞塔克完全來不及準備參加祈福儀式，便留在神殿處理公務。

「我出發以後，韋菲利特哥哥大人與夏綠蒂會過來拿小聖杯，再麻煩你把小聖杯交給他們了。」

除了我要帶著古騰堡夥伴們前往的克倫伯格，其餘基貝的所在地將由韋菲利特與夏綠蒂分頭前往。把小聖杯交給兩人這項工作，也由法瑞塔克負責。伯爵要給三個小聖杯，子爵是兩個，男爵是一個，只要計算好後再交給他們，這件事並不難。但要與領主一族接觸，似乎讓法瑞塔克非常緊張。

哈特姆特在的話，事情處理起來就快多了，但不巧這陣子他不在。因為他得與克拉麗莎還有家人前往境界門收取行李，同時要向法雷培爾塔克致歉。

由於克拉麗莎與雷柏赫特都不在，我便找了理由說：「祈福儀式期間，神殿要處理的事情太多了。」然後聯絡芙蘿洛翠亞，讓菲里妮回神殿辦公。菲里妮很高興地說：「好久沒抄寫書籍了呢。」

……我懂。跟平常的工作比起來，抄書更開心吧？

我也會在圖書館聽取克拉麗莎與菲里妮的報告，感覺得出兩人都很努力在工作。由於克拉麗莎已經成年了，領主會議時也將同行，為了能與戴肯弗爾格進行交涉，她似乎正在閱讀大量資料，還發下豪語說：「為了羅潔梅茵大人，我一定竭盡所能，取得對我們有利的結果。」

據說克拉麗莎以橫掃千軍般的氣勢開始蒐羅資料，遇到不懂的地方就打破砂鍋問到底。在她的刺激下，身邊的人也卯足了勁在為領主會議作準備。菲里妮告訴我：「克拉麗莎準備資料的時候，好像很習慣就連細枝末節也要調查清楚，年輕的文官們都深受她的影響呢。」

菲里妮無法參加領主會議，所以主要是幫忙處理日常公務。由於工作內容和神殿的公務差不多，她說並不辛苦，而且經常有機會能與黎希達聊天。黎希達曾告訴她，前陣子齊爾維斯特與韋菲利特起過激烈的口角。她說黎希達一邊說著「雖然這在這個年紀是常有的事……」，但也顯得非常擔心。

……韋菲利特哥哥大人也進入叛逆期了嗎？

只要想想麗乃那時候的青梅竹馬，我大概想像得到這個年紀的男孩子有多難應付。雖然還是得因人而異，但叛逆期的孩子就像刺蝟一樣，讓人不太想靠近呢。

祈福儀式開始的當天早晨，我和往常一樣先是目送馬車離開。馬車上載著我的侍從、灰衣神官們、廚師們，以及食材和服裝等物品，與負責護衛的父親等一行士兵越行越遠。我已經透過普朗坦商會，向哈塞的小神殿告知麥西歐爾也將一同造訪。相信他們會作好萬全的迎接準備吧。隨後，要出發去直轄地舉行祈福儀式的坎菲爾也來到神殿長室辭行，我便把灌注了自己魔力的魔石和聖杯交給他，再目送他離開。

午餐過後，麥西歐爾與他的近侍們來了，準備以騎獸前往哈塞。於是我載著麥西歐爾與他的一名護衛騎士，以及捧著藥水盒的法藍與負責護衛的安潔莉卡，從神殿出發。

祈福儀式期間，隨我同行的護衛騎士就和以往一樣，是達穆爾與安潔莉卡。雖然柯尼留斯也想跟來，但我命令他留下來準備與萊歐諾蕾的新家。由於肅清才剛結束，他希望我能多帶點護衛騎士，可是祈福儀式期間，幾乎沒有房間能提供給貴族的護衛騎士留宿。況且我也不希望他到時候在旁邊嘮叨碎唸，要我與平民保持距離。「現在應該嚴加保護主人，哪是整理新家的時候。」眼看柯尼留斯說什麼也要跟過來，我只好拜託他回老家一趟，幫我看看奧蕾麗亞與小寶寶最近怎麼樣了，順便透過蘭普雷特打聽一下韋菲利特的近況。

操控著小熊貓巴士在空中奔馳，不出多久時間，很快便能看到哈塞了。

「那個城鎮就是哈塞嗎？沒想到很近嘛。」

「用騎獸過來會覺得很近，但坐馬車的話因為中途還要經過森林，街道也繞了點路，所以會覺得有段距離喔。聽說走路得走上半天的時間呢。」

我與麥西歐爾分享侍從們告訴過自己的事情，一邊慢慢下降。今天天氣很好，廣場上明顯已為祈福儀式作好準備，所有居民也都到齊了。我讓騎獸直接降落在廣場上，向熱烈歡迎的群眾輕輕揮手。看到有這麼多人都激動地發出歡呼，揮手歡迎我們，這樣熱鬧的景象似乎嚇到了麥西歐爾。我催促他走下騎獸後，再帶著他上臺。

「羅潔梅茵大人，恭候您的大駕。」

「利希特，這位是我弟弟麥西歐爾。今天他雖然只在旁邊參觀，但往後也會開始參加儀式。」

與哈塞鎮長利希特打過招呼後，我向他介紹麥西歐爾。接著我再告訴麥西歐爾該站的位置，然後看向法藍點一點頭。

「祈福儀式即將開始，請各村村長上臺。」

法藍朗聲說完，五名村長便拿著容量約十公升大的附蓋桶子上臺來。原本偌大的置物臺上，這時應該會放有巨大的神具金色聖杯，此刻卻空無一物。村長們都一臉困惑，看了看我，再看向舞臺上的置物臺。

我站在臺上，變出思達普後詠唱「伊爾達格拉爾」，將其變作聖杯。看到聖杯突然憑空出現，眾人發出驚訝叫嚷。而且不光是哈塞的居民，沒在貴族院參加過奉獻儀式的貴族近侍們也是。在嘈雜的驚呼聲中，我開始向水之女神芙琉朵蕾妮獻上祈禱。

「帶來治癒與變化的水之女神芙琉朵蕾妮，侍其左右的十二眷屬女神啊。」

我的魔力流入聖杯後，耀眼金光乍然亮起。我注視著發出金色光芒的聖杯，接著繼續灌注魔力。

「請為不再受生命之神埃維里貝之禁錮，令姊妹神土之女神蓋朵莉希，賜予祂孕育新生命的力量。讚頌生命的歡喜之歌奉獻予祢，祈禱與感謝奉獻予祢，請賜予祢清澄明淨的守護。願祢之貴色，滿布瀚瀚大地之萬事萬物。」

隨後，法藍動作輕柔地傾倒聖杯，閃著綠光的液體便和往年一樣溢出，注入排隊等著的村長們手中的木桶。

「向土之女神蓋朵莉希與水之女神芙琉朵蕾妮獻上祈禱與感謝！」

……嗯，用自己變出來的聖杯也完全沒問題呢。

眼看儀式這麼順利，我正心滿意足時，發現麥西歐爾一臉不安地望著我。

「羅潔梅茵姊姊大人，我有辦法在明年之前變出聖杯嗎？」

「這你還沒辦法喔。必須先在貴族院取得思達普才可以。韋菲利特哥哥大人與夏綠蒂舉行儀式的時候，也是使用神殿裡的神具。並不需要自己變出神具。」

我帶著苦笑一邊說明，一邊變出小熊貓巴士坐進去。麥西歐爾也和自己的護衛騎士坐了進來。從祈福儀式的會場到小神殿，一下子就到了。

「前幾天，我們不是一起為神具奉獻了魔力嗎？只要持續地奉獻魔力、向神獻上祈禱，某天在你想要使用神具的時候，魔法陣就會自然而然在腦海裡浮現喔。我的近侍當中也有人能夠變出神具。」

我話一說完，安潔莉卡便有些得意地說：「我現在已經能變出萊登薛夫特之槍了。」雖然她還無法變出太久的時間，但她說過希望自己再過不久，就能以萊登薛夫特之槍舉行獲得祝福的儀式，然後打贏波尼法狄斯。能有這麼遠大的目標是件好事。

「麥西歐爾，你也要努力壓縮魔力，才有辦法在儀式時使用神具喔。不過，首先還是要努力奉獻和祈禱。」

「我會加油的！」

麥西歐爾小臉上滿是鬥志地回道。這回答真是太天真、太可愛了。

一到了小神殿，所有人都出來迎接。我向在場眾人介紹了麥西歐爾以後，接著走進小神殿。侍從們要去整理房間，所以我帶著麥西歐爾到處參觀。

「這裡沒有小孩子嗎？」

「因為現在年紀最小的見習生也快成年了。」

艾倫菲斯特與哈塞之間，會互相派往交流的灰衣神官大多已經成年，原是哈塞孤兒的瑪塔也快要成年了。現在這裡並沒有與麥西歐爾年紀相仿的小孩子。

「大概是因為我們領主候補生會前往直轄地舉行儀式，隨著收成增加，就不再有父母不得不棄養孩子了吧。像艾倫菲斯特的孤兒院也是，若不是冬天進行過肅清的關係，原本也沒有那麼多年幼的孩子喔。」

「原來是這樣啊……」

看完士兵們正在準備睡鋪的男舍，我再帶著麥西歐爾參觀工坊，還有大家引以為傲的、能夠長出美味蔬菜的田地。

「麥西歐爾，這也是你第一次看到田地吧？你吃的蔬菜都是像這樣種出來的，而且這裡種出來的蔬菜特別美味喔。還有，在那邊的森林裡也能採到很多食物。之後你也可以試著在貴族的森林裡採集，相信會是很好的體驗。」

繞了一圈大致參觀完畢後，我們回到屋內喝茶。儘管貴族與士兵們的座位會隔開來，但都是待在食堂這個空間裡，這點似乎讓麥西歐爾的近侍們大吃一驚。他們來回看了看我們與父親等人所坐的位置。

「在農民聚集的冬之館以及基貝的夏之館，神官會在另一個房間用餐歇息，但是在哈塞，會像這樣在同個空間裡用餐喔。」

「那麼，至少可以把時間錯開……」

我仰頭看向麥西歐爾的護衛騎士，盈盈一笑。

「在這裡聆聽平民的心聲，也是很重要的事情喔。為了讓平民區的改造計畫可以成功，當初我就是在這裡向士兵們尋求協助。」

接著我把目光投向麥西歐爾。只見他的藍色雙眼因渴求而發亮，想把聽到的一切盡數吸收成自己的養分。

「建造這座小神殿的正是養父大人。每當我在小神殿與直轄地等地方聽取完平民的意見，再轉告給養父大人時，他不會因為對象是平民就不屑一顧，而會活用在領地的治理上。這般寬廣的心胸，正是他的美德。我希望麥西歐爾能向養父大人的優點看齊，在我卸下職務之後，也能成為願意聆聽平民想法的神殿長。」

我說完後，麥西歐爾表情非常認真地點頭。

古騰堡的徒弟們

帶著麥西歐爾走向父親他們所在的桌子後，我先介紹了麥西歐爾是領主的兒子兼下任神殿長，也告訴大家以後他將接替我，與士兵們交流意見。

「羅潔梅茵大人成年以後，將由麥西歐爾大人接任神殿長一職嗎？那對我們來說真是好消息。因為多虧了能在這裡與羅潔梅茵大人交談，我們與領主大人以及諸位騎士團員，才能保持緊密的合作關係。像不久前的冬天也是，還有前陣子他領貴族忽然跑來西門的時候，更是幫了我們大忙。」

語畢，父親從我身上移開目光，看向站在我身後的達穆爾。

「由於少有機會當面道謝，能否容我在此向達穆爾大人表達謝意？」

我回過頭確認達穆爾的反應，但他只是表情有些困窘，並沒有拒絕。「當然可以。」我這麼說著收回目光，發現注視著達穆爾的不只有父親一人。其他士兵也同樣定定看著他。接著所有士兵站起來，走到我和達穆爾前方跪下。

「即便您一再聲明這是羅潔梅茵大人的命令，但平民區的所有士兵仍是非常感謝達穆爾大人。在此鄭重向您致謝。」

……到底發生過什麼事了？

我為不明所以的道謝感到困惑，來回看向達穆爾與安潔莉卡。但對安潔莉卡抱有期待也是枉然。因為她只是面帶微笑，臉上明白寫著「這是什麼情況？」。

「昆特，達穆爾做了什麼事情嗎？」

「羅潔梅茵大人，我只是盡到自己的職責。」

「但一定是發生了什麼事情，他們才會向你道謝吧？要是達穆爾曾經大顯身手，那我身為主人當然也想知道。」

我看向父親，尋求說明。眼看達穆爾一臉希望他別說的表情，父親顧慮地瞥了他一眼，但還是開始說明。

「冬季期間，北門曾接到命令，要嚴防貴族出逃。騎士團還提供了幾樣士兵也能使用的魔導具給我們，更是每個人都發了用以求援的魔導具。但是，即便牢牢關緊了大門，貴族還是能使用騎獸；再加上北門位在貴族區的底端，就算使用了魔導具送出求援信號，也沒有騎士能即時趕來支援。」

當時因為正在進行肅清的關係，多數騎士團員都有任務在身。儘管北門會常駐兩名騎士，但如果同時有好幾名貴族想要逃跑，光靠兩個人根本阻止不來。就在這種情形下，據說最先趕到北門支援的正是達穆爾。

「我只是因為人在神殿，正好在為奉獻儀式作準備，才離北門比較近而已。」

達穆爾謙虛地這麼表示。但在只有兩名騎士與平民士兵們拚命守著北門的時候，有他從後方突襲那些想要逃跑的貴族，無疑是非常可靠的救兵吧。

「幸虧達穆爾大人及時趕到，北門的士兵才只有幾人受了輕傷。包括上次西門也是，為了穩住現場情況，也是達穆爾大人最先趕到。士兵們都非常感謝您。」

想不到平民區的士兵這麼感謝且信任達穆爾。我感到佩服的同時，也請士兵們回到位置上坐好。

隨後，我問起了平民區最近的情況，也把葛雷修即將進行改造、工匠們會因此接到大筆委託的消息告訴他們。麥西歐爾在旁邊聽得津津有味。

聽著士兵們分享的事情，時間似乎很快就過去了。麥西歐爾的近侍附耳向他說了幾句話後，他立刻站起來。

「晚餐要是遲到，就違背我答應父親大人的事情了。羅潔梅茵姊姊大人，今天一天我真的獲益良多。」

「看到麥西歐爾這麼努力吸收新知，我也很高興喔。那麼，就把這個送給認真向上的弟弟吧。是護身符魔導具。」

至於要給韋菲利特與夏綠蒂的護身符，我寄放在了菲里妮那裡，等要出發去祈福儀式的時候再幫我交給他們。

「謝謝姊姊大人。還有，我也會試著向父親大人轉告士兵們說過的話。請羅潔梅茵姊姊大人之後再檢查我的報告是否確實吧。那我先告辭了。」

麥西歐爾匆忙地與自己的近侍共乘騎獸，返回城堡去了。

……咦？要我檢查報告是否確實？……麥西歐爾會不會太自動自發啦？那我表現出來的樣子，有沒有像個值得尊敬的姊姊呢？

內心感到有些不安的我，目送麥西歐爾離開。

隔天早上，我先為自己的侍從與廚師們送行，接著是要返回艾倫菲斯特的灰衣神官們。

「感謝負責護送的各位士兵，這是我的一點心意。」

我開口慰勞士兵們，並把裝有報酬與兩個護身符的小袋子悄悄放到父親手中。大概是從觸感察覺到了袋子裡有銀幣以外的東西，父親一邊道謝，一邊迅速地把袋子收進懷裡。母親和多莉已經有一樣的護身符了。只要回去問問兩人，相信父親就會知道該怎麼使用，也知道另一個護身符是要給誰的吧。

我邊以眼角餘光留意著父親的動作，邊照慣例也把出差津貼發給每個士兵。「都給我打起精神來！工作可還沒結束。」父親走向馬車準備護送，喝斥著拿到津貼後都不由自主露出笑容的士兵們。

「我們定會讓灰衣神官平安返回神殿。」

「昆特，那就麻煩你們了。」

雖然只是簡短的對話，但可以面對面交談還是讓我非常開心。看著父親護送著馬車越走越遠，我也啟程前往下個該去的冬之館。

前往自己負責的直轄地舉行完祈福儀式後，我便返回神殿，接著馬上聯繫普朗坦商會。由於有些發燒，我排了三天的時間來恢復體力，但才休息兩天，身體就幾乎完全康復了。自己真是強壯了不少。再也不像以前一樣，光是來回奔波就會全身癱軟無力。

……今年出去舉行祈福儀式，半路上我也只昏睡了三次而已呢。唔呵呵。

「羅潔梅茵大人，古騰堡們到了。工坊裡的東西也幾乎都已搬運完畢，還請您移步去作準備。」

吉魯來通報後，我便從會議室往正門玄關移動。會議室裡，聚集了要與我一同前往克倫伯格的近侍，以及承辦印刷業務的文官。侍從有莉瑟蕾塔與谷麗媞亞，文官則是哈特姆特與羅德里希，護衛騎士是柯尼留斯、萊歐諾蕾與優蒂特。雖然優蒂特還未成年，但因為她的老家就在克倫伯格，順便讓她返鄉一趟。

而達穆爾與安潔莉卡因為已在祈福儀式時陪我去過直轄地了，這次輪到他們放假休息；奧黛麗與菲里妮則負責看著克拉麗莎。其實我本來還想讓哈特姆特留在神殿，但回過神時就已經被他說服了。

……雖然哈特姆特說得沒錯，有上級文官跟著確實比較好，但我還是不太能釋懷。

至於承辦印刷業務的文官，是我早已熟識的下級貴族漢力克等人，另外繆芮拉也將以艾薇拉的文官之身分同行。看來她在貴族院學到的印刷業相關知識將能派上用場，真是太好了。

「羅潔梅茵大人，這次我非常努力喔。」

優蒂特開口向我邀功，橙黃色的馬尾在她腦袋瓜後面左右搖晃。

「自從確定古騰堡們要去克倫伯格以後，我一直在向布倫希爾德和萊歐諾蕾他們蒐集情報，還透過泰奧多，請基貝・克倫伯格一定要作好萬全的準備。」

優蒂特笑得一臉得意。她說自己去了解了萊瑟岡古與葛雷修遇到哪些難題、缺乏哪些準備，並把這些消息送回克倫伯格。

「布倫希爾德告訴過我，如果沒能作好準備，讓平民工匠可以順利工作的話，萬一新事業失敗了，會是基貝的責任。我轉達了這件事以後，聽說基貝・克倫伯格也願意提供協助。」

據說布倫希爾德還說，既然新事業已經在伊庫那與哈爾登查爾取得了成功，那就證明古騰堡夥伴們的指導與帶過去的工具沒有問題，重點在於要引進新事業的土地是否作足了準備。看來為了在葛雷修發展印刷業，至今經歷過的種種辛苦，都對布倫希爾德造成了很大的影響。

「克倫伯格已經作好了準備，讓古騰堡們能專心工作。」

「這真是太棒了，優蒂特。有妳這句話我就放心了。」

我毫不吝嗇地大力稱讚得意挺胸的優蒂特。若有越來越多的貴族願意為平民著想，相信艾倫菲斯特會越變越好吧。

走出正門玄關後，便見大量的行李堆在門外，以班諾為首的古騰堡夥伴們則正成排跪地等候。班諾做為代表向我問好，接著目光往後瞥了一眼。

「羅潔梅茵大人，請容我介紹古騰堡的徒弟們。這也是他們第一次被派往外地。此外，幸得水之女神芙琉朵蕾妮的清澄指引結此良緣，願您賜予祝福。」

我看向跪在地上的眾人。跪在古騰堡夥伴們後頭的，就是他們的徒弟吧。看起來都是成年前後的少年，我彷彿看見了剛認識時的約翰與薩克。

「英格。」

班諾開口呼喚後，木匠英格與他的徒弟便站起來。

「羅潔梅茵大人，這是我的徒弟迪莫。他從一開始就參與了印刷機的製作，所以對印刷機的構造與做法非常了解。」

我定睛看了一下迪莫，發現他很眼熟，所以馬上就認出來了。在我為羅潔梅茵工坊與哈塞的小神殿訂做印刷機時，他是跟著英格一起過來的工坊員工之一。

「你叫作迪莫啊。我記得在神殿的工坊組裝第一臺印刷機時，你細心又認真地把木板磨得非常平滑，以免刮傷我的手和指尖。我知道英格很看重你，沒想到現在還能派你去外地工作了呢。」

似乎沒有想到我會認得長相，英格與迪莫都一臉吃驚。但是，沒必要這麼驚訝吧。他們可是為我做了第一臺印刷機的人，我當然會在感動下記住他們的臉啊。

「我已經把印刷機的設計圖交給迪莫。製作工序以及到了外地要怎麼與其他工坊的人相處，我也提供了建議給他，相信不會有問題。我則遵照羅潔梅茵大人的要求，全心投入這邊的工作。」

「好的。我要交給英格的工作，各地木工工坊的工匠也都會全力以赴喔。畢竟你是我的專屬，我很期待你的表現。」

雖然還要委託英格製作圖書館的書櫃，但接下來有許多工坊都會為葛雷修的高級旅館裝潢內部房間，互相一較高下，那也得讓英格參加才行。為了秋天將在葛雷修進行的大改造，所有木工工坊會非常忙碌。

「迪莫，那就拜託你了。」

「我會好好努力，希望也能獲得認可，成為古騰堡的一員。」

看到迪莫充滿幹勁，我非常欣慰。我輕輕點頭後，班諾接著呼喚：「約瑟夫。」英格與迪莫重新跪下後，換約瑟夫與他的徒弟站起來。

「羅潔梅茵大人，他是賀拉斯，將代替我和海蒂前往克倫伯格。」

我以前從沒見過賀拉斯。就連去海蒂的墨水工坊拜訪時也沒見過。他也不是曾和海蒂一起興奮做研究的那名工匠。

「為了這次派遣，我特別挑選了一個不會做研究做到忘我，也不會擅自行動的人。只要把做法教給賀拉斯，他都可以完整重現，但他並不像海蒂那樣，會傾注熱情去開發新墨水。若收到了克倫伯格提供的原料，我們將在艾倫菲斯特進行研究。」

看來是因為把類似海蒂這樣的研究者獨自送往外地太危險了，約瑟夫便選了一個即便自己不在一旁，也能與其他古騰堡成員合作無礙的人。看樣子約瑟夫依然過著勞心勞力的生活。

「約瑟夫，聽說海蒂懷孕了，恭喜你。那海蒂有沒有安分一點呢？」

「多謝羅潔梅茵大人。要是海蒂會因為懷孕就安分一點的話，那我早就自己去克倫伯格，不必麻煩賀拉斯了。」

約瑟夫臉上滿是疲憊。看來海蒂就算懷孕了，每天還是活力充沛。聽說她原本也想來打聲招呼，被約瑟夫與路茲極力制止：「神殿不歡迎孕婦！」

「賀拉斯，為了約瑟夫，你可不能廢寢忘食地投入墨水研究，或像海蒂那樣魯莽行事，請好好完成自己在克倫伯格的任務吧。」

賀拉斯看起來非常緊張。大概是因為自己從沒開發出任何墨水，覺得我不會同意他與古騰堡夥伴們一起去外地吧。我輕笑著這麼鼓勵後，他僵硬的臉龐稍微放鬆下來，點頭回道：「遵命。」

約瑟夫與賀拉斯打完招呼後，換薩克與他的徒弟賽德站起來。

「羅潔梅茵大人，他是賽德。雖然能力還差了丹尼諾一截，但我選他的原因，是因為他的個性適合在約翰與克倫伯格的工匠之間負責協調。」

賽德給人的感覺就很好相處。據說他這次的任務，就是在約翰教其他工匠如何製作金屬活字時，負責在旁邊支援。因為如果工匠們個個都死腦筋又沉默寡言，很容易引發衝突，或因為意見相左而產生難以挽回的嫌隙。在接下來短短半年的時間裡，為了可以和睦融洽地工作，需要有人能調節氣氛。

「老實說，我覺得自己留在艾倫菲斯特對羅潔梅茵大人更有幫助。」

薩克的構思與設計能力都出類拔萃，與其去外地幫約翰協調人際關係，他似乎更想把心力投注在新設計與發明上。之前因為薩克是古騰堡的一員，為了讓貴族能認得他，我才把他也一起派去外地；但若想追求適材適用，或許該讓薩克留在艾倫菲斯特，讓他專心設計新產品會比較好吧。

「……那麼，是不是該委託薩克設計新產品呢？啊，不行。你今年會留在平民區，就是要為結婚作準備，那還是明年再開發新商品吧。星祭當天我會給你很多祝福，今年請為往後的新生活作好準備吧。」

薩克是古騰堡成員中第一個要結婚的人，我要誠心給他祝福才行。對此薩克笑道：

「那我到時候就能向朋友炫耀，說羅潔梅茵大人給我祝福了。」

「賽德，平常很少有機會去其他工坊，見識不同工匠的手藝吧？這次想必是難得的體驗。到了那邊以後，請大力吸收在艾倫菲斯特這裡學不到的技術吧。」

「是。」

最後站起來的，是約翰與丹尼諾。雖然這是丹尼諾第一次要去外地出差，但之前閒聊時我就聽說過他的名字與成長，所以我知道他。

「羅潔梅茵大人，他是丹尼諾。為了交接工作，我將以徒弟的身分帶他同行。」

「現在丹尼諾可以自己做出所有金屬活字了吧。」

約翰曾說，丹尼諾做的金屬活字離及格還很遠，但這次卻要帶著他一起去克倫伯格，想必是做出來的金屬活字已經達到他要求的水準了。聞言，約翰點了點頭。

「這次我會盡可能交由丹尼諾做金屬活字，自己則退到後方負責監督，同時也會指導賽德。」

原本約翰一心只會活用與提升自己的技術，現在為了栽培徒弟，也開始會考慮很多事情了呢。感受到了身邊人們的成長，我點點頭。

「擁有高超技術的鍛造工匠，當然是越多越好嘛。約翰，請你努力栽培丹尼諾與賽德吧。因為現在你是最年長的鍛造工匠了。」

之前約翰都把與人往來溝通這件事交給薩克，因此他先是「唔」地語塞，最後點了下頭。我再看向丹尼諾。

「丹尼諾，你的進步我都聽約翰他們說過了。身為我的專屬，請精進自己的技藝吧。」

「從葛雷修的工匠來平民區學習開始，我就一直很想到外地去。現在我終於成年了，可以帶我一起去外地，所以我一定好好加油！」

丹尼諾精神抖擻地朗聲回答。跟木訥又寡言的約翰比起來，個性截然不同。發現工匠們的性情也是形形色色，我覺得很有意思。

就這樣，新面孔都介紹完了。接著我把護身符發給近侍與古騰堡夥伴們，也發給了在場的下級文官。護身符還分成了給平民的，與給有魔力的貴族的。

「這些護身符就送給認真工作的各位。那我們準備出發吧。」

我變出了放大版的小熊貓巴士後，讓大家把行李搬到車上。古騰堡夥伴們早已經習慣這一幕，指使著第一次看到的徒弟們，把行李搬進小熊貓巴士。雖然他們瞬間都猶豫了一下，但並沒有大驚小怪。果然是因為早就有所耳聞了吧。

搬行李的時候大家都很安靜，但起飛時倒是發生了一點小騷動。那就是丹尼諾忽然劇烈掙扎，發出無聲的哀嚎。看來是小熊貓巴士升空之後，他才發現自己恐高。但既然繫著安全帶，約翰還按住他的頭說：「那你別看外面就好了！」所以這真的只算是小小的騷動吧。

克倫伯格的國境門

「我是優蒂特。我們就快到了。」

優蒂特坐在小熊貓巴士的副駕駛座上，向人在克倫伯格的泰奧多送去奧多南茲。收到回覆表示「我們已經準備完畢」時，正好也能看見克倫伯格的夏之館了。

「就是那裡。聽說基貝他們會在神官所用的別館那邊等我們。」

到了夏之館後，我發現不只基貝・克倫伯格與兩名負責印刷業務的文官，還有很多人也來迎接我們。基貝渾身散發著一看就知道是騎士的氣質，人高馬大，五官有些嚴肅。據說前任基貝・克倫伯格直到嚥下最後一口氣前，都主張該由波尼法狄斯成為奧伯，因此受到父親的影響，現任基貝最為尊敬的人也是波尼法狄斯。

……也就是說，屬於肌肉派囉？

基貝・克倫伯格與我們打完招呼後，便指示一旁的文官們，帶著法藍、莫妮卡與廚師們前往神官用的別館，和帶著古騰堡夥伴們前往平民區。

「我聽說行李眾多，不如先帶古騰堡們前往平民區，之後再收取小聖杯，以及討論印刷協會的相關事宜。不知您意下如何？」

「那真是太好了，這樣我也能親眼看看古騰堡們接下來要生活的地方。謝謝您想得這般周到。」

看著法藍他們正把自己的行李搬進別館時，莉瑟蕾塔朝我走來。
「羅潔梅茵大人，我與谷麗媞亞就不前往平民區，想在晚餐前留在夏之館內整理房間，能請您允許嗎？」
侍從有侍從自己的工作。我下達了許可後，再請克倫伯格的下人們幫忙把行李搬進去。館內的人領著兩人走進屋內。
「那我們去平民區吧。」
操控著小熊貓巴士飛過上空的時候，我發現克倫伯格的平民區很大，人口也看似眾多，但聽說實際上的居住人數卻很少。整座城市有種空蕩冷清的感覺。
「這裡有很多空屋，所以若是我們準備的住所有哪裡不妥，或是想搬去其他地方的話，隨時可以告訴我們。」
基貝・克倫伯格笑著這麼說道，但我對他們準備好的住家一點意見也沒有。古騰堡夥伴們開始把行李搬進自己接下來的住處，以及要工作的工坊。跟著前來的吉魯與灰衣神官們也動手幫忙。儘管脫下了神官服，他們的動作還是俐落又優雅，在平民區顯得有些格格不入。
……但等我來接他們的時候，大概就已經融入這裡了吧。
「平民區這麼大，沒想到居民卻這麼少呢。請問有什麼理由嗎？」
古騰堡夥伴們在搬運行李的時候，為了打發時間，我向基貝發問。基貝低下頭，用看著孫女般的溫暖目光朝我看來後，為我說明：
「這是因為許多年前的君騰關閉了此處的國境門。在國境門被封鎖前，聽說這裡曾是非常熱鬧的大城市。與其他國家的貿易往來頻繁，人潮亦是川流不息。而且當時這裡還不是艾倫菲斯特，而是名為埃澤萊赫的大領地。」

「……之前我學過艾倫菲斯特的歷史，但只在領地建立初期稍微聽說過埃澤萊赫這個名字，完全不曉得原來是大領地呢。」

倘若領地在國境門還開著時是另一個名字，代表克倫伯格的國境門早在兩百年以前就關閉了。原因應該和那些因為政變時古得里斯海得遺失，便再也無法打開的國境門不一樣。被封起的國境門，聽起來就覺得其中有著波瀾壯闊的故事，我的心跳不由自主加快。

……怎麼辦，我有些興奮起來了。

「請問以前發生了什麼事情，國境門才會被關起來呢？」

我興沖沖地仰頭發問，正好這時路茲前來報告：「行李已經搬完了。」基貝‧克倫伯格輕笑一聲，看向城市深處。

「我早聽優蒂特說過，羅潔梅茵大人對國境門很感興趣。等討論完印刷業的相關事宜，我再帶您參觀國境門吧。在那裡聽我說故事，想必會更有意思。」

……得準備做筆記才行！

感覺可以聽到自己從不知道的故事，我露出無比期待的笑容點點頭。

把古騰堡夥伴們留在平民區後，我們接著前往基貝的夏之館。班諾等普朗坦商會的一行人，開始與克倫伯格的負責文官討論起設立協會的相關事宜；我則把小聖杯交給基貝‧克倫伯格，就此結束了祈福儀式的行程。由於這已經是春天的例行公事了，所有流程大家都很熟悉。

「接下來，帶您去參觀國境門吧。」

我坐進騎獸，跟上基貝・克倫伯格。這裡的景色和艾倫菲斯特一樣，白色建築物上頭都蓋有木造房屋。只不過在艾倫菲斯特，外牆的大門往內是平民區，接著是貴族區，最後則是奧伯的城堡，但這裡卻恰恰相反。穿過大門以後，會先看到克倫伯格的貴族區與基貝的夏之館，再往後才是平民居住的區域。

「不管是伊庫那、萊瑟岡古，還是葛雷修，基貝的宅邸都是位在深處，只有克倫伯格的配置剛好反過來呢。」

「聽說這是因為很久以前，他國的人會不斷從國境門湧進這裡，所以提供給他國商人落腳的旅館，以及與他們做生意的平民的住處，都集中蓋在了國境門旁邊；如果從國境門那邊看過來，就變成了是基貝的宅邸位在深處喔……啊，您看。在奧伯所建的白色境界門與高牆之外，稍微可以看到顏色有些奇特的牆壁與大門吧？那就是國境門。」

坐在副駕駛座上的優蒂特往外伸出了手，指給我看。隨著越飛越近，確實可以看見兩道高度差不多的大門，其中一道就和與亞倫斯伯罕相接的白門一樣。

「哇啊……奧伯所建的白色大門就已經很漂亮了，沒想到君騰所建的大門與高牆更壯觀呢。」

境界門與克倫伯格的外牆都和艾倫菲斯特一樣呈雪白色，但更外圍的高牆與大門卻是泛著淡淡的虹彩。整體帶有的色澤，就好比是螺鈿工藝所用的貝殼珍珠層那般。象徵國境的高牆綻放著微光，在外圍不斷地往遠處延伸，無法望見盡頭。我不由得聯想到了萬里長城。只不過，這片高牆並沒有配合著地形蜿蜒起伏，而是彷彿有人畫線一樣筆直延伸。一眼就能看出這是人為所造的建築，感覺非常不可思議。

……至於是誰畫下的界線，那當然是初任君騰囉。

我上過地理課，所以知道君騰設有結界的這塊土地，便是我們的國家尤根施密特，而且就好像在一座大陸上圈了一塊地般呈圓形。但是，這還是我第一次親眼看到國家的邊界。我本來還以為會和領地間的界線一樣，國境的邊界也是肉眼看不到的，沒想到實際上真的有堵高牆，還和大門一樣帶著淡淡虹彩。

「國境門雖然壯觀，但因為這裡的建築物就和艾倫菲斯特的平民區一樣，雪白的建築物上還有木造房屋，所以要靠得這麼近才看得到喔。」

正如優蒂特所說，大門的高度和三、四層樓高的建築物差不多，從基貝的宅邸那邊看過來根本看不見。我第一次外出舉行祈福儀式的時候，應該也來過克倫伯格，卻完全沒在視野中發現國境門的存在。雖然也有可能因為那時候，是斐迪南負責與基貝寒暄，所以我不是待在馬車裡邊喝回復藥水邊休息，就是照著他的吩咐「乖乖躲起來」，不讓人察覺自己的存在吧。

緊接著，我發現雪白的境界門已經朝著內側完全敞開，門前還站著負責守衛的騎士。探頭往門內一看，緊閉的國境門隨即映入眼簾。綻著淡淡虹光的門扉上刻有龐雜細膩的圖案。我猜就和休華茲兩人衣服上的圖案一樣，很多都是用來掩蓋魔法陣。

「克倫伯格的境界門平常都是開著的嗎？」

「不是的，今天是特例。我聽泰奧多說，為了讓羅潔梅茵大人能清楚看見國境門，基貝．克倫伯格特別向奧伯提出了請求，希望他能打開境界門。居然可以從正面觀賞到國境門，我真是太感動了。」

優蒂特告訴我，平常就連境界門也會牢牢關閉，根本無法從正面好好欣賞國境門。

「而且我就算住在克倫伯格，小時候也只看得到緊閉的境界門與外牆。因為境界門與國境門的高度幾乎差不多，有時候只能從某些角度和位置，才看得到國境門頂端的一小角……」

優蒂特說她小時候想看國境門想看得不得了，之所以成為騎士，就是因為想要有個正當理由能靠近國境門。

「等我進入貴族院就讀、可以變出騎獸以後，我才第一次真正看到國境門。那時候的感動真是難以言喻……啊，在克倫伯格，想要成為騎士的人大多是因為這個理由喔。並不是只有我，像泰奧多也是。」

不小心說出了自己成為騎士，是因為想在近距離下觀看國境門後，大概是覺得太丟臉了，優蒂特搖晃著橙黃色的馬尾，一再強調並不只有自己是這樣。她這模樣太過有趣，我忍不住輕笑起來。

「但我記得泰奧多說過，他並不是為了看國境門，而是想和父親一樣為基貝．克倫伯格效力喔？」

「嗚！泰奧多只是故意裝出很有抱負的樣子，但他想當騎士的理由和我一樣啦。」

眼看優蒂特如此極力強調，我便沒有再反駁，假定克倫伯格的騎士們都是為了在近距離下觀看國境門才成為騎士。

……那我下次再問問泰奧多吧。

「羅潔梅茵大人，請您跟在基貝後面降落。」

在優蒂特的引導下，我在境界門的頂部瞭望臺上降落。幾名克倫伯格的騎士排成一列，迎接我的到來，只見泰奧多也在其中。目光與泰奧多對上後，我對他投以微笑，他也面帶笑容回應我。看到他很有活力地在做見習騎士的工作，真是教人高興。

「羅潔梅茵大人，這邊請。」

基貝率先收起騎獸，護送著我緩步移動。可能是因為在高處的關係，風有點大，而且冷颼颼的。散發著淡淡虹彩的國境門就在眼前。

跟內部還有好幾間等候室與辦公室的境界門和城市大門相比，國境門的縱深並不長，只有三、四公尺而已。此外，境界門的頂部也有著可以讓好幾名騎士騎著騎獸降落的寬敞瞭望臺，但國境門顯然不打算讓人以騎獸從上空進出，門頂呈三角形。

「只有克倫伯格的騎士，能從這裡看見這樣的景色。」

走到瞭望臺尾端，我更是看見了國境門外的景象。在綻放著淡淡光芒的國境門另一邊，是一望無際的沙海。無邊無窮無盡，是魔力全然枯竭的狀態。

「我還以為在國境門的另一邊可以看見其他國家呢。那個，就是聽說會與我們進行貿易的國家……那個國家在哪裡呢？該不會魔力已經耗盡，變成了這個樣子吧？」

想到亞倫斯伯罕就是因為欠缺魔力，土地開始變得荒蕪，該不會國境門關閉以後，鄰國就變成一片沙海了吧？我提心吊膽地發問後，基貝．克倫伯格笑著搖搖頭。

「這我倒從來沒聽說。國境門其實是連結國與國的巨大轉移陣，只要沒有君騰的許可，不論想通行的人有無魔力，都無法通過國境門。雖然我也只是根據傳述，但據說國境門開啟時都會浮現巨大的魔法陣。」

據說其他國家的人經由國境門轉移過來後，會再通過境界門進入克倫伯格。也就是說，若沒有向君騰與奧伯兩方取得許可，就無法進入克倫伯格。

「那會不會有人明明向君騰取得了許可，卻沒向奧伯提出申請，結果卡在國境門與境界門之間動彈不得呢？」

可能是沒想到我會問這種問題，也可能是想像了商人卡在兩道大門間不知所措的模樣，基貝．克倫伯格輕笑起來。

「說不定還真有商人這麼粗心大意。但既然取得了通過國境門的許可，那再返回自己的國家即可。很遺憾，流傳下來的佚事中似乎沒有這種趣聞。至少我沒聽說過。」

「那流傳下來的故事有哪些呢？」

我掏出寫字板，雀躍地抬頭看向基貝。

「許多傳述都提到了春天與秋天舉辦慶典時，會熱烈歡迎君騰的到來。因為當時國境門似乎都是在春天到秋天這段時間開啟，冬季期間關閉，而且君騰會親自前來。」

比如在貿易活動開始的春天，最常被描述到的就是城裡人們的情況。因為他國的商人會在國境門開啟後湧入克倫伯格，居民在等著君騰前來開門的同時，也要作好萬全的準備。到了秋天，最常被提起的則是商人們匆忙返國的情景。因為如果沒能趕在君騰關門前回國，就得在並未作好過冬準備的情況下，在克倫伯格度過嚴寒的冬天。好不容易賺來的錢卻在冬季期間就花光了，這樣的佚事既好笑又心酸。

「據說每年關門以後，一定會發現商人忘記帶走的東西。」

「但是話說回來，國境門位在尤根施密特各地，居然每一道門都要親自前來打開和關閉，君騰還真是辛苦呢。我光是前往領內各地舉行儀式都會不支倒地了，君騰居然要在尤根施密特內到處移動……真讓人忍不住寄予同情。」

竟然每年都要前往各地開關國境門，君騰的工作比我預想中還要辛苦。就算可以騎著騎獸移動，但隨行的護衛與近侍那麼多人，光想就教人頭痛。聽完我的感想，基貝放聲哈哈大笑。

「移動上您倒不用擔心。因為據說國境門內，有著持有古得里斯海得的君騰才能使用的轉移陣。」

對喔。原本君騰就有能力製作跨領地的轉移陣，再加上國境門位在奧伯所建的境界門外，如果想要設置轉移陣，肯定也不需要向奧伯徵得許可。

……嗚哇，那古得里斯海得的有無，對君騰來說影響真的很大吧？

我並不清楚君騰具體要做哪些工作，目前也沒有因為古得里斯海得的遺失而感受到任何不便。因此，之前聽到有人因為特羅克瓦爾未持有古得里斯海得，就不承認他是真正的君騰時，我實在無法理解他們的主張。但在國家的統治上，古得里斯海得顯然是一項不可或缺的物品。

「話說回來，為什麼艾倫……不對，是埃澤萊赫的國境門會被關起來呢？如果想要對外貿易，開放國境門是非常重要的事情吧？」

如今就只有亞倫斯伯罕的國境門還開放著，他們更藉由貿易維持著領地排名，由此可知國境門的重要性。那為什麼這裡的國境門會被封起來，不再打開呢？對於我的提問，基貝・克倫伯格指向國境門說：

「據說這道國境門的轉移陣，是與名為波斯蓋茲的國家互相連接。當時，這裡還不是艾倫菲斯特，而是名為埃澤萊赫的大領地。就連現在的法雷培爾塔克也有大半領土曾屬於埃澤萊赫，領地範圍更大到涵蓋哈爾登查爾以北。而北邊有著巨大的礦山，礦石便是埃澤萊赫的特產。」

據說礦石及其加工品都賣給了波斯蓋茲。此外，用優質礦石打造的武器也很有價值，可以提供給哈爾登查爾的平民用來討伐魔獸。

「另外，還有一項商品。與尤根施密特往來貿易的國家，他們最想購買的商品就是魔石。聽說魔石在其他國家罕見又珍貴，所以即便是平民也能打倒的弱小魔獸身上的小魔石，也都能以高價出售。」

我第一次聽到有關其他國家的這些事情。那在魔石非常罕見的國家，他們平常都是怎麼使用魔石的呢？與亞倫斯伯罕有連接的蘭翠奈維也是嗎？腦海裡冒出許多疑問，我把這些事情都寫在寫字板上。這時，基貝・克倫伯格靜靜地低聲開始述說。

「埃澤萊赫會走向衰亡，起因便是奧伯受到波斯蓋茲挑撥，意圖篡奪君騰之位。」

我吃驚得抬起頭來。基貝摸了摸下巴後，繼續往下說：

「傳聞當時的奧伯・埃澤萊赫，擁有足以篡奪君騰之位的力量。而奧伯在慫恿下，便延攬了波斯蓋茲的人才，企圖攻打中央搶奪古得里斯海得。」

當年奧伯想除掉的，是持有古得里斯海得的正統君騰，而不是現在未持有古得里斯海得的國王。波斯蓋茲源源不絕地提供了糧食等後援物資，奧伯．埃澤萊赫則利用通往貴族院的轉移陣，一點一點地把騎士和物資送到宿舍去。

「這麼駭人的計畫，難道奧伯身邊都沒有人試圖阻止嗎？」

「有。但是，奧伯顯然並未理會那些人的勸阻。奧伯的女兒領悟到自己阻止不了父親後，便獨自騎著騎獸趕赴中央，向君騰告發此事。」

據說是趁著父親正把物資送往貴族院的時候，女兒騎著騎獸前往中央。

「聽到這樣的消息，君騰大為震怒，立刻前往埃澤萊赫關閉國境門，然後返回中央，率領著中央騎士團向宿舍發動突襲，擊敗了奧伯．埃澤萊赫。」

想當然耳，意圖謀反的埃澤萊赫領主一族，以及打算一同攻打中央的高層貴族都遭到了處刑——基貝接著說道。

「那告發此事的奧伯的女兒呢？她也因為連坐的關係被處死了嗎？」

「只有她勉強保住了一命。畢竟她向君騰展示了自己的忠誠，又在事發之前阻止了謀反，因此被任命為新任奧伯．埃澤萊赫。」

聞言，我撫胸鬆了口氣。要是聽到她也丟掉性命，這樣的結局未免教人不勝唏噓。只不過，故事並沒有就此劃下句點。

「但是，這一點也不是值得驕傲的喜事。原是大領地的埃澤萊赫，在君騰劃出了法雷培爾塔克以後變成中領地，哈爾登查爾北方的眾多富饒礦山也被劃給了庫拉森博克。據悉奧伯的女兒本來還與王族有婚約在身，此事過後婚約也被取消，和符合她中領地奧伯身分的領主候補生重新訂了婚約。」

儘管保住一命、成了奧伯，領地卻被重新劃分，國境門也被封起，更失去了原為經濟命脈的礦山。而且，既然只有她一個人免於連坐，代表領內沒有半個能輔佐她的領主一族吧。不僅如此，與王族的婚約也被取消。那麼不管埃澤萊赫陷入多麼艱難的困境，君騰都不會伸出援手吧。這根本是非常嚴重的處罰嘛。

「再加上埃澤萊赫因為曾意圖謀反，旁人的眼光都十分苛刻，昔日曾繁榮一時的大領地於是日漸衰敗。而失去了曾是主要產業的礦業後，貴族中長年來都把心力投注在農業上的萊瑟岡古，便在轉瞬間擁有了極大的話語權。當然，有些埃澤萊赫的貴族便會對此感到不滿。」

雖然領主一族與高層貴族皆遭到處刑，但並非所有的埃澤萊赫貴族也跟著喪命。留下來的貴族們多數都在懷念往日榮光，對現狀大表不滿。

「而且不光是貴族，據說那些因為國境門毫無預警關閉，被留在了埃澤萊赫、沒能回到波斯蓋茲的人們也是怨聲連天。想要回到故鄉的人們，都湧進了距離國境門最近的克倫伯格。」

每當出了什麼大事，就會前往實地探訪、創作詩歌的吟遊詩人也被吸引過來。因此，波斯蓋茲人的嘆息與奧伯．埃澤萊赫的愚蠢之舉便被編成歌謠，逐漸流傳開來。

「埃澤萊赫下一代與下下一代的領主候補生們，從小便是聽著老一輩講述的繁榮過往，以及吟遊詩人的歌謠長大。就在要決定下任領主人選的時候，領主候補生們的主張分成了對立的兩派。」

「對立的兩派嗎？」

我歪過頭後，基貝．克倫伯格緩緩點頭。

「其中一派主張，那些波斯蓋茲人只是被捲進了紛爭而已，應該懇求君騰打開國境門，讓他們能返回故鄉；另一派則主張，都是波斯蓋茲人挑唆了前任奧伯，那麼那些人理應一起受罰。」

想讓領地回到往日榮景的貴族，以及認為受罰也是理所當然的貴族，便各自支持了自己想擁戴的領主候補生，最終發展成了足以撕裂領地的鬥爭。

「奧伯悲嘆不已，認為是自己力有未逮。因為她既阻止不了意圖謀反的父親，眼看著領地日漸衰敗，卻也阻止不了嚴重內鬥的子孫兒女。最終，她決定將奧伯之位還給君騰，並懇請君騰指派新的奧伯前來治理此地。」

於是，君騰領著中央騎士團與第一任的奧伯．艾倫菲斯特一同前來。他趕走了希望國境門能再次開啟的埃澤萊赫貴族們，並使用古得里斯海得更改了基礎的所在地，讓埃澤萊赫再也沒有機會恢復往日榮光，更將領地的名字改為艾倫菲斯特。

「聽說埃澤萊赫的城堡，就在現今的葛雷修一帶。這樣看來，當初把這塊土地給了從大領地亞倫斯伯罕過來的女性領主候補生，或許也算是適得其所。」

我邊把基貝分享的故事記錄下來，邊在腦海裡對照自己學過的歷史。

「聽起來跟我學到的歷史不太一樣呢。我聽說是初任奧伯．艾倫菲斯特攻打了埃澤萊赫，搶走基礎。」

「初任奧伯是與君騰還有中央騎士團一同前來，並從當時的奧伯手中奪走基礎，所以這點倒是不爭的事實……但不同的說法，給人的觀感確實不太一樣。」
基貝・克倫伯格輕輕點頭贊同。我「啪噹」一聲闔上寫字板，仰頭看向基貝。
「不過，原來我好像早就聽說過埃澤萊赫的故事了。在我蒐集到的故事裡面，有則故事就是在講述曾有愚蠢的奧伯想要謀害君騰……但因為領地的名字不一樣，我才沒有意識到吧。」
從貴族院蒐集來的故事裡，有則故事的情節非常相似。當時我還心想，這應該是根據以前發生過的事情，寫成具有警惕意味的故事，沒想到參考依據就是許久以前的艾倫菲斯特。有機會的話真想比對看看在其他領地流傳的版本。
「關於這段過往，克倫伯格這裡還留有文獻資料嗎？」
「基本上都是口頭流傳，好比父傳子，或是基貝傳給手下的貴族。雖然也有文獻資料，但文字有些古老，不易閱讀。」
……找到啦——！
既然在事發當地留有當時的文獻資料，那我當然不能錯過。
「基貝・克倫伯格，請問能讓我看看那些資料嗎？我也看得懂古文喔。而且我想要比對口頭傳述與書面紀錄的差異，也想知道這段過往在克倫伯格、在領主一族之間，和在王族那裡，分別被傳述成了什麼樣子。」
我熱切地表達自己的渴望，只見基貝・克倫伯格往後退了一步：「嗯、嗯，借您閱覽當然是沒問題……」就算嚇到人家了，我也無所謂。反正他已經答應要借我看了！
「基貝・克倫伯格，我由衷非常感謝您。」

待在這裡的時間只有短短幾天，得把資料抄寫完才行——我湧起了滿滿的幹勁時，發現基貝低頭往我看來，話聲平靜地問：

「聽完這段過往，不知羅潔梅茵大人有何感想？」

「我的感想嗎……我發現如果沒有古得里斯海得，要統治尤根施密特真的很困難呢。因為沒有古得里斯海得，就無法開關國境門，也無法劃定領地的邊界或是更改基礎所在地吧？甚至要是各地的奧伯想亂來，君騰也沒有力量強行鎮壓。現任君騰為了治理國家，真不知道有多麼辛苦。」

我終於確切地感受到，君騰的權力完全是來自於古得里斯海得。大家敢對現在的國王出言不遜，或是國王在面對大領地時卻無法擺出強硬姿態，都是因為沒有古得里斯海得吧。我想到的，全是特羅克瓦爾的處境有多麼艱辛。聽了我的回答，基貝・克倫伯格卻是一臉意外。

「聽完這些，羅潔梅茵大人卻是擔心特羅克瓦爾國王的治理不易嗎……」

「這有什麼不對嗎？」

我偏頭表示不解。基貝先是緩緩吐了口氣，然後定睛注視我。

「那我換個問題吧。艾倫菲斯特有著一道被君騰封起以示懲戒的國境門，那麼您認為此地的奧伯，究竟該具備怎樣的特質？」

「……奧伯・艾倫菲斯特該具備的特質嗎？」

我一邊重複基貝說的話，一邊拚命思考。這好像是個必須非常小心回答的問題。

「像是即便無法透過國境門與他國貿易，還是要能帶著領地蓬勃發展嗎？」

對於我的回答，基貝·克倫伯格沒有看向國境門外，反倒是看向牆內的克倫伯格。

「管理著克倫伯格這塊土地的我倒是認為，奧伯應該要能不被他人的意見左右，向持有古得里斯海得的君騰效忠。因此，眼看韋菲利特大人竟被僅僅只是領內貴族的萊瑟岡古一族牽著鼻子走，對於他將成為下任奧伯，我實在深感不安。」

看到韋菲利特積極地想取得萊瑟岡古的支持，基貝·克倫伯格似乎對此反而感到不安。我忽然想起，基貝有個兒子就在韋菲利特身邊當近侍。

「是令公子向您提供了什麼消息嗎？」

「我想，就和羅潔梅茵大人掌握到的消息相差無幾吧……」

基貝·克倫伯格就此閉上嘴巴，不再多言。大概是因為被我猜到了提供情報的人是誰，不便再說更多詳情吧。看來若還想要情報，只能自己去蒐集了。

……之後得聽聽柯尼留斯哥哥大人的報告才行。

「犬子雖在服侍韋菲利特大人，但不代表就能取得其父母的支持。」

發覺基貝的話聲忽然變得低沉又凌厲，我瞬間挺直了背。這時候聲援韋菲利特，是我未婚妻該盡的職責吧。但我還沒開口，基貝率先說了。

「這麼多年來，奧伯始終不願迎娶第二夫人，態度堅決到了教人不敢苟同的地步，您卻說服了他迎娶基貝·葛雷修的女兒；還把自己的近侍派到領主夫婦身邊，幫他們補足人手；更因為厭惡無謂的紛爭，自願待在神殿。我個人十分希望這樣的羅潔梅茵大人，能以成為奧伯為目標。」

……咦？並不是喔。

齊爾維斯特會想迎娶第二夫人，完全是布倫希爾德自己要跳出來說服他，再加上她的自我宣傳簡直一百分。至於黎希達，是她自己主動提出想回到齊爾維斯特身邊；而菲里妮是因為不能讓克拉麗莎進入神殿，我才請雷柏赫特同時指導兩人。

「基貝．克倫伯格，我想您好像有些誤會。養父大人會迎娶第二夫人，是他在衡量過艾倫菲斯特的現況以後，自己所作的決定，並不是我向他提供了建言喔。我反而因為養父大人眼裡只有養母大人，曾想阻止布倫希爾德嫁給養父大人呢。」

基貝．克倫伯格一臉意外。緊接著，我也說明了黎希達與菲里妮在領主夫婦身邊工作的理由。但明明我說的都是事實，基貝卻好像一點也不相信。

「但是領主候補生中，羅潔梅茵大人最為受到王族信賴……」

「基貝．克倫伯格。」

我加深臉上的笑意打斷他。不管旁人怎麼說，原是平民的我都無意成為奧伯。

「既然韋菲利特哥哥大人預計成為下任領主，那他會想得到萊瑟岡古的支持，不也是理所當然嗎？……再說了，如果我在這時候答應了您的請求，不就成了您口中容易被他人意見左右的領主候補生嗎？那您究竟希望我給予怎樣的答覆呢？」

基貝微微瞠大雙眼，靜默一瞬之後，發出輕笑。

「我明白羅潔梅茵大人的想法了。這裡風有點大，是時候該回夏之館了吧。我會為您提供文獻資料。」

看來終於讓基貝明白，不管再怎麼努力想說服我，我的想法也不會改變。感到如釋重負的我，變出騎獸坐了進去。

一回到基貝的宅邸，我馬上請他送來文獻資料。搬過來的全是一疊疊陳舊的木板。我簡單看過以後，便請羅德里希與哈特姆特一起幫忙，勤奮地開始抄寫。

因為我們在克倫伯格停留的時間並不長，等與班諾還有文官的談話及協商結束，古騰堡夥伴們在新的工作地點也安頓好了，就要打道回府。再加上承辦印刷業務的文官們，現在也已經很習慣處理這些工作，在基貝土地停留的時間一年比一年要短。因此，必須加緊腳步抄寫資料才行。

保存下來的文獻並不是一篇篇的故事，而都是些像年表一樣的文件，簡單記錄著何時發生了什麼事情；再不然就是一些統計資料，列出了沒能返回波斯蓋茲的有哪些人，以及原埃澤萊赫的貴族們後來過著怎樣的生活。看來這些資料，似乎是送去給君騰的報告書的抄本。

……果然口頭傳述與書面資料，給人的感覺完全不一樣呢。

和口頭傳述比起來，不帶任何感情所寫成的事實記述，看起來就只是一起平淡無奇的事件。只不過，不管是我學過的歷史，還是基貝向我講述的歷史，幾乎都沒有提到過波斯蓋茲人，我卻透過這些文獻清楚了解了他們曾經的行動。

我發現從奧伯．埃澤萊赫意圖謀反的幾年前開始，商人們的進出變得比往年頻繁，甚至同一名商人會在春天到秋天期間來回好幾趟，或是糧食的交易量大幅增加。此外，被留下來的波斯蓋茲商人們除非非常有錢，否則一般買不起市民權，因此大多數人為了維生便成為旅行商人，散落各地。

……因為沒有市民權，就租不到房子和店面，也無法就業和結婚嘛。

不知道是幾年前的事了，我忽然想起歐托曾描述過的旅行商人的生活。搞不好歐托就是那些波斯蓋茲人的後代喔？我想著這些事情，埋頭繼續抄寫文獻。

順利地在停留期間抄寫完文獻後，我和往年一樣帶著班諾返回艾倫菲斯特的神殿。我還把克倫伯格周邊特有的原料帶回來，做為禮物請他送去海蒂的墨水工坊，再與他討論了葛雷修居民過來後要如何實習等相關事宜，最後目送他離開。

「這樣一來，我的祈福儀式行程就結束了呢。暫時可以有點空閒時間了嗎？」

我邊走回神殿長室，邊向薩姆與法藍這麼問道。

「羅潔梅茵大人，接下來將要迎接青衣見習生們進入神殿，說不定會比祈福儀式期間還要忙碌喔。」

「哎呀，但薩姆和弗利茲不是會負責指揮，向被納為侍從的灰衣神官們下達指示嗎？應該早就作好迎接的準備了吧？」

聞言，薩姆帶著苦笑點點頭。他說芙麗妲派來的廚師以及要擔任廚房助手的灰衣巫女們開始實習後，孤兒院的伙食變多了。至於食材，由於是和青衣見習生們的老家常光顧的店家簽訂契約，因此聽說現在也開始有其他業者會出入神殿。

「房裡的家具與文具也都已準備妥當。在青衣見習生們適應神殿的生活之前，每天的行程也會盡量安排他們一起行動。另外關於貴族的孩子需要怎樣的教育，菲里妮大人也提供了不少意見給我們。」

薩姆告訴我，我外出舉行祈福儀式的時候，菲里妮幫忙提醒了神殿的侍從們許多事情。

「既然都準備好了，那讓孩子們過來吧。從明天開始神殿會很熱鬧呢。」

由於我想親眼看著青衣見習生們進入神殿，所以在祈福儀式結束之前，便請孩子們先在兒童室裡待命。接著我向城堡送去奧多南茲，請人明天以馬車送孩子們過來。

……這下子孩子們就沒問題了。剩下的是……

「柯尼留斯哥哥大人，韋菲利特哥哥大人近來還好嗎？」

之前因為還在基貝的宅邸裡，不方便詢問有關韋菲利特的事情，擔心被其他人聽到，所以我一直等到了現在才問。瞬間，在場的近侍們都流露出一閃而逝的緊張。儘管大家的表情沒有變，氣氛卻變了，反倒換我全身緊繃。

「他真的如基貝．克倫伯格所說，被萊瑟岡古一族牽著鼻子走嗎？」

彷彿想要消除我的不安，柯尼留斯輕笑著搖搖頭後，語氣輕快地回答：

「與其說是被牽著鼻子走，更像是夾在自尊心與義務之間，正左右為難吧。」

……夾在自尊心與義務之間是什麼意思？所以是怎樣的狀態？

「這樣的回答太抽象了，總之有我能幫上忙的事情嗎？蘭普雷特哥哥大人不是說過，他需要我們的協助嗎？只要不會影響到神殿的公務，要我提供協助是沒關係，但我根本不曉得要做什麼才能幫到韋菲利特哥哥大人啊。」

我皺起眉這麼表示後，柯尼留斯聳了聳肩。

「簡單來說，現在只能靠韋菲利特大人自己找到平衡點，妳最好不要插手。」

「不要插手？這樣真的好嗎？……蘭普雷特哥哥大人是這樣說的嗎？」

感覺有什麼事情瞞著我，我用有些懷疑的眼光緊盯著柯尼留斯後，再看向當時應該也在場的萊歐諾蕾。她微微一笑。

「關於萊瑟岡古出的任務，奧伯似乎已經提醒過他；至於奧伯將迎娶布倫希爾德為第二夫人一事，聽說韋菲利特大人有著諸多不滿。」

雖然沒有直接對齊爾維斯特說出口，但看來韋菲利特向近侍們發了不少牢騷。

「除此之外，也如同大家一開始就預料到的，祈福儀式期間，韋菲利特大人前往萊瑟岡古貴族們所管理的土地時，似乎聽到了不少不中聽的話。比如應該要讓羅潔梅茵大人成為下任奧伯……」

我很輕易就能想像到，他們肯定以貴族特有的措辭，拐著彎講了很多討人厭的話。現在舊薇羅妮卡派的核心成員都正受到處罰和冷落，韋菲利特又是領主候補生中唯一由薇羅妮卡養大的孩子，非常容易被大家針對吧。

「雖然從行程來看很有難度，但也許韋菲利特哥哥大人與基貝問候寒暄的時候，我也應該同行呢。說不定可以稍微袒護他。」

只要在回復藥水與休息地點的安排上多費點工夫，說不定可以辦到。聽到我這麼說，柯尼留斯不高興地皺起臉龐，搖了搖頭。

「韋菲利特大人若想成為下任奧伯，那他必須讓萊瑟岡古願意服從自己。妳就算出面去袒護他也沒有意義。那樣不僅會傷到韋菲利特大人的自尊心，萊瑟岡古一族對他的評價也不會好轉。這點難道妳不清楚嗎？」

「也許吧。但有我在旁邊，露骨的冷嘲熱諷應該會減少許多。」

雖然贏得大家的信賴是韋菲利特該做的事，但有我與他同行，或許可以稍微減少他要面對的惡意。聞言，柯尼留斯輕輕挑眉。

「羅潔梅茵，這不是妳該煩惱的事情。今年神殿本就因為青衣神官減少而人手不足，而妳為了祈福儀式，不管是體力還是行程也都已經安排到了極限。明明領主候補生也可以先去直轄地舉行祈福儀式，之後再去各地拜訪基貝，是韋菲利特大人自己想與基貝們多見幾次面，才主動提出了要去基貝所在的土地。所以，妳不用過意不去。」

我知道柯尼留斯是在安慰我，也明白他說得很有道理，但總覺得他對韋菲利特格外嚴厲。

「那是不是該建議韋菲利特哥哥大人，現在還不用急著提升萊瑟岡古對他的評價呢？現在因為進行過肅清的關係，領內正一片混亂，養父大人當然得快點讓大家團結起來。可是，韋菲利特哥哥大人可以在當上奧伯之前，慢慢取得大家的支持就好吧……」

至少跟他說一聲，其實不用這麼著急，或許能讓他輕鬆一點吧？我這麼說完後，萊歐諾蕾面露難色。

「我也認為不需要急著取得支持。但是，羅潔梅茵大人還是盡量與韋菲利特大人保持距離比較好吧？黎希達說過，韋菲利特大人現在正是容易鬧彆扭的年紀，我很擔心兩位到頭來都會感到受傷。」

我歪了歪頭，不明白萊歐諾蕾在擔心什麼，哈特姆特便接著補充：

「萊歐諾蕾的意思是，現在萊瑟岡古一族都希望是由羅潔梅茵大人成為下任奧伯，而韋菲利特大人為了取得他們的支持，卻是不斷碰壁，為此消沉沮喪。在這種情形下，縱使您為他提供建言，他也未必能夠坦然接受。」

……啊，所以由我來說的話，即便是有用的建言，反而只會刺激到他嗎？

既然近侍們異口同聲地表示擔心，那麼沒能取得萊瑟岡古的支持，韋菲利特現在肯定正有些自暴自棄吧。希望他的壞心情別持續太久，可以趕快振作起來。於是我往腦海裡的韋菲利特身上貼了張便條紙，上頭寫著「避免不必要的接觸」。

終章

一頭騎獸破空飛行，朝著克倫伯格的方向而去。離開艾倫菲斯特時，天空還一片蔚藍，但隨著逐漸接近克倫伯格，卻開始烏雲密布。

亞歷克斯瞪著變化莫測的天空，單手摸向腰間的藥水袋，拿起回復藥水後一口氣喝光。希望能趕在降雨前抵達克倫伯格。他往韁繩注入魔力，加快速度。

……在聽完我帶來的指令後，不知道父親大人會說些什麼？

亞歷克斯是基貝．克倫伯格第二夫人的兒子，現正擔任韋菲利特的護衛騎士。此次回來他是奉主人之令，有任務在身。主人想要知道，基貝．克倫伯格在新福儀式時與羅潔梅茵見過面後，有著怎樣的反應；以及如果可能的話，取得基貝的協助。

父親曾斷然說過，他不會因為韋菲利特是兒子的主人，便擁戴他為下任領主。因此亞歷克斯並不認為自己多說幾句好話後，就能取得父親的協助。但為了近來心情不佳的主人，他也只能祈禱，希望父親沒有對羅潔梅茵留下太好的印象。只是他也知道，這樣的祈求既卑劣又消極。

亞歷克斯從沒想過，自己竟有一天會帶著如此沉重的心情返鄉。儘管他很想拖延回到克倫伯格的時間，天色卻益發灰暗。內心再不情願，亞歷克斯也只能加快騎獸飛行的速度。

「啊，亞歷克斯大人，幸好您在雨變大前就抵達了。」

亞歷克斯趕在雨勢變大之前抵達了克倫伯格。出來迎接他的，是服侍基貝．克倫伯格的騎士們。在成為韋菲利特的護衛騎士之前，亞歷克斯一直在他們手下接受指導，所以全都相識已久。接過毛巾後，亞歷克斯用來擦乾淋了些雨的紅橙色頭髮。

「亞歷克斯大人終於成年了嗎？時間過得真快。這次回來是有任務在身？」

「嗯，是啊。否則沒有主人的命令，我也不可能離開貴族區。」

未成年者即便是為了執行任務，也不能離開貴族區。近來，未成年的領主候補生們常常得為了印刷業務或儀式而離開貴族區，所以規定也變得沒有以前嚴格，多少會通融說：「若要順便返鄉的話可以同行。」但是，這種情況仍是例外。

亞歷克斯是在冬末正式從貴族院畢業，剛剛成年。這還是他第一次在祈福儀式結束後的這個時期回到克倫伯格來。受到熟識的人們歡迎後，驚覺自己已是能夠獨自執行任務的成年人了，他才忽然間湧起自豪的感覺。原本他的心情還因為任務而非常沉重，這時總算輕快了些。

「亞歷克斯大人，優蒂特近來還好嗎？前些日子羅潔梅茵大人來舉行儀式的時候，她雖然跟著回來了，卻一直在講主人的事情，自己的事卻沒講幾句……」

一名騎士興沖沖地向他問道。這名騎士已是資深老手，在亞歷克斯決定要成為護衛騎士的時候還幫他進行過特訓。但亞歷克斯雖然認識他，卻不太認識他的女兒優蒂特。因為即便優蒂特是向基貝效力的騎士之女，她也不會在受洗前就出入基貝的宅邸。雖然是同鄉，但亞歷克斯第一次見到優蒂特，還是在城堡的兒童室裡。儘管現在同為領主候補生的護衛騎士，但兩個人的年齡、性別與侍奉的主人都不一樣，平常少有交集。

……還真幸好優蒂特是見習騎士。

倘若優蒂特是見習侍從或見習文官的話，那更是沒有交集，自己會一句話也答不上來吧。但因為都是護衛騎士，亞歷克斯會在騎士團的訓練場見到她，優蒂特的射擊命中率之高也是出了名的。就連波尼法狄斯也對她另眼相看，所以還算有話題可聊。

「羅潔梅茵大人平常大多待在神殿，我則待在城堡，所以沒什麼機會能與她的近侍碰到面。我只有在訓練的時候才會見到優蒂特，她每次都非常認真練習，波尼法狄斯大人也常常誇獎她。我也十分佩服她的射擊命中率與專注力。」

「是嗎？波尼法狄斯大人還真的常誇獎她……」

聽到女兒被稱讚了，騎士喜笑顏開。亞歷克斯於是想起，他也經常語帶自豪地說起自己的兒子：「我兒子說他要跟我一樣，成為守護基貝的騎士。」那名與眾不同、只在就讀貴族院時才服侍羅潔梅茵的見習騎士泰奧多，就是他的兒子。看來他們一家人感情依然很好。亞歷克斯發出輕笑聲，問起基貝．克倫伯格的所在位置。

「父親大人在辦公室嗎？我已事先捎來通知……」

「是的，他正在辦公室等您。請隨我來。」

「不了，不用為我帶路。你們回去接著訓練吧。」

雖然最近不能常回來，但好歹是自己住過的宅邸，他不需要有人帶路也知道辦公室在哪裡。然而，侍從與騎士們都堅稱：「若不為客人帶路，基貝會把我們臭罵一頓。」無可奈何下，亞歷克斯只好跟在他們身後。

「基貝．克倫伯格，打擾了。」

平常多數時間，基貝．克倫伯格都是騎著騎獸在外巡視，察看土地有無異常，因此偶爾待在館內的時候，出入辦公室的訪客總是絡繹不絕。然而，今天也許是亞歷克斯事先知會過的關係，辦公室內除了準備茶水的侍從，以及在基貝身後待命的文官外，不見其他人的蹤影。

「這邊請。」

亞歷克斯早就料到了父親會和往常一樣在辦公，但他表現出來的態度卻與平常截然不同。看來他打算以基貝的身分，接待奉領主一族之命前來的護衛騎士，而不是以父親的身分迎接歸來的兒子。察覺自己被視為是有任務在身的護衛騎士，亞歷克斯再次深深感受到了這次的任務有多麼沉重。但他挺直腰桿，甩開心頭的沉悶。

「基貝．克倫伯格，我奉韋菲利特大人之命，前來蒐集祈福儀式時有關羅潔梅茵大人的消息。」

亞歷克斯危言正色地表明來意後，基貝．克倫伯格挑了挑眉，隨即滿意地點點頭。看來是亞歷克斯的表現達到了他的要求，他接著請亞歷克斯入座。

「話說回來，想蒐集有關羅潔梅茵大人的消息嗎？是祈福儀式的報告有何不妥嗎？」

迎上父親探究的目光，亞歷克斯身體一僵。這還是父親第一次擺出基貝．克倫伯格的姿態面對他。自從他成為韋菲利特的護衛騎士後，即便要與城堡裡的貴族往來應對，這也都是文官與侍從的工作；之前在貴族院，大家也都還是小孩子。貴族之間那種揣測彼此心思的事情，他自己幾乎從來沒有經歷過。然而此刻，處在教人神經緊張的氛圍裡，又面對著狡猾的年長貴族，他不禁嚥了嚥口水。

「祈福儀式的報告並未有任何不妥，只是韋菲利特大人想蒐集情報……」

「嗯。聽聞冬季期間，有好幾名領主一族的近侍遭到解任，但事態已經嚴重到了得把剛成年的護衛騎士派出貴族區蒐集情報嗎？」

在外蒐集情報，一向是文官的工作。當然護衛騎士外出時若注意到了什麼情況，也會向主人稟報。但是一般來說，很少會被交付蒐集情報的任務。面對父親的瞪視，質問著現在的事態是否已經嚴重到了還得派出護衛騎士，亞歷克斯慢慢點頭。

「肅清造成的影響極其巨大，領主一族也無法再維持現狀吧。」

「你曾向我報告過，說現在領主候補生們的關係已有所改變，但祈福儀式上見到羅潔梅茵大人時，我卻絲毫沒有這樣的感覺。她依然擁戴韋菲利特大人為下任領主，也表明自己無意追求奧伯之位。」

聞言，亞歷克斯頓時感到無比安心，整個人都放鬆下來。因為近來韋菲利特開始會說：「不光是萊瑟岡古一族，羅潔梅茵自己也有這個意思。」「她會成為領主的養女，就是為了當上下任領主。」而他身邊的人，會出言否定此事的，如今也只剩下蘭普雷特與羅潔梅茵的近侍。

肅清結束以後，派系的勢力有了翻天覆地的改變。現在城堡裡的舊薇羅妮卡派貴族屬少數，大多是中立派與萊瑟岡古的貴族。本是下任領主的韋菲利特，日子因此過得如履薄冰。聽到這樣的消息後，或許能稍微減輕主人的不安吧。

「那麼看在基貝眼中，您覺得羅潔梅茵大人如何？那個，若從下任領主的角度來看的話……」

亞歷克斯心驚膽戰地提出這個問題。只見基貝緩緩撫著下巴，露出滿意的笑容。

「羅潔梅茵大人嗎……她比我所想的更適合成為奧伯。面對初次見面、甚至還不是親族的基貝，她卻能毫不退卻地陳述自己的想法。而且還是在聆聽他人意見的同時，也能不被左右。真不愧是波尼法狄斯大人的孫女。日後定能成為讓派系為自己所用，卻不被派系操弄的領主吧。」

聽了基貝對羅潔梅茵的讚賞，亞歷克斯倒吸口氣。原來父親早就發現，自己在面對他所擺出的基貝姿態時，內心暗暗感到畏懼。

「此外，有關羅潔梅茵大人在貴族院的行事與她對印刷業的規劃，儘管我只是聽過報告，但從中皆能感覺得出她對未來的展望。她想增加書本的數量、提升學生在貴族院的成績、增加貴族們的魔力、讓世人對儀式與神殿改觀、改善平民的地位……就像這樣，目標越是明確，底下的人也越容易跟隨。比起從不發表看法、看似任由近侍操弄的領主，身為管理地方的基貝，羅潔梅茵大人更能讓人放心。」

這些讚許遠遠超出亞歷克斯的預期。但是，基貝．克倫伯格與羅潔梅茵只見過一次面，並不了解她。乍看下或許優秀，但是近距離了解後，便能看見瑕疵。如果知道了羅潔梅茵的真實面貌，基貝也許就會改變想法。

「羅潔梅茵大人的創意與成績確實非常出色，但她同時也太過特立獨行。她的行事與要求往往不按常理，讓身邊的人感到不知所措。她若成為領主，大家會很難跟上她的腳步吧。」

然而，基貝．克倫伯格聽了完全不為所動，反而哼笑一聲。

「若要助她實現想法及展望，近侍與配偶本就應該居中協調、適時勸阻，這是他們的職責。領主一族也是為此才會招攬有能的近侍吧？事實上，羅潔梅茵大人也帶領得很好。所以並非是她個人，而是艾倫菲斯特的整體成績都有所提升，還與王族和上位領地有了交情。連她身邊的近侍們，也從沒說過她一句不好。每次提起羅潔梅茵大人，優蒂特與泰奧多總是一臉自豪。她的表現看來並無問題。」

那些話只是出於嫉妒吧——對此，亞歷克斯搖頭反駁：「其實不管是近侍還是萊瑟岡古的貴族們，對她都並非只有正面評價。」然後他抬起深藍色雙眼，勇敢直視基貝．克倫伯格。

「當初托勞戈特大人便是因為跟不上她的腳步，主動辭去了近侍一職。不僅如此，本該是她後盾的萊瑟岡古一族，反倒希望她能讓領地的整體成績下降。我實在不認為她能勝任奧伯。」

「嗯？但我記得是托勞戈特大人自己本身有問題，波尼法狄斯大人還為此震怒；根據報告，萊瑟岡古一族的意思是若由羅潔梅茵大人成為下任領主，便願意遵循她的行事方針……你這些話是誰說的？不是你自己的想法吧？」

亞歷克斯大感驚奇。儘管身在克倫伯格這種鄉野地帶，父親蒐集到的資訊量卻非常豐富。他的幾句反駁，根本改變不了父親的想法。看著穩重如山的父親，亞歷克斯感到可靠的同時，也帶著苦笑點點頭。

「是韋菲利特大人的前任首席侍從奧斯華德。他認為韋菲利特大人與羅潔梅茵大人不同，沒有那些會給身邊人們帶來困擾的言行和突發奇想，是非常優秀的領主候補生。」

「愚蠢。這只是對近侍來說很好應付罷了，並不是對領地有益的特質。」

這種說法在韋菲利特的近侍之間已經宛如常識一般，卻說服不了旁人。終於確定近侍間的想法與一般貴族相差甚遠，亞歷克斯有種總算可以大口呼吸的感覺。因為近侍同伴們的主張，都太過偏向舊薇羅妮卡派貴族會有的想法，到了現在甚至彌漫一種不容反駁的氛圍。他一直感到壓抑且難以呼吸。

「領主該具備的，是定下目標後便會加以實踐的決心，以及面對重要的場合，能為自己所作選擇負起責任的氣魄。既然在貴族院能獲選為優秀者，相信韋菲利特大人也能成為不過不失的領主吧。但他若對近侍言聽計從，絕對成為不了能與上位領地比肩、推行嶄新政策的領主。從這點來看，我認為羅潔梅茵大人比起第一夫人，更適合擔任領主。」

基貝・克倫伯格態度堅決地說完，亞歷克斯輕嘆口氣。

「果然，我無法帶著能讓韋菲利特大人滿意的答覆回去嗎……父親大人，倘若我回去覆命後，受到主人責怪，我能否回到克倫伯格？」

「這是何意？為何要因為我的選擇而責怪你？」

「因為韋菲利特大人曾去拜訪萊瑟岡古貴族們所管理的土地，結果卻不如他所願，他因此責怪蘭普雷特辦事不力。若在這裡沒能說服父親大人，我也會被怪罪吧……」

韋菲利特鬥志熊熊，說他要趁著祈福儀式的時候，拉攏萊瑟岡古的貴族們。由於他是在與羅潔梅茵訂婚後成了下任領主，他似乎因此以為，那麼萊瑟岡古的貴族們應該多少也能接納自己。事實上，至今他為了印刷業所造訪的那些土地，都視他為下任領主，表現出應有的尊重。

儘管蘭普雷特與羅潔梅茵的近侍們都曾試圖勸阻，認為「現在還不是時候」，韋菲利特卻堅持己見，按著過往的經驗說：「只要好好溝通，他們一定能明白。」亞歷克斯並沒有勸阻。因為他認為，主人有這樣的衝勁也未嘗不是好事。他們只要做好護衛的工作即可，況且韋菲利特應該也明白，事情不可能從一開始就很順利。

然而，他錯了。到了萊瑟岡古貴族們所管理的土地後，面對基貝冰冷的目光、恭敬僅止於表面工夫的接待，韋菲利特大受打擊，覺得大家都不把他放在眼裡。萊瑟岡古一族不會成為自己的後盾；他們擁戴的終究是羅潔梅茵；只要有機會能讓她成為下任領主，即便自己是她的未婚夫，也會遭到排除——實際體會到這樣的現實後，韋菲利特卻是說著：「都怪蘭普雷特沒有作好打點，羅潔梅茵身為我的未婚妻卻不願提供協助。」然後把怒火與責任一股腦地倒在兩人身上。

「現在的萊瑟岡古貴族們，不可能那麼輕易就接納韋菲利特大人。倘若他以為自己一下子便能成功，那未免也太天真了。韋菲利特大人並不曉得，自己的祖母對萊瑟岡古一族做過哪些事嗎？」

「……他應該聽過也知道，但並不了解萊瑟岡古的貴族們因此有多麼痛恨薇羅妮卡大人，又有多麼憤怒。我雖然也知道母親大人遭受過薇羅妮卡大人的欺凌，但因為我不是當事人，從來沒有深入思考過。」

亞歷克斯的母親是萊瑟岡古出身的貴族。因為不想再被薇羅妮卡欺負，她便直接跑去找波尼法狄斯的第一夫人商量，然後在波尼法狄斯的撮合下嫁來克倫伯格。儘管母親從未對薇羅妮卡的所作所為說過什麼，但這是因為她不想浪費時間與心力。對於自己討厭的人，她不會多想多談，或讓對方進入自己的視野。

因此，關於母親受過的欺凌，還是在他為了首次亮相、第一次要去城堡前，才在聆聽叮囑時聽說過一些。反倒是母親要他離自己遠一點，曾說過：「為了你好，到了城堡你別靠近我。」這句話更令他印象深刻。

到了城堡，亞歷克斯被介紹為是基貝．克倫伯格的兒子，而且因為不能靠近母親，一直是待在父親與他第一夫人的身邊。也因此，旁人很難看出他與萊瑟岡古一族的關聯。時至今日亞歷克斯已能清楚明白，為了保護他不被薇羅妮卡盯上，父母與父親的第一夫人確實是用心良苦。

而當年父母採取的對策也非常正確。對當時的薇羅妮卡來說，比起中立派基貝的兒子，擊垮萊瑟岡古的核心成員顯然更重要吧。除了在最一開始時道過問候，亞歷克斯沒再與薇羅妮卡說過話。會讓他成為可愛孫子的近侍候補人選，也代表著即便基貝．克倫伯格對她並不言聽計從，她也沒有把他的兒子放在心上。

對亞歷克斯來說，薇羅妮卡是感覺很遙遠的人。正當他心想著，她的權力好像比領主齊爾維斯特還大時，她卻忽然間失勢垮臺。這便是他對薇羅妮卡僅有的記憶。因此在她垮臺的時候，他也只是心想「這樣啊」。不管是對萊瑟岡古一族，還是對薇羅妮卡派的貴族，他都無法理解他們的想法；所以即使韋菲利特對自己祖母的作為毫無感覺，他也沒有因此心生厭惡，只當成是既有的事實去接受。

「對於以前那些和自己無關的事情，韋菲利特大人確實是太過不以為意，我也不否認他的個性有些天真。但是，在他從貴族院回來、目睹到肅清造成的影響之前，他真的是非常理想的主人。」

「他哪裡變了嗎？」

「最大的改變就是，他開始莫名地敵視羅潔梅茵大人。不僅如此，他也突然開始要求其他的領主候補生們，要把功績讓給身為下任領主的自己，或是多多輔佐他。」

亞歷克斯隱約知道在此之前，奧斯華德一直在暗中有些行動，但韋菲利特自己從來不會強迫別人獻出功勞。他反而說過：「我才不想要妹妹把功勞讓給我。」至少亞歷克斯知道，韋菲利特曾在貴族院的表揚儀式上對羅潔梅茵這麼說過。然而，他現在卻突然開始表示：「未婚妻與同母的弟弟妹妹，都應該要把功勞讓給下任領主。」

「韋菲利特大人還非常篤定地說，他這是比照大領地的做法，而且艾倫菲斯特從以前開始就有這樣的慣例……」

「大領地的做法嗎……在與異母手足爭奪下任領主之位時，倘若需要比較誰的表現更好，確實同母手足之間，偶爾會把功勞讓給對方。但是，現在的艾倫菲斯特已經確定會由韋菲利特大人成為下任領主了吧。根本不必搶他人的功勞。」

說完，基貝・克倫伯格若有所思地凝視遠方，接著深深嘆息。

「從前為了齊爾維斯特大人，薇羅妮卡大人曾把近侍們的功勞搶來給他，這件事相當廣為人知。所以這種做法在艾倫菲斯特的領主一族間，確實可以說是行之有年吧。」

亞歷克斯不由得發出呻吟，很想要抱住頭。韋菲利特說的話本身並沒有錯。只不過他做為根據的「從前」，其實只是「薇羅妮卡的全盛時期」。儘管舊薇羅妮卡派的近侍們都覺得舊有的做法理所當然，但是放到現在，只會讓人覺得韋菲利特還屬於薇羅妮卡派，根本沒有任何幫助。萊瑟岡古一族對韋菲利特的印象也只會越來越差吧。

「要是我能多去了解薇羅妮卡大人以前的行為，是否就能稍微阻止這種事情了？」

「單憑你一個人再怎麼勸阻，恐怕也無濟於事吧……只不過，韋菲利特大人的改變實在太大了。你可曾想過原因是什麼？現在就連領主的近侍也遭到解任，韋菲利特大人身處的環境應該也有極大的變動吧？」

聽到父親要他找出改變的原因，並從根本解決，亞歷克斯認真地開始思考。主人身處的環境確實有了很大的變動。

「生活上最大的變化，應該就是首席侍從奧斯華德自動請辭，但其實是遭到解任吧。」

奧斯華德先是告訴近侍們：「因為擔心受到派系牽連，我遭到了解任。但奧伯命我表面上要裝作是自動請辭，以免韋菲利特大人對他心生不滿。」然後他再噙著淚水，請求主人同意自己的請辭：「我的存在對韋菲利特大人沒有幫助。」同時他也建議了受到家人牽連的人要主動請辭，最終有四名成年近侍離開。

「失去了服侍自己最久的忠心近侍，韋菲利特大人對自己的無能為力相當自責。大概是因為這樣，對於慶春宴上未婚妻竟無法理解他的難過與不甘，他似乎十分憤慨。」

事後，亞歷克斯曾看到已獻名的近侍巴托特，這麼安慰韋菲利特說：「對萊瑟岡古出身的羅潔梅茵大人來說，這是值得高興的好消息吧。因為他們那個派系一直對薇羅妮卡大人懷恨在心。」

「我在想，可能是受洗前就在服侍自己的近侍突然離開了，讓韋菲利特大人變得比較脆弱敏感吧。畢竟他是由薇羅妮卡大人撫養長大，相比於領主夫婦，他與奧斯華德的關係還要更親近。」

「嗯……也許是往常會斥責和安撫他的首席侍從離開後，原本被壓抑著的驕縱那一面便顯露出來了吧。又或許他是無意識間在向奧伯表達抗議，希望奧伯能讓自己重新納回那些近侍？」

聽完父親的推測，亞歷克斯盤起手臂。對於主人突如其來的改變，他一直只是困惑不解，卻沒有想過這些事情，所以不禁大感新奇。旁觀者提供的意見太寶貴了。趁著這難得的機會，為了多聽點父親的說法，亞歷克斯把自己想到的其他事情也說出來。

「我想辦公環境的改變，也有很大的影響。現在與以前不同，城堡裡主要都是中立派與萊瑟岡古的貴族們。因此，韋菲利特大人的工作環境也與以往不同，身邊不再都是舊薇羅妮卡派的貴族。」

「也就是身邊不再只是阿諛奉承他的人吧。」

對於父親辛辣的評語，亞歷克斯露出苦笑點點頭。

「韋菲利特大人的近侍們，一向主張要用讚美督促成長；但現在韋菲利特大人辦公的時候，卻是不斷遭到波尼法狄斯大人的斥責。」

「波尼法狄斯大人嗎？」

「是的。因為以前神殿裡由斐迪南大人負責的事務，現在改由羅潔梅茵大人承擔；而城堡裡的事務，則改由波尼法狄斯大人與韋菲利特大人一起分擔。」

現在主人要處理公務的時間大幅增加，自由時間則減少了。再加上每次要處理公務，都得見到波尼法狄斯。面對這位極其喜愛孫女的伯祖父，與他一起辦公似乎讓韋菲利特感到喘不過氣來。

他的心情亞歷克斯也能明白，卻無法理解以下這些怨言：「真希望羅潔梅茵能代替我，來城堡處理公務。」「羅潔梅茵真好，可以躲在神殿裡面逍遙自在。」「她身為下任領主的第一夫人，根本沒做好自己的工作嘛。」

一直以來，斐迪南待在城堡的時間並不長，由此可知多半是神殿那邊的工作量要更龐大。更何況，羅潔梅茵底下已成年的文官只有哈特姆特一人。就算把見習文官也算在內，有能力處理公務的人也是屈指可數。

「但韋菲利特大人的文官有三個人，見習文官也有三個人，如果不想與波尼法狄斯大人一起辦公，那大可和自己的文官們共事就好，不是嗎？」

「你沒有如此提議嗎？」

「文官們反駁了我的提議。說是不可能，因為他們對公務還沒有熟悉到能負起責任。」

他們說，就好比麥西歐爾的近侍們在神殿需要有時間交接一樣，韋菲利特與他的近侍們也需要交接。而今艾倫菲斯特的領主一族人數不多，領主夫婦又因為將許多近侍解任，早已是自顧不暇，不可能去請他們指導韋菲利特。因此，只能拜託波尼法狄斯指導下任領主。

「看來若想改善工作環境，只能韋菲利特大人自己盡快完成交接了。改變就只有這樣嗎？」

想起韋菲利特近來常掛在嘴邊的牢騷，亞歷克斯拍向掌心。

「對於奧伯要迎娶第二夫人，韋菲利特大人似乎非常排斥。」

「先前奧伯．艾倫菲斯特還堅決不肯迎娶第二夫人，我倒覺得他總算作出了明智的決定……韋菲利特大人究竟有何不滿？」

在餐廳得知此事的時候，韋菲利特一句話也沒說，回房後卻抱怨連連：「未來萊瑟岡古出身的夫人，不是已經有羅潔梅茵了嗎？」「與其要娶布倫希爾德，父親大人倒不如把羅潔梅茵納為第二夫人。」「都怪羅潔梅茵，她明明是萊瑟岡古的人，卻壓制不了他們。」他甚至向夏綠蒂請求協助，希望她能一起去說服奧伯重新考慮，還要求布倫希爾德回絕奧伯的求娶。想起這些事情，亞歷克斯內心有說不出的沉重。被兩人接連拒絕後，韋菲利特大發了場脾氣，眾人為了安撫他煞費苦心。

「他好像是因為布倫希爾德大人的年紀與自己差不多，新的領主一族成員還是羅潔梅茵大人的近侍，對此感到不滿。」

「但是，領主本就該迎娶第二夫人，藉此調節派系間的勢力，也能增加人手分擔公務。更何況以韋菲利特大人的身分，他自己總有天也需要迎娶第二夫人吧。」

艾倫菲斯特的領主一族人數本就不多，下任奧伯多半也得迎娶第二夫人。

「是的。我個人也認為這是一門非常恰當的婚事，可以牽制萊瑟岡古一族。但其他近侍卻大多不以為然，認為這只會讓萊瑟岡古一族的勢力更是增長，而羅潔梅茵大人獻出自己的近侍，就是為了成為下任領主。」

化作言語說出來後，亞歷克斯終於在此時驚覺，反對布倫希爾德成為第二夫人的，只有韋菲利特與他的近侍們而已。眾基貝都能理解這樣的選擇，認為如今有太多舊薇羅妮卡派的貴族被捕，領主這麼做是為了牽制萊瑟岡古一族。

「韋菲利特大人會厭惡第二夫人，也許是拜薇羅妮卡大人的教育所賜。因為那位大人同樣不許自己的丈夫有第二夫人，甚至在齊爾維斯特大人表明不願迎娶第二夫人的時候，她也沒有開口斥責過。」

「倘若幼時的教育也對這方面造成了影響，那麼韋菲利特大人確實很難與薇羅妮卡大人切割開來。從他近來的驟變，也看得出韋菲利特大人無疑屬於薇羅妮卡派……現在就連羅潔梅茵大人的親兄長蘭普雷特也遭到他的敵視，處境十分艱難。」

亞歷克斯低頭看向腳邊。韋菲利特說他打算趁著祈福儀式，前往萊瑟岡古貴族們管理的土地拜訪時，蘭普雷特曾勸阻過他。自那之後，其他近侍便動不動質疑蘭普雷特的忠誠。有一回亞歷克斯忍不住插嘴制止，巴托特卻說：「現在連克倫伯格也站在羅潔梅茵大人那一邊嗎？」蘭普雷特則對他說：「這我已經習慣了，你離我遠一點。」所以後來，亞歷克斯便盡可能不要多嘴。

就在這種情形下，韋菲利特仍堅持要與基貝們會面，最終不出亞歷克斯所料，悉數以失敗告終。回到城堡後，韋菲利特意志消沉，滿臉怨恨地看著蘭普雷特。

「此次會面成果不佳，是因為韋菲利特大人不聽身邊人們的勸告，也太過小看萊瑟岡古一族長年來的怒火。經年累月的怨恨，不可能僅靠一次會面就徹底消除。請您耐心取得他們的諒解吧。」

亞歷克斯認為蘭普雷特說的完全正確。只要好好反省，活用這次失敗的經驗就好了。然而，韋菲利特的反應卻是「你太冷淡了」、「都不懂得體諒我」。

「真是幸好我當時沒開口。」

「你原本打算說什麼？」

「我本來想說：『是誰明明蘭普雷特與羅潔梅茵大人的近侍們都阻止過了，卻還要一意孤行？不過只是結果不如己意，再怎麼鬧脾氣也該有個限度。』」

「嗯，克倫伯格很可能因此被視為眼中釘哪。你還是閉上嘴巴吧。」

蘭普雷特的回應讓韋菲利特更是鬧起彆扭，這時跑到他身邊的，是已經獻名的近侍巴托特。「韋菲利特大人真可憐，明明您這麼努力……」「要是羅潔梅茵大人與蘭普雷特再多幫點忙，預先打點好一切……」他一邊安慰，一邊還強調這都不是韋菲利特的責任。主人的心情因此好轉後，其他近侍便跟著迎合討好，責怪起都是蘭普雷特打點得不夠確實。亞歷克斯甚至忍不住心想：這是在演哪一齣？被歸咎為是失敗主因的蘭普雷特反而更值得同情。

「你母親也是萊瑟岡古的貴族，沒人對你說些什麼嗎？」

「韋菲利特大人似乎和薇羅妮卡大人一樣，在他眼中我只是基貝・克倫伯格的兒子；也就是隸屬於中立派，堅稱自己絕不加入派系的克倫伯格貴族。」

實際上亞歷克斯也始終認為，護衛騎士只要能保護主人就好了。其他無謂的事情，他並不想多作思考。但是，亞歷克斯之所以成為韋菲利特的護衛騎士，是蘭普雷特開口邀請了他。薇羅妮卡失勢後，蘭普雷特希望能把近侍間的派系關係，從薇羅妮卡派調整成偏向中立或萊瑟岡古，亞歷克斯便答應了。

因此，這種蘭普雷特莫名遭到排擠的情況，亞歷克斯並不樂見。然而，當事人只是說：「等領主夫婦重新編排好身邊的近侍，受罰的舊薇羅妮卡派貴族們也開始回到工作崗位上，到了那時候，韋菲利特大人與萊瑟岡古的貴族們應該也冷靜下來了吧。他鬧脾氣也只是一時的。」還說忍耐一段時間就好。

「但儘管我說了這麼多，也認可韋菲利特大人至今的努力。」

即便因白塔一事而留下污點，韋菲利特也沒有氣餒，而是持續努力不懈。儘管因為與羅潔梅茵同年級，時常被人拿來比較，但他這幾年也都取得了獲選為優秀者的好成績。在宿舍也很順利地帶領眾人，之前和弟弟妹妹的感情也很好。縱使因為肅清的關係，同為舊薇羅妮卡派的學生們都在責怪自己，他仍是盡到了領主候補生的本分；在戴肯弗爾格強逼著要比迪塔時，他也率領著騎士們贏得勝利。

「但也是因為這樣，主人的驟變令我感到既羞愧又難過。我很不甘心。明明之前與戴肯弗爾格比迪塔時，他還為了保護羅潔梅茵大人而挺身戰鬥。跟著韋菲利特大人，我們從戴肯弗爾格手中守住了羅潔梅茵大人與艾倫菲斯特。那個時候，我真的滿心驕傲。我非常慶幸自己能以護衛騎士的身分參與這場戰鬥，贏得勝利……」

即便當時肅清行動正在進行，他也相信他們一定不會有問題。毫無來由地相信著，無論發生了什麼事，大家都會在下任領主韋菲利特的帶領下團結一心，擁有光明璀璨的未來。然而，如今他已不敢奢望這樣的未來。

「我親身體會到了，為何父親大人曾說派系是非常麻煩的東西。到底為什麼韋菲利特大人會不斷做出讓人聯想到薇羅妮卡大人的舉動？我實在無法理解，也覺得現在城堡裡的氣氛讓人感到窒息。我很想辭去近侍的工作，回到克倫伯格。」

父親一直靜靜聽著他吐露心聲，這時緩慢地吐出一口氣後，緊皺著眉環抱手臂。發現父親擺出了交付新任務時特有的動作，亞歷克斯端正坐姿。

「……你現在只是因為主人不再符合自己的理想，心生不滿後便想拋下近侍的職責。韋菲利特大人也是眼看事情不如己意就心生怨懟，那你與他又有什麼兩樣？」

聽著父親壓低音量說出的指責，亞歷克斯倒抽口氣。如果可以反駁「不是的」那倒還好，但他一時間卻答不上話。

「離開的近侍有誰？截至之前為止，他真的一直都在壓抑韋菲利特大人驕縱的本性嗎？還是其實韋菲利特大人仍暗中與他們有往來，反而被灌輸了什麼奇怪的想法？你曾說過，有人為免受到父母牽連，便在獻名後成為近侍，那個人又值得信賴嗎？」

「可是，獻了名的人不能違抗韋菲利特大人吧？」

已獻名的近侍把性命都獻給了主人。亞歷克斯從沒想過要去懷疑這些人。

「這次的獻名是強制性的，如此才能保住一命，跟出於忠心而獻名的人不同。我曾看過有人被薇羅妮卡大人逼著獻名後，行為舉止卻不效忠於她。他們只是不能違背主人的命令，但內心在想什麼卻無從得知。這種複雜又危險的人物，一定要小心。」

剎那間，腦海裡閃過了總是湊到韋菲利特身邊的巴托特。這麼說來，韋菲利特好像因為巴托特獻了名的關係，非常信任他，明明才剛成為近侍不久卻予以重用。

「你要仔細觀察主人的工作環境。他既然已是下任領主，倘若輔佐領主的工作量就已經多到他應付不來，那即使當上領主也處理不了所有工作吧。但是否有人故意在扯後腿？你要細心留意，有無萊瑟岡古的貴族在工作時暗中製造麻煩。」

基貝・克倫伯格說了，與文件奮戰、協助主人辦公，是文官的工作；但觀察他們注意不到的事情，則是護衛騎士的工作。護衛騎士並不是呆站在辦公室裡就好——聞言，亞歷克斯反省了自己。他知道要保護主人的人身安全，卻從沒想過主人也可能在工作上遇到敵人的阻撓。

「同時你們也要注意自己的言行，是否會在不自覺間觸怒萊瑟岡古的貴族。平常表現出來的樣子，是否一副你們早已遺忘薇羅妮卡大人對萊瑟岡古做過什麼。」

亞歷克斯覺得這點很有可能。由於不了解當年的情況，他們也不知道該注意哪些事情。但是，這也代表著他們並沒有努力去了解。

「你要仔細觀察主人的行動、聆聽旁人的聲音，並以護衛騎士的身分守住主人的名聲。主人若行差踏錯，便要將他引回正途，這才是近侍的職責。如若受不了環境的變化，也不想面對討厭的工作就要拍拍屁股走人，我可不歡迎這樣的窩囊廢回克倫伯格。」

面對父親嚴厲的斥責，亞歷克斯用力嚥了嚥口水。

「但如果我以近侍的身分盡了所有努力，最終還是無可挽回呢……？」

「很簡單。蒐集韋菲利特大人失職的證據，並向奧伯進言，取消其下任領主的資格，然後讓近侍們解散。你若做到了這些才回來，我會敞開雙臂歡迎你。總之要對自己的工作負起責任。」

亞歷克斯想要請辭很簡單，但要證明韋菲利特不是一個合格的主人，並不容易。他必須非常仔細觀察主人的一舉一動，還有他身邊所有人的動靜。就算反省了今日遭到指責的那些事情，亞歷克斯的工作表現仍舊只是差強人意。在證明韋菲利特是不合格的領主候補生之前，他會先被人判定是失職的護衛騎士吧。

「是我所言太軟弱無用。我定竭盡全力，服侍韋菲利特大人。」

遭到父親訓斥，更被點出自己在服侍上有多麼得過且過後，坦白說亞歷克斯很不甘心。但是，他也因此明白了自己該做什麼，以及該前進的方向。回來時，他的心情還非常沉重、感到難以呼吸，但現在視野好像開闊許多。

首先，他要仔細調查韋菲利特身邊的人事物。再與蘭普雷特齊心協力，從各種角度查出韋菲利特改變的原因。訂下了目標以後，亞歷克斯帶著無畏的笑容起身。

反省與欣羨

晚餐席間，聽見父親大人要將布倫希爾德納為第二夫人，瞬間我的腦筋一片空白。當下我雖然勉強擠出了笑容，向父親大人道賀，但一回到房間便再也無法保持冷靜。

「瓦妮莎，怎麼辦？都是因為我的關係，布倫希爾德才被父親大人納為第二夫人。」

先前領主一族的會議上，我忍不住向父親大人與母親大人宣洩了自己的不滿，還語帶譴責地說：「原本應該先迎娶第二夫人，穩定領內混亂的局勢。」父親大人就是因此才選中了布倫希爾德吧。因為以她現在的年紀，並不會影響到有孕在身的母親大人，又是還未有婚配的萊瑟岡古貴族。

「夏綠蒂大小姐，請您冷靜。即便起因是您的那一番話，但決定將她納為第二夫人的終究是奧伯。再說了，現在確實需要能帶領萊瑟岡古貴族的第二夫人。曾經那般逃避這個問題的奧伯，如今終於接納了大小姐的意見，怎麼反倒是您驚慌失措呢？」

沒錯，是我說了現在最好的解決辦法，便是迎娶萊瑟岡古的女性為第二夫人。但也因為我這一席話，使得姊姊大人重要的近侍陷入艱難的處境。

這樁婚約對領主一族來說有利無害，但對布倫希爾德來說幾乎沒有益處可言。雖然大家都很樂見她來當第二夫人、帶領萊瑟岡古的貴族，但倘若她的年紀與母親大人差不多也就罷了，可是她還未成年，想要帶領年長的親族並不容易吧。好比如果有人只因我是親族這個理由，就要我去說服波尼法狄斯大人或叔父大人達成共識的話，我肯定也會一籌莫展。

此外，雖然父親大人也說明了這樁婚約能帶來的好處，像是他能以奧伯的身分大力協助葛雷修的改造計畫，但原本就是他與母親大人打亂了原定計畫，怎麼能讓布倫希爾德來填補空缺呢。因為不管說得再好聽，這都是為了填補母親大人懷孕後造成的空缺。

我聽說布倫希爾德身為下任基貝，不僅把印刷業引進了葛雷修，也努力推動改造計畫。就算這對葛雷修有好處，但她卻因為父親大人突如其來的求娶而失去了下任基貝的身分，心裡該有多麼失落啊。當初哥哥大人與姊姊大人訂下婚約後，我也是因此突然就不再是下任領主的候補人選。

……父親大人有時候都不太顧及他人的感受。他至今總是優先考慮哥哥大人，也不知道我是怎樣的心情……

由於現在下任領主已經確定，即便布倫希爾德在成為第二夫人後有了孩子，也無法以下任領主的母親為目標。她打從一開始，就注定得不到一般第二夫人渴望的未來。

再加上父親大人深愛著母親大人，長年來都宣稱自己不需要第二夫人。無論布倫希爾德再年輕貌美，多半也得不到父親大人的寵愛。儘管身為女兒的我好像不該這麼說，但這是因為父親大人對母親大人實在太偏愛了。

布倫希爾德可是連中央也包含在內，在他領有無數追求者的出色女性。然而，現在她卻要嫁給年紀都能當自己父親的男士當第二夫人，未來還看不到希望，也得不到丈夫的寵愛……同樣的事情若發生在自己身上，光想像我就不寒而慄。

「父親大人應該找個無意誕下子嗣的年長寡婦，而不是還未成年的布倫希爾德吧。」

「但事到如今不管再說什麼，既然基貝已經同意，這樁婚約便不可能取消。夏綠蒂大小姐，倘若您對布倫希爾德大人感到歉疚，就想想今後該怎麼做吧。請在符合她期望的前提下，為她提供一臂之力。」

　父親大人與布倫希爾德的婚約一宣布，慶春宴便在一片驚呼聲中劃下句點。貴族們開始返回各自居住的土地，城堡內部也變得安靜許多。就在這時，聽說布倫希爾德來到了城堡，前去西邊別館察看，我便請她來自己的房間一趟。

「不好意思還把妳叫過來。現在妳訂了婚，正是忙碌的時候吧。」

「哪裡，我很高興收到您的邀請。我也一直想與夏綠蒂大人說說話。」

　布倫希爾德盈盈微笑道，往椅子坐下。我接著請自己的侍從泡茶。布倫希爾德戴在胸前的項鍊，是父親大人送給她的訂婚魔石。戴著這個魔石的她，身分已相當於是領主一族。

「首先，請容我向妳道歉。父親大人會求娶妳為第二夫人，多半是因為我的關係。但我怎麼也沒想到，最後竟是由妳來承擔這樣的重任。是我的思慮太淺薄了……」

「這件事夏綠蒂大人無須介懷。畢竟作決定的是奧伯嘛。」

　布倫希爾德這麼回答想必是顧及我的感受，但我搖了搖頭。

「如果想迎娶一位不會影響到母親大人的萊瑟岡古貴族，那大可以找年紀更大、社交手腕高明的寡婦。至少帶領起親族，會比未成年的布倫希爾德要輕鬆吧？」

　面對波尼法狄斯大人與叔父大人，我當然也應付不來，但如果是哥哥大人、麥西歐爾或他們的孩子，並不覺得有難度。況且若是年紀比母親大人還大的寡婦，即便得不到奧伯的寵愛，也不會被視為是問題吧。

「……夏綠蒂大人，您不相信我的社交能力嗎？」

「不是的。在貴族院我們總是互相幫忙、準備茶會，我非常清楚妳的能力。」

一年級時我能順利地與上位領地社交往來，全是多虧了布倫希爾德。是她提醒我，目前為止艾倫菲斯特的社交方式都屬於下位領地，所以必須改掉過往的應對進退才行。也多虧了姊姊大人的近侍們都已習慣與上位領地舉辦茶會，又非常了解客人的喜好，不知道幫了我多少忙。

「若能由妳來帶領萊瑟岡古的貴族，對領地想必大有助益……可是，我還是覺得這樁婚約只對父親大人他們有利，對妳來說並沒有多少好處。再者帶領親族這種事情，也不是還未成年的妳應該要負起的責任和義務。」

我說出自己的想法後，布倫希爾德喝著茶，露出為難的苦笑。

「夏綠蒂大人這麼擔心我，我十分感激，但不能找年紀大的寡婦喔。而且，也不能把萊瑟岡古的貴族們團結起來。」

完全沒想到布倫希爾德會這麼回答，我一時不知所措，無法理解地微微側過頭。

「薇羅妮卡大人排擠了萊瑟岡古一族太久的時間。年紀越大的人，心中的怨恨與憤懣也越深沉，不可能與領主一族互相理解、齊心協力。倘若萊瑟岡古一族真以第二夫人為中心團結起來，卻往不好的方向發展的話，恐怕會想盡辦法排除現在的領主一族，並以波尼法狄斯大人為後盾，讓羅潔梅茵大人成為下任領主吧。」

一旦成為第二夫人擁有了權力，只要一個轉念，情況將比現在還要麻煩——布倫希爾德如是說。聞言，我大受衝擊。
「就連被祖母大人迫害過的我與母親大人，也會遭到排除嗎？」
「芙蘿洛翠亞大人與夏綠蒂大人姑且不論，但麥西歐爾大人是男性，多半會被視為是潛在的危險吧。」
可能因為我與母親大人她們都是祖母大人的受害者，派系裡也多是萊瑟岡古的貴族吧。撇開哥哥大人不說，我真沒想到會因為都是領主一族，自己與麥西歐爾也有可能面臨到極度的痛恨。
「現在這個時候，艾倫菲斯特的第二夫人必須要是年輕的萊瑟岡古貴族。不僅要能把薇羅妮卡大人視為已經過去的存在，也願意實現羅潔梅茵大人不想成為下任領主的心願，更要能與領主一族齊心協力、完成新舊世代的交替。」
布倫希爾德斬釘截鐵地說完後，我發出感慨的嘆息。比起以領主一族之姿身在其中的我，布倫希爾德顯然更明白萊瑟岡古一族的危險性。
「如今婚約宣布了以後，大家都已經知道，奧伯將積極地推動葛雷修的改造計畫。如此一來，族裡的人便會分成兩派。一派是無論如何都想擁戴羅潔梅茵大人成為下任領主；一派是既然現在領主變得好溝通了，那麼維持現狀也未嘗不可。我的任務並不是整合萊瑟岡古一族的想法，而是將大家分裂到不至於對領主一族造成威脅。」
看得出布倫希爾德已仔細觀察過自己一族的行動，也考慮了許多，但我還是不明白她為何願意對領主一族鞠躬盡瘁。
「但妳本來是下任基貝．葛雷修，是可以招贅夫婿的吧？現在居然要成為父親大人的第二夫人……這不是妳原本的期望吧？」

我有一名葛雷修出身的護衛騎士榮格特，所以多少了解一些葛雷修的內部情況。據說布倫希爾德是基貝．葛雷修第一夫人的女兒，沒有兒子的基貝一直將她視為下任基貝養大。上位者接受的教育，與日後要嫁出去的女兒並不一樣。曾是下任領主候補的我，現在也預計將來要嫁往他領，所以可以明白立場改變所帶來的混亂。

況且，基貝．葛雷修原本應該也不打算讓布倫希爾德成為奧伯的第二夫人。繼承人突然被搶走，葛雷修會怎麼想呢？許許多多的事情都令我深感不安，布倫希爾德卻是微笑著搖搖頭。

「請夏綠蒂大人不必擔心……因為這樁婚約，也是我的期望。」

始料未及的話語讓我眨了眨眼睛。布倫希爾德思考了半晌後，朝我遞來防止竊聽魔導具。我握住魔導具後，她臉上仍帶著貴族特有的甜美笑容，開口說了。

「還請您答應我，這件事暫時要對榮格特保密……其實，家父的第二夫人誕下了男孩。」

受到衝擊的我倒吸口氣。也就是說，布倫希爾德並不是因為這樁婚約，而是因為父親有了兒子才失去下任基貝的資格。曾經付出的所有努力盡數付諸流水，望著性別所形成的巨大高牆只能無能為力，這樣的經驗我也有過。那時候不管大家怎麼安慰，對我來說一點用也沒有。想不出該說些什麼的我，嘴巴張開又閉上了好幾次。

「那個……我該說什麼才好呢……不過，我多少可以明白妳的心情。因為我也曾想過，如果自己是男性就好了。」

「啊，夏綠蒂大人曾經處境艱辛呢。我也完全能明白那種無力感。」

不需要多言，我們便能明白彼此的心情。由於有著類似的經驗，我們心生親切感的同時，也一起露出僵硬的苦笑。

「兒子出生以後，家父非常高興，宣布繼承人的人選暫時不予指定。雖說暫時不予指定，但一旦我招贅了夫婿，日後只會演變成紛爭的開端吧。以後不是舍妹招婿，就是等那個孩子長大成人……無論如何，我已等同不再是繼承人了。家母為此十分焦慮。」

若由那個男孩繼承基貝之位，將來會是他的親生母親，也就是第二夫人受到重用。等女兒們都出嫁了，第一夫人會越來越沒有地位吧。

……這麼說來，父親大人會讓哥哥大人與姊姊大人訂下婚約，原因之一就是想守住母親大人的地位呢。

我輕聲嘆息。倘若不再是下任基貝後，布倫希爾德還得擔心母親的將來，那她肯定沒有餘力沉浸在悲傷中吧。

「如果嫁給領主當第二夫人，那麼即使基貝換人了，還是得尊重我的夫家才行吧？所以家母非常高興。」

一般就算嫁給了領主當第二夫人，也無法就此放心，仍然得擔心領主換人後，領內的勢力有所改變。但是，布倫希爾德是將成為下任領主第一夫人的姊姊大人的近侍。除非有什麼重大變故，否則即使換人了，她還是能與下任領主和平共處吧。

「所以，我很高興能訂下這門婚事。請您仔細想想，有了領主的第二夫人這個身分，我還能對下任基貝的人選發表意見呢，這不是很棒嗎？況且家父至今一直將我使來喚去，如今我的地位也比他更高了。」

布倫希爾德微微瞇起蜜糖色的雙眼，露出有些淘氣的笑容。她臉上的笑容，一點也沒有被逼著成為第二夫人的悲涼。明明她和我一樣，失去了一直以來擁有過的身分，為什麼我們的反應卻差這麼多呢？看著毫不氣餒、還能為自己思考未來的布倫希爾德，我感到非常耀眼。

「……比起葛雷修，我更擔心的，反倒是芙蘿洛翠亞大人與夏綠蒂大人的感受。對於突然要納我為第二夫人，兩位是否感到不快呢？」

「哎呀，在現在這麼艱難的情況下，這樁婚約將能為我們帶來莫大的助益，怎麼可能心生不快呢。我們絕不可能反對。」

話一說完，我輕輕摀住嘴巴。因為我想到了確實有一名領主一族，反對布倫希爾德成為第二夫人。

「……難不成，哥哥大人對妳說過什麼嗎？」

布倫希爾德臉上的笑意加深了些。儘管她什麼也沒說，但我知道答案是肯定的。哥哥大人也曾跟我說：「我要去向父親大人抗議，妳也一起來。」但我怎麼也沒想到，他居然直接跑去向布倫希爾德抱怨。婚事向來是由父母作主。即便向布倫希爾德抗議，她自己也沒辦法推掉這門婚事呀。

「哥哥大人身為下任奧伯，竟然反對奧伯為了領地所訂下的婚事……實在非常抱歉。也許是受過祖母大人教導的關係，不管是父親大人還是哥哥大人，好像都對第二夫人抱有很深的偏見。」

想起哥哥大人曾說：「我們兄妹倆一起去反對父親大人迎娶第二夫人吧。」我向布倫希爾德道歉。當時哥哥大人甚至相當情緒化地表示：「第二夫人是不好的存在。」「為了母親大人，我們應該要反對。」「妳都不擔心母親大人嗎？真無情。」「帶領萊瑟岡古一族這種事，交給羅潔梅茵就好了。」這些話聽起來完全是感情用事，毫無政治上的考量，讓我感到相當不安。

……雖然當我聽到「妳是我的同母妹妹，應該服從我才對吧？」這句話時，更是徹底無言以對……

如今肅清過後，舊薇羅妮卡派的貴族人數大幅減少，萊瑟岡古一族則是蠢蠢欲動，父親大人與母親大人都在想方設法要壓制住他們。而這些全是為了讓哥哥大人能夠成為下任領主。但從哥哥大人的言行舉止來看，最不明白這一點的人正是他。

「薇羅妮卡大人的教導嗎……但韋菲利特大人先前比迪塔時，還接受了要納漢娜蘿蕾大人為第二夫人的條件，所以我都不知道他存有這樣的偏見呢。」

布倫希爾德訝異地以手掩著嘴角，我也能理解她的反應。哥哥大人的言行舉止常常會自相矛盾。

「截至目前為止，每當我覺得哥哥大人的言行前後不一，都是有奧斯華德在暗中搞鬼。大概是擔心萊瑟岡古的勢力會變得比現在還要龐大，他就聽取了舊薇羅妮卡派近侍們的意見吧。但既然奧斯華德被解任了，哥哥大人的想法應該會慢慢改正過來……」

「被解任？但我聽說奧斯華德是自己請辭吧？」

布倫希爾德的蜜糖色雙眼張得老大。

「是表面上裝作請辭的解任。自從哥哥大人在訂婚後確定成為下任領主，奧斯華德卻一直想沿用祖母大人以前的做法，我便向母親大人陳訴了這件事情。但如果在肅清行動開始前就將他解任，有關肅清的消息可能會被洩露給舊薇妮羅卡派的貴族們知道吧？所以母親大人沒有立即將奧斯華德解任，而是讓他以首席侍從的身分跟去貴族院，藉此將他隔離。趁著畢業儀式去貴族院的時候，才要他選擇自動請辭還是被解任，我聽說他選擇了前者……這件事要保密唷。」

「由衷感謝您的告知。」布倫希爾德微笑道。互相交換了彼此的秘密後，我似乎取得了她的信賴。

「但明明奧斯華德不在了，總覺得最近的韋菲利特大人比以往更控制不了情緒呢。」

畢竟哥哥大人現在還會直接跑來跟我說，「既然妳是我的同母妹妹，就要協助我」，難道他對姊姊大人的近侍也說了類似的話嗎？

夏綠蒂大人是否知道些什麼？」

「說不定是在奧斯華德之後接任的新首席侍從有問題。以前奧斯華德經常要我把功勞讓給哥哥大人，但哥哥大人卻完全沒有發現的樣子。可是現在……」

「現在近侍不再只是暗地裡有動作，而是直接開始挑唆韋菲利特大人了嗎？」

與布倫希爾德交談過後，對於哥哥大人近來令人生氣的舉動，我彷彿看見了背後有著無形的雙手。雖然是毫無根據的推測，但看來有必要進行查證。

「雖然我也不太清楚，但我認為很有可能。畢竟哥哥大人的舉止已經明顯非常不自然，他自己應該也會對近侍產生不信任感吧。我會再觀察看看。」

……現在最讓人擔心的竟然就是下任領主，這點真教人頭痛呢。

我緩緩吐了口氣，拿起茶杯。藉著喝茶停頓了一會兒時間後，我結束掉有關哥哥大人的話題。

「布倫希爾德，請妳放心吧。對於妳將成為第二夫人，我與母親大人沒有半點不快。反倒是未成年的妳即將承擔重責，又從姊姊大人身邊搶走了她重要的侍從，我們對此感到十分過意不去呢……」

如今布倫希爾德因訂下婚約而離開，就連黎希達也回到了父親大人身邊。姊姊大人的近侍本就不多，現在的人數更是少到教人擔心。

「畢業之前，我在貴族院仍會繼續侍奉羅潔梅茵大人；還有黎希達也不是因為奧伯提出的要求，是她自己想要回去喔。羅潔梅茵大人也說了，她因為待在城堡的時間不多，即便侍從的人數減少也不會受影響……」

布倫希爾德露出安撫我的笑容。看來我好像把父親大人想得太壞了點。

「……芙蘿洛翠亞大人真的也歡迎我的到來嗎？」

「是的。以前母親大人就勸過父親大人，說領主一族的人數不多、缺乏魔力，希望他能迎娶第二夫人。如今妳這位第二夫人不僅能與萊瑟岡古一族溝通，還與我們屬於同一個派系吧？我們自然非常歡迎。」

想要找到不與第一夫人對立的第二夫人，幾乎是不可能的事情。然而，布倫希爾德不僅是同派系的貴族，還能輔佐母親大人，也能輔佐姊姊大人。而且和因為在神殿長大、並不了解領內社交方式的姊姊大人不同，也不用教導她如何與女性社交往來。再加上布倫希爾德尚未成年，不會影響到有孕在身的母親大人，所以哪能再有更多的奢求呢。

「聽到您這麼說，我就放心了。那麼，能請您引領我成為領主一族的一員嗎？其實這件事本該拜託主人，但因為羅潔梅茵大人平常不在城堡，我無法向她尋求協助，再者也不能再給她增添負擔……」

「我當然會盡全力提供協助。只要有我能幫上忙的地方，請儘管找我商量吧。而且，我也想減輕姊姊大人的負擔。」

對於布倫希爾德的請求，我二話不說點頭答應。因為姊姊大人真的很忙。她除了在神殿要填補叔父大人的空缺，還要指導麥西歐爾，甚至打算把兒童室裡的孩子們都接去神殿。

除此之外，還有印刷業務與迎接他領商人的準備工作，幾乎都還是姊姊大人在負責處理。尤其今年父親大人與母親大人都忙著在協調領內貴族的關係，向平民下達指示這種實務性質的工作，便大多落到了姊姊大人身上吧。

「其實我也很想去神殿幫忙，但肅清過後因為貴族人數減少，現在城堡裡的公務也變多了。而且去到自己完全不熟悉的神殿，我可能也只會幫倒忙……」

「羅潔梅茵大人一向認為，每個人各有所長，不擅長的事情由會做的人來做就好了。從她將菲里妮與達穆爾納為近侍，並且重用兩人，便能看出她的行事作風吧。坦白說，只要跟羅潔梅茵大人說一句『這都是為了妹妹』，她便會立刻鼓起幹勁，所以我們近侍都非常感謝夏綠蒂大人呢。」

布倫希爾德咯咯輕笑起來，臉上有著一絲調皮。看來我也幫上了姊姊大人的忙，這讓我非常高興。

「主人不擅長的事情，我也想幫忙彌補。像羅潔梅茵大人並不適合與萊瑟岡古的貴族們有社交往來……正確地說，是符合不了領主一族與萊瑟岡古一族的期望吧。」

「符合不了期望是什麼意思呢？」

這句話我不明白。雖然姊姊大人行事總是不按常理，但仔細詢問過後，就能知道有她自己的觀點與理由。而且最終，也都能發展成讓人還算滿意的結果。

「如您所知，羅潔梅茵大人是在神殿長大。她與親族毫無來往，受洗後也因為大人的判斷，限制了她與親族的會面及交流。我從來不曾在與親族交流的場合上，見過羅潔梅茵大人。」

我聽說過為免親族擁戴姊姊大人為下任領主，所以會讓雙方保持距離，但沒想到竟然半點深交也沒有。

「因此，對於族人與薇羅妮卡大人間的恩怨及怒火，羅潔梅茵大人始終無法產生共鳴，也就無法真正理解族人的心願。即便抽出時間與族人往來，大家也很可能只會失望吧。就像曾經的我一樣。」

我一直以為，布倫希爾德自始至終都對姊姊大人忠心耿耿，第一次知道原來她曾對姊姊大人感到失望。

「不單是無法理解族人的心願，羅潔梅茵大人也因為在尤列汾藥水中睡了兩年，沒能累積社交經驗，卻在進入貴族院後馬上得與人社交應酬。大概是因為這個緣故，從前舊有的社交方式在她身上完全不適用。」

「因為姊姊大人完全是以自己的方式，與上位領地和王族建立起了交情嘛。那樣的社交方式我根本模仿不來。即便到了貴族院在近距離下觀察，我還是無法理解。」

與姊姊大人不同，布倫希爾德是萊瑟岡古的貴族，從小便與親族有往來交流。再加上她曾以下任基貝的身分受過教育，非常了解既有的與貴族打交道的方式。而一邊是在神殿長大、想法讓人難以理解，就連見上一面也不容易的姊姊大人；一邊是早已熟知領內行事作風的布倫希爾德。萊瑟岡古的貴族們若想讓領主一族採納自己的意見，哪一邊更好操控與打好關係，用不著想也知道吧。

「我明白妳的意思了。姊姊大人是不可能符合萊瑟岡古一族的期望，以舊有的方式與他們交流吧。」

姊姊大人因為沒有累積過多少社交經驗，每次出席茶會都是當場隨機應變，結果自行發展出了與下位領地截然不同的社交方式。

「如同我方才說過的，我打算分散萊瑟岡古一族的意見，但羅潔梅茵大人同樣不適合做這種要用點手段的事情。需要與他領交涉的時候，再由她出面即可。」

我在貴族院也有同樣的感覺。從今往後艾倫菲斯特需要的，是能夠表達自己主張的強悍，而不是只會唯唯諾諾地聽從上位領地的吩咐。

「就算教姊姊大人如何與下位領地往來，我也覺得沒有意義。這樣只會讓她今後在面對王族與上位領地的時候，感到混亂而已吧？現在我們應該盡快完成新舊世代的交替，然後採用姊姊大人的社交方式，讓艾倫菲斯特能蓬勃發展。」

我說完後，布倫希爾德用力點頭。感覺得出她訂下了和我一樣的目標。與此同時，我也羨慕起她的堅強。

「……布倫希爾德，對於自己不再是下任基貝，現在還不得不負責壓制萊瑟岡古一族，妳不曾感到不滿嗎？那個，因為我再也無法競爭下任領主之位的時候，花了一點時間才振作起來，所以很想知道妳是如何重新振作，可以稍微當作參考。」

布倫希爾德思索了片刻後，開口說道：

「我也不是完全不感到氣餒喔。即便是現在，我也想要親手將葛雷修發展成他領商人絡繹不絕的城市。可是，縱然我不再是下任基貝了，也仍是羅潔梅茵大人的侍從，還有該做的工作以及該前進的方向。」

布倫希爾德苦笑著說，她在貴族院的時候，光是跟著姊姊大人到處跑便忙得暈頭轉向，根本沒有時間萎靡消沉。

「那一旦成為第二夫人，不再是姊姊大人的近侍，妳應該會很寂寞吧？」

「不，我雖然會因為時間不多而有些心急，但並不感到寂寞。」

「時間不多嗎？」

「是的。再過短短三、四年，羅潔梅茵大人便會成年、辭去神殿長一職，並以下任領主的第一夫人之身分在城堡生活吧？在那之前，我必須代替主人約束好萊瑟岡古一族，並以領主一族的身分掌握女性的社交活動。這都是為了彌補羅潔梅茵大人的短處，讓她能過得無煩無憂……因為我是羅潔梅茵大人的近侍呀。」

布倫希爾德似乎因為是姊姊大人的近侍，便決定要當領主的第二夫人，還會努力打點好一切，讓姊姊大人將來可以過得愜意自在。面對她出人意表的決心、自豪的笑容，以及注視著未來的堅定雙眼，我忽然湧起難以形容的羨慕，也有種輸了的感覺。

「夏綠蒂大人，您願意協助我嗎？」

「嗯，那當然。我們一起輔佐姊姊大人吧。」

儘管我面帶著笑容對布倫希爾德點頭，心頭卻沉甸甸的，彷彿罩著一層暗影。

如今，我明白了布倫希爾德是自願成為第二夫人，也知道了她為什麼會願意協助領主一族。明明我煩惱的問題都解決了，但談完話後，卻還是感到悶悶不樂。

「大小姐，我看您依然愁容滿面，兩位究竟談了些什麼呢？從中途開始，兩位就使用了防止竊聽魔導具吧？」

首席侍從瓦妮莎擔憂地向我問道，但哪些事情可以告訴她呢？我邊留意著別提及要保密的事情，邊開口說了：

「如同榮格特所擔心的，布倫希爾德已經不再是下任基貝了，但她並未因此十分消沉。她還說雖然自己不是下任基貝了，但仍是姊姊大人的侍從，所以還有該做的工作與該前進的方向。我聽了真的很吃驚……」

瓦妮莎知道我被取消下任領主的候補資格時有多麼消沉，因此臉上也浮現驚訝：

「雖然我早就知道布倫希爾德大人是十分堅強的女性……」

「她說她會成為第二夫人，是為了成年後要離開神殿的姊姊大人，然後想幫她分擔女性的社交工作。我也說好了會一起協助她。」

「既然如此，代表這次的談話有了不錯的成果吧？」

瓦妮莎邊觀察我的表情邊確認道。我點了點頭。這次的談話，順利消除了我原先心裡的不安與擔憂。

「結果我一點也不需要擔心。布倫希爾德非常堅強，筆直地朝著目標前進，在自己能力所及的範圍內盡力而為。但明明心裡的大石頭放下來了，為什麼我的心情還這麼沉重呢？我總有種輸了的感覺，而且還非常羨慕。」

瓦妮莎略微垂下雙眼，像在細細思考我所說的話。

「大小姐在比什麼嗎？」

「我並沒有在比什麼……只不過，我明明想助姊姊大人一臂之力，卻完全比不上布倫希爾德的決心與行動力，也覺得自己想報答姊姊大人的覺悟還不夠充分。」

「近侍能做的事情本就與姊妹不同吧。」瓦妮莎笑道，但不只是因為這樣。

「和布倫希爾德一起輔佐姊姊大人，同樣也是我的心願。可是，不知為何我卻有種被排除在外的感覺，所以對布倫希爾德感到羨慕。」

「您所謂的羨慕，是種接近憧憬的感覺？還是嫉妒呢？」

聽到瓦妮莎要我靜下心來，重新審視自己的感受，我回想了感到羨慕的那一瞬間。

「我想是接近憧憬的感覺吧。當時布倫希爾德直視前方，為了姊姊大人已經設想到很久以後的事情，讓我覺得非常耀眼。我沒辦法像她那樣，堅定地展望未來。」

「因為大小姐以後要嫁往他領，現在都還沒有決定好結婚的對象，會無法思考未來的事情也很正常呀。所以您不必為此煩惱。」

「……啊……」

為了領地，我預計往後將嫁往他領。也就是說，未來當布倫希爾德與姊姊大人在艾倫菲斯特領內攜手合作時，其中並不會有自己的身影。

「原來我……是想和在貴族院一起合作時那樣，永遠和姊姊大人以及布倫希爾德她們在一起呀。」

為了能與其他領地建立關係，女性領主一族嫁往他領就像是一種義務。有時若領主一族的人數太少，也能留下來招贅夫婿，以領主一族的身分輔佐領主。但是，現在有麥西歐爾在，像布倫希爾德這樣優秀的人才也將成為領主一族協助姊姊大人，並不需要我的輔佐。屆時會更希望我能與他領聯姻。

儘管明白嫁往他領是領主一族的義務，但其實我打從心底非常排斥這件事吧。終於看清了埋藏在心底深處的真實想法，我不禁十分困擾。

「我好像因為布倫希爾德是非常優秀的近侍，才更是感到落寞與羨慕呢。畢竟我總有天要離開領地，無法永遠是姊姊大人的妹妹。」

「大小姐，請您別太鑽牛角尖。」

對於瓦妮莎的安慰，我只是擠出笑容回應，但她想必知道我是在逞強吧。因為瓦妮莎立刻難過地皺起了眉。在我被取消下任領主的候補資格時，她也曾露出一樣的表情。

……再這樣下去，我又要讓近侍們擔心了。必須快點振作起來……

正這麼心想時，布倫希爾德說過的話掠過腦海：「縱然我不再是下任基貝了，也仍是羅潔梅茵大人的侍從，還有該做的工作以及該前進的方向。」

「瓦妮莎，我就算嫁往了他領，不再是艾倫菲斯特的領主一族，也還是姊姊大人的妹妹嗎？」

「咦？嗯，那當然呀。兩位大小姐的感情這麼好，將來即便您去了其他領地，姊妹間的情誼也不會斷絕吧。」

瓦妮莎這句話，讓我感覺到彷彿有希望的光芒照進心海。

「我在其他領地，也能支持姊姊大人嗎？」

「那是自然，屆時您將成為艾倫菲斯特與他領的橋梁。雖然也要看您嫁往的領地，但一定能與成為第一夫人的羅潔梅茵大人攜手協力吧。」

「父親大人說過，在決定聯姻對象的時候，會盡可能聽從我的心願。那麼，我想選擇能與姊姊大人攜手合作的領地。」

縱使離開了艾倫菲斯特、嫁往他領，但如果我仍是姊姊大人的妹妹，那我才不會輸給布倫希爾德呢。比起前任領主的第二夫人，有時他領的第一夫人反而能提供更多助力。訂下了嶄新目標的我，再也沒有落敗的感覺，心裡對布倫希爾德的欣羨也消散無蹤。

西門攻防戰

「以上就是東門的報告。」

今天是召開士長會議的日子。大約每個季節一次，我們都要到中央廣場附近的士兵會議室報到。往年一向是夏季的士長會議最讓人緊張和焦慮，因為才剛舉行完貴族大人要參加的領主會議；但現在明明才春天，要討論的事情就多得讓人咋舌。畢竟除了要報告冬天加強警戒的結果，還要進行三年一次的士長輪調吧。

「接下來換北門了吧。昆特，告訴我們北邊的情況。」

報告完的東門士長向我催促道，我接著站起來。北門因為與貴族區相連，騎士大人也會輪流前來看守，所以在北門最容易取得有關貴族大人的消息，騎士大人也經常指示我們往平民區傳話。於是暗中觀察貴族大人的情況，就成了北門士兵的工作。大家這時說的「北邊的情況」，指的不是北門，而是暗指更北邊的貴族區與貴族大人。

「……所以就是這樣，雖然沒有向我們說明詳情，但犯有重罪的人似乎都已經被逮捕、受到了處分。貴族大人那邊的情勢好像還相當混亂，但至少現在不用再那麼提防戒備了。因為求援用的魔導具都已經收回去，騎士大人也說了可以解除警戒。此外，我聽說冬季期間因為危險，去了其他地方的羅潔梅茵大人也回神殿了。」

除了有關北門騎士大人的消息，我也報告了從神殿守衛那裡得來的情報，大家立刻哄然大笑，齊聲調侃我：「你還是老樣子，有關羅潔梅茵大人的消息蒐集得特別快。」

「你沒給神殿的守衛造成麻煩吧？」

……吵死了。自從路茲和多莉都當上了都帕里學徒，住在店裡頭生活，我可是幾乎打聽不到梅茵的消息。

無可奈何下，我只好巡邏的時候順便跑去神殿打聽。況且我也沒給神殿造成麻煩。請他們提供了梅茵的消息給我後，他們如果要帶著冬季期間收容的、貴族出身的孤兒們去森林，我也會到南門幫忙說話和核對樣貌。這叫互惠互助。

「昆特，既然警戒解除了，那士長可以進行輪替了吧？」

「應該沒問題吧。」

我揮揮手回答南門士長。先前因為擔心調動之後，要是在大家都還沒習慣新環境的時候發生了緊急情況，那不管是在命令的傳達上還是行動上都有可能反應不及，所以在全城加強警戒的期間，說好了各門士長暫時先不輪調。

「不不不，我看乾脆改到明年再換吧？聽說現在情勢一片混亂，我才不想在這種時候換去北門當士長，跟貴族大人扯上關係。」

「這種事誰都不想吧。在北門會遇到貴族大人，實在太麻煩了。幸好我是從西門調到南門去，簡直輕輕鬆鬆。哈哈！」

東門士長立刻露出不情願的表情，建議輪調的時間再往後延；西門士長則是事不關己地無情取笑。就在這時候，一名士兵上氣不接下氣地衝進來。

「士長，不好了！」

在場的都是士長。你是哪一門的？——但我還沒問出口，西門士長就猛然起身。

「出什麼事了?!」

「出現了未持有許可證的他領貴族！」

「你說什麼?!」

剛才還在取笑東門士長的西門士長臉色刷地慘白。

「你們沒有放行吧?!」

「是！我們拚命攔了下來。可能因為還有領主大人的結界，她們在門前停了下來。」

居然在意想不到的時候出了有關貴族的麻煩。這時我腦海裡閃過的，是梅茵還是青衣見習巫女時的事。那是段痛苦的回憶，因為許可證的相關指示傳達得不夠確實，導致我失去了女兒。甚至大約半年前，還有人出示了貴族徽章後，就強行駕著馬車穿過大門，擄走灰衣神官們。這種沒有許可證的貴族，肯定做了什麼見不得人的事。

「她說自己是神官長哈特姆特大人的未婚妻，還是羅潔梅茵大人的近侍，但其他領地的貴族有可能成為近侍嗎？擅自阻攔會不會被罵？」

士兵語速極快地報告。但是，不管是梅茵、路茲、多莉還是神殿的守衛，都沒提到過會有貴族跑來。

「誰管貴族的情況！沒有領主的許可證就是不能放行！事情就這麼簡單！」

我突然厲聲咆哮，把士兵和士長都嚇了一跳。但緊接著，大概是想起了從前士長的失誤，他們馬上一臉明白。

「你用魔導具緊急通知騎士團了嗎?!」

「我就是為此來找士長！見習士兵已經在外面待命。」

冬季期間發給所有士兵的求援用魔導具已經收回去了，所以現在大門若發生了緊急情況，得有士長的許可才能使用通知騎士團用的魔導具。士兵說他就是為了取得許可，才和見習士兵們一起跑來。

西門士長馬上撲向士兵指著的窗戶一把推開，用力揮著手臂大喊：「我准了！」等在外頭的見習士兵立刻喊著：「准了！」同樣用力揮臂。大概是看到士兵們從西門跑來，路上行人也意識到出了什麼緊急情況吧。大人們跟著見習士兵一起揮舞手臂，扯開喉嚨大喊：「准了！」眾人的大吼和動作像漣漪一樣在馬路上擴散，一路傳到了西門去。

確認見習士兵揚聲回應後，我立刻衝出會議室跑下樓。一到屋外，就看見附近的所有人都在看著西門。我同樣看往西門時，正好一道紅光往上竄起。是西門的魔導具發動了。

「好！」

我大喝一聲，接著看向北門。一道比魔導具光芒要細的紅光從北門升起。這是北門騎士大人釋放的信號，代表他們收到了。這下子消息應該會傳到騎士團耳中。看到回應的信號後，見習士兵露出笑容，舉起紅布向著正從會議室窗戶往下望、一臉肅穆的士長們左右揮舞。因為從會議室看不見北門，這是在表示看到回應的紅光了。

「立刻趕往西門！絕不能讓那名貴族入城！」

……這次我一定要阻止！

我朝著正往下望的士長們大吼後，沒等回應就往西門拔腿狂奔。見習士兵也反應過來地跟上。

「有他領貴族正想闖進來！大家提高警覺！」

我們一邊在大馬路上奔跑，一邊提醒城裡的居民。與此同時，有兩頭騎士大人的騎獸從我們頭頂上方迅速飛過。

我們抵達西門時，北門的騎士大人們正在向他領貴族提問。沒有許可證就想進城的外地貴族，是兩個年輕的女孩。兩人都盤起了頭髮，所以應該已經成年，但一個是五官還十分稚嫩的少女，一個是貌似還不到二十歲的年輕女性。

……真難得。

我不禁這麼心想。因為一般貴族女性都不喜歡讓平民看到自己，只會待在馬車裡頭，然後從馬車內把要求告訴隨從，隨從再向騎士大人或士兵轉達。然而，兩名女孩這時卻大大方方地下了馬車，直接與騎士大人談話。而且身上大概是外出旅行時的便裝，兩人的裝扮以貴族來說相當簡樸，這一點也很不像尋常的貴族。太可疑了。

兩人身上還披著藍色披風。我記得領地不同，貴族的披風顏色也會不同。雖然我不知道藍色披風代表哪裡的貴族，但騎士大人肯定知道。

……該不會是很了不起的領地？騎士大人們的態度和平常不一樣，未免太恭敬了吧。

負責與北門騎士大人應對的，是年紀較長的那名女性，但從她不時會向年輕少女確認的模樣來看，年輕的女孩才是主人吧。我因為在小神殿，觀察過梅茵與她身邊的護衛騎士及神殿侍從們的互動，多少能透過言行舉止看出貴族間的上下關係。但是，也僅此而已。情報完全不夠。

……慢著，不就可以趁現在察看馬車內部嗎？

我側眼看著兩人與騎士大人在談話，同時輕敲一名西門的士兵，小聲問他：

「喂，那兩人的馬車在哪裡？」

只要檢查馬車的等級和家徽，應該能找到一點線索。要是行李裡頭還有類似多莉做的髮飾，就能證明她們也許與梅茵或她身邊的人有關。

然而，西門士兵們給我的回答卻是「沒有馬車」。

「什麼意思？什麼叫沒有馬車?!」

「那個叫騎獸嗎？兩個人都是用貴族大人才有的那東西咻地飛到這裡來。」

「……什麼？這也太可疑了吧。」

她們真的是貴族女性嗎？這實在太不尋常了，讓人不得不從根本開始懷疑。

「我已經獲得准許，成為羅潔梅茵大人的近侍了喔。你們不知道嗎？」

「非常抱歉，克拉麗莎大人。您所帶來的登記證，僅能證明您是戴肯弗爾格的上級貴族。若沒有其他物品能證明您是羅潔梅茵大人的近侍，在沒有奧伯許可證的情況下，不能讓您入城。在我們向奧伯稟報、取得許可證之前，請您先在這裡等候。」

騎士大人們對兩人說完，接著轉向我們。

「我們要回去稟報，並取得許可證。記得帶兩位前往貴族用的等候室。明白了嗎？」

把應付外地貴族這種麻煩的工作丟給我們後，兩位騎士大人就離開了。看來在拿到許可證之前，只能先讓她們待在西門等候了。西門士長拚命擠出笑臉，走到她們面前。

「請隨我來。」

「我明明是羅潔梅茵大人的近侍，大家卻不知道這件事情，哈特姆特到底在做什麼呢。而且我明明跟他說了，想要立刻服侍羅潔梅茵大人呀……」

到了貴族用的等候室後，克拉麗莎大人仍鼓著臉頰大發牢騷，我忍不住皺眉。

「在艾倫菲斯特，只要沒有領主大人的許可，即便是上位領地的貴族也不能入城。連這種事也不曉得，您當真是羅潔梅茵大人的近侍嗎？而且還是哈特姆特大人的未婚妻？請您說話要有分寸。」

「喂，昆特！你別說了！」

「快撤回你的發言，向克拉麗莎大人賠罪。」

年紀較大的那名女性似乎是騎士。只見她轉瞬間就變出武器對著我。雖然西門士長連忙想要制止，但我完全不打算閉嘴。

「都已經是未持有許可證的可疑人物了，現在還變出武器對著守門士兵。我看您大概也不知道羅潔梅茵大人會重用平民吧？要是攻擊負責守護城市的我們，強行通過這裡，您認為羅潔梅茵大人會作何感想？又會說些什麼？如果要自稱是羅潔梅茵大人的近侍，請別做出有損主人名譽的舉動。」

近侍的行動會影響到主人的評價。要是梅茵身邊有不懂這種道理的蠢蛋，那可就麻煩了。而且，我們也不需要瞧不起平民的近侍。因為往後有可能連在小神殿也無法交談。有達穆爾大人他們那樣的近侍在就夠了。

「葛麗賽達，妳退下。」

「可是，克拉麗莎大人……」
「我知道羅潔梅茵大人十分重視平民，也知道她有特別關照的一群商人，而且深受平民愛戴……這個士兵說的多半是事實吧。雖然態度無禮得難以想像是平民。」
克拉麗莎大人命騎士放下武器後，看著我露出得意的笑容。
「但是，我是哈特姆特的未婚妻，也已獲准成為羅潔梅茵大人的近侍，這兩件事都是事實喔。要是有人敢對近侍無禮，相信羅潔梅茵大人也不會輕饒。我勸你也該注意一下自己的態度。雖然以平民士兵的身分，不可能知道我們在貴族院有過什麼約定，也不會了解與貴族有關的事情，所以無法相信也是理所當然的嘛。」
面對那挑釁的笑容，我瞬間感到火大。有部分也是因為被說中了吧。我因為只是一介士兵，對貴族社會並不清楚。就算想要了解女兒所在的世界，也沒有任何管道，這是不得不承認的事實。但是，當士兵的我也知道一些事情。
「妳說自己是哈特姆特大人的未婚妻，這點實在讓人難以信服。如果是以未婚妻的身分前來，一般都會帶著嫁妝，新郎一家人還會帶著領主大人頒發的許可證，前往領地的境界門迎接吧。我當守門士兵至今，已經見過好幾位從他領嫁來的貴族女性，但從來沒見過新娘自己跑來，身邊既沒新郎也沒有親族。會被人懷疑也是當然的吧？」
八成是我的反駁戳到了痛處，克拉麗莎大人的藍色雙眼盈滿怒意。
「你說什麼?!太失禮了吧！」
「沒有許可證就想闖進來的人更失禮吧！」

咕唔唔唔……我們兩個互不相讓地瞪著對方時，格麗賽達大人無奈地搖搖頭。

「克拉麗莎大人，關於剛才的對話，那名士兵說的非常正確喔。」

「什麼！格麗賽達，妳要站在那個無禮士兵的那一邊嗎?!」

「我並沒有要站在誰那一邊……但您擅作主張硬要跑來，難道不是事實嗎？」

這次換主從兩人自己吵了起來。雖然奇怪，但看來不是壞人。我不由得放鬆下來，輕吐口氣。

「如果想要我們相信妳，就試著聯絡未婚夫哈特姆特大人吧。貴族大人不是有可以傳送訊息的白鳥嗎？妳若真是他的未婚妻，他應該會回覆妳吧。但先聲明，我可認得神官長的聲音，別以為騙得了我。」

「這種地方的平民，真的認得出哈特姆特的聲音嗎？」

「當然，因為我們在神殿會說上幾句話。」

每年的祈福儀式與收穫祭，梅茵來為我們送行時，以及帶著灰衣神官們從哈塞回來時，哈特姆特大人如果在神殿就會來露個臉。然後一逮到機會，就會向士兵們蒐集有關梅茵的消息。一開始我還十分警戒，不知道他是為了什麼在蒐集情報，後來聽過路茲與吉魯的說明，現在我已經知道他對梅茵非常忠心。

……但也更讓人覺得他是可疑的怪人就是了。

克拉麗莎大人拿出貴族大人才有的棒子，變出白鳥後說：

「我現在已經抵達艾倫菲斯特的西門。但守門士兵攔住了我，說未持有奧伯許可證的他領貴族不能入城。請問我該怎麼辦才好呢？」

她揮下棒子後，白鳥便穿進牆壁消失了。沒等多久，白鳥又穿過牆壁回來。

「我是羅潔梅茵。」

送去給哈特姆特大人的白鳥，不知為何回答的人卻是梅茵。而且女兒的聲音我絕不可能聽錯。既然她回應了克拉麗莎大人的訊息，顯示這名少女確實是她認識的人。看我一臉驚訝，克拉麗莎大人得意洋洋。

「看，我就說吧。我真的是羅潔梅茵大人的近侍。」

然而下個瞬間──

「克拉麗莎，妳要服從士兵的指示，在西門待命。要是辦不到的話，我馬上將妳送回戴肯弗爾格。」

從白鳥發出的梅茵話聲充滿怒氣。「咦？」克拉麗莎大人開始不知所措，似乎完全沒想到會挨罵。我輕哼了聲。

「妳要服從我們的指示，在這裡待命。知道了嗎？」

「要我服從你們的指示?!你說這話也太無禮了吧?!」

「剛才那隻白鳥說的話妳也聽到了吧?!」

「我當然會服從羅潔梅茵大人的指示，但別以為我會服從你們！」

就在我們瞪著彼此的時候，達穆爾大人與安潔莉卡大人到了。

「昆特，請到此為止。羅潔梅茵大人因為擔心平民士兵應付不了上位領地的貴族，特命我們前來。接下來交給我吧。」

達穆爾大人對我們這麼說完，士兵們立刻發出歡呼。

「不愧是羅潔梅茵大人，太了解我們了。」
「達穆爾大人，謝謝您！」
「喂，快去通知居民，說現在可以放心了！」
有事要找平民的時候，羅潔梅茵大人都是派達穆爾大人過來。他性格溫厚，也沒有貴族特有的傲慢，又了解有關梅茵的內情，所以是最讓我感到放心的騎士。
這點其他士兵也一樣。因為會隨梅茵去舉行儀式的，一向是達穆爾大人與安潔莉卡大人，很多人都認得他們。
達穆爾大人向我們轉述了羅潔梅茵大人說過的話後，接著在克拉麗莎大人她們面前跪下來。
「我是下級護衛騎士達穆爾。幸得水之女神芙琉朵蕾妮的清澄指引結此良緣，願能為您獻上祝福。」
「准許你。」
「水之女神芙琉朵蕾妮啊，謹為新的良緣獻上祝福。」
一道輕柔的綠光從戒指飛出。這似乎是貴族大人間打招呼的方式。雖然騎獸也很帥氣，很有騎士的風範，但像這樣跪在地上，邊釋出光芒邊打招呼也很帥氣。
……能不能像求婚的魔石那樣也模仿看看？
我正想著有沒有辦法做到類似的事情時，達穆爾大人向克拉麗莎大人告知接下來的行程。看來在取得許可證之前，得先等上一段時間。

「此刻羅潔梅茵大人與哈特姆特正在開會，請您在這裡稍候。等到會議結束、取得了許可證，羅潔梅茵大人便會過來。」

「哎呀，羅潔梅茵大人嗎？我知道了。在羅潔梅茵大人過來接我之前，我就乖乖等候吧。」

不管是對西門的士兵，還是對來自北門的騎士大人，克拉麗莎大人都是要求「快點讓我進城」，但一聽完達穆爾大人的轉述後，卻非常乾脆地點頭。緊接著，她對有些放鬆下來的達穆爾大人投以微笑。臉上雖然在笑，那雙藍眼卻綻放著肉食性動物般的精光，彷彿鎖定了獵物。

「那麼等待的同時，還請告訴我羅潔梅茵大人在艾倫菲斯特過得如何吧。身為羅潔梅茵大人的近侍，若有任何需要知道的事情請務必告訴我。」

瞬間，達穆爾大人瑟縮似地臉色一僵。雖然對他很過意不去，但我也悄悄握拳。

……這真是好主意！我也想聽！

這可是絕無僅有的好機會，可以聽到梅茵以貴族身分生活的模樣。聽說最近她與商人們會面的次數變少了，每次會面也都有貴族們在場，所以無法再和以前一樣隨意交談；再加上路茲和多莉當上都帕里學徒以後，現在很少回家，所以我非常渴望有關梅茵的消息。

「達穆爾大人，這邊請。安潔莉卡大人也請一起……」

「我負責在這裡守衛。就交由達穆爾與克拉麗莎談話了。」

說完，安潔莉卡大人便站到貴族用等候室的門前。她把手搭在武器上，放眼環顧室內。從她熟練的動作，可以看出她平常就是像這樣擔任梅茵的護衛。機會難得，本來也想聽聽安潔莉卡大人怎麼說，但也只好算了。

「昆特，那你……」

「在許可證送來之前，就打擾幾位了。當然，我會留在這裡負責守衛。」

我用右拳敲了兩下左胸表達敬意後，達穆爾大人先是苦笑：「唉，正好也可以打發時間吧。」然後轉向克拉麗莎大人。

「……但是，我也不知道具體該說什麼，就採用您問我答的方式好嗎？另外先說聲抱歉，如果是與領地事業有關的問題，有些事情我可能無法在這裡為您詳細說明。請您多多包涵。」

「那是自然。首先，請告訴我羅潔梅茵大人一天的行程吧。我已經大概知道她在貴族院的生活作息了，不知道在艾倫菲斯特又是什麼樣子呢？在城堡與在神殿的生活作息不一樣嗎？羅潔梅茵大人有多常去神殿？」

面對克拉麗莎大人連珠炮似的發問，達穆爾大人有氣無力地懇求：「請您一個問題一個問題慢慢來。」接著開始回答。

「在城堡的生活其實與在貴族院差不多。第二鐘的時候近侍們會集合，這便是羅潔梅茵大人的起床時間。」

「哎呀，居然第二鐘才起床，那還真是悠閒。沒有早晨的訓練嗎？」

格麗賽達大人十分訝異地歪過頭，克拉麗莎大人則是一臉好像什麼都知道地說：

「艾倫菲斯特就連在貴族院也沒有晨間訓練喔。」但是，晨間訓練是什麼？貴族女性既不是士兵也不是騎士，不需要做什麼訓練吧。

……但是這麼說來，我聽說梅茵為了增強體力，也曾去騎士的訓練場練習走路。所以其他領地的貴族千金也要練習走路嗎？

「雖說第二鐘才會下床，但其實羅潔梅茵大人相當早起，好像還常常把書帶到床上看。菲里妮說過，在她起床後，文官的工作就是收拾書本。」

「哎呀，看來我也有工作可做呢。」

克拉麗莎大人的嗓音變得雀躍。看來是一般的貴族女性不會每天早上都在床上看書，所以早上近侍們要作準備的那段時間，文官都無事可做。看著雙眼發亮、想要更加了解梅茵的克拉麗莎大人，我忽然覺得可以和她處得不錯。

「早上的準備工作結束後，接著要用早餐。到了早餐時間，男性近侍們也能出入羅潔梅茵大人的房間。」

一直到白鳥飛進來找達穆爾大人之前，我都以監視的名義待在旁邊，聽著梅茵的日常生活點滴，度過了非常幸福的時光。

梅茵先是捎來消息，說她已經拿到許可證，接下來要使用騎獸前往西門。我們於是離開貴族用的等候室，走上可供騎獸降落的瞭望臺。西門士長和士兵們也都到了。

大家正排好隊伍時，梅茵、哈特姆特大人與貴族們紛紛降落抵達。梅茵抬起單手，制止了想要衝過去的克拉麗莎大人後，再看向敲了兩下胸口、向她行禮致意的成排士兵們。

……啊，梅茵長大了哪。

原本除了在小神殿，平常我根本沒機會在這麼近距離下看到梅茵、跟她說話。再加上，大概是分離時的記憶在我腦海裡太過深刻，不管什麼時候看到梅茵，我都覺得她又長大了。而且，多了貴族的氣質。

看著長高了的女兒，我感到胸口發熱，同時走到梅茵與西門士長之間幫忙說話。梅茵露出安撫的笑容，把一筆錢和許可證放到西門士長手裡。

「各位如此認真地守護城市，我們絕不會向士兵問責。雖然只是一點心意，但請用這些錢犒賞努力工作的士兵們吧。」

梅茵慰勞了士長和士兵們後，便帶著克拉麗莎大人她們很快離開。雖然我想再多看女兒幾眼，但待得太久，又會給其他士兵造成困擾。真是兩難啊。

「士長、士長，羅潔梅茵大人給了你多少錢？」

「等正式完成交接了，我們去喝一杯吧。你可不能獨吞喔。」

「為了完成各門士長交接，還要回城中的會議室也麻煩，乾脆在酒館裡辦一辦吧？」

貴族們離開西門後，放鬆下來的士兵們立刻你一言我一語。今晚要用梅茵給西門士長的大銀幣舉杯慶祝。

「……所以就是這樣，現在羅潔梅茵大人身邊好像又多了他領的貴族。」

「這樣啊，羅潔梅茵大人還真是辛苦呢。但昆特，你快去換身衣服坐下來吧，不然讓人跟著心浮氣躁。既然你只跟大家乾了杯就回來，等一下還要喝吧？」

這天我只跟大家乾了杯就回來，在伊娃的催促下先去換了身衣服。從達穆爾大人那裡聽來的、有關梅茵的日常生活點滴都還沒說，看來今天會聊上很久的時間。

「羅潔梅茵大人好像在冬季期間長高了不少，看起來符合她原本的年紀了。還有，今天她的表情超級嚴肅。來西門接克拉麗莎大人的時候，臉拉得這～麼長……」

「那下次多莉回來，也要告訴她才行。但搞不好多莉平常看到羅潔梅茵大人，她的表情都那麼嚴肅呢。」

最近都沒聽到有關梅茵的消息，伊娃也很高興吧。她一邊聽，一邊開心地為我倒酒。但是，在對面吃著晚飯的加米爾一臉無趣地嘟著嘴巴。

「爸爸媽媽都這樣……我的家人只要一提到羅潔梅茵大人，就都變得很奇怪。」

加米爾沒有關於梅茵的記憶，所以這個話題引不起他的興趣吧。不過，他已經確定要進入普朗坦商會當學徒了，相信很快就能加入我們。

「加米爾，你也很快就會明白的。真是期待啊。」

「我就算進入普朗坦商會，也不會變成像爸爸和媽媽這樣！」

加米爾語氣有些叛逆地這麼主張後，我和伊娃對看一眼，笑了起來。那樣也沒關係。等加米爾進了普朗坦商會，就算不認得梅茵是自己的姊姊，終有一天兩人也會相見吧。想像著未來的那幅畫面，我拿起酒杯。

「感謝凡圖爾。」

後記

大家好久不見了，我是香月美夜。

非常感謝各位購買本作，《小書痴的下剋上：為了成為圖書管理員不擇手段！【第五部】女神的化身IV》。

序章是久違的蘭普雷特視角。他因為是韋菲利特的護衛騎士，在眾哥哥中與羅潔梅茵最沒有交集。孩子出生以後，升格成爸爸了。從他的視角，可以看到他對羅潔梅茵與她的近侍們抱有的看法；另外也描寫到了艾薇拉向他訓話時的模樣，以及與妻子的互動。這時期是他最幸福的時候。

本傳的故事從領主候補生們返回領地開始。原本相當團結的領主一族，卻因為萊瑟岡古一族的共識與要求，逐漸分崩離析。當眾人各自都懷抱著不同的心願與目標，猜疑的嫩芽因此開始成長茁壯。

以及克倫伯格被封閉的國境門。與其他國境門不同，克倫伯格的國境門並不是因為政變後古得里斯海得遺失了導致無法打開，而是被很久以前的君騰關起來的。這是領地改名為艾倫菲斯特之前，有關埃澤萊赫的故事。

而這集的主題稱得上是世代交替。肅清過後，舊薇羅妮卡派徹底消滅，領內形成了萊瑟岡古一族獨大的局面，布倫希爾德更將嫁給奧伯當第二夫人，成為領主一族的一員。但連在萊瑟岡古內部，老一輩與年輕人們的目標也是截然不同。此外，由於麥西歐爾為了交接開始出入神殿，羅潔梅茵也意識到了自己有朝一日會卸下神殿長一職。古騰堡夥伴們也都有所成長，可以把出差的工作交給徒弟們了。有人不甘心地想要對抗不斷流逝的時間，有人則希望時間再過得快一點……

終章則是韋菲利特的護衛騎士，亞歷克斯視角。透過中立派基貝・克倫伯格之子的視角，可以看到基貝的想法，以及對於個性產生了轉變的主人，亞歷克斯有著怎樣的感想。不愧與優蒂特是同鄉，原本亞歷克斯對派系並不怎麼關注，所以就算看到韋菲利特想念薇羅妮卡也沒有感覺，也不覺得有必要像萊瑟岡古一族那樣團結起來。在聽完父親的斥責以後，他會有怎樣的改變呢……

這集的全新番外短篇，由夏綠蒂與昆特擔任主角。

夏綠蒂視角中，描寫到了她主動向奧伯提議，應該要納萊瑟岡古的女性為第二夫人後，對於最終人選竟是布倫希爾德感到震驚。不曉得布倫希爾德是自願成為第二夫人的她，會有怎樣的苦惱、共鳴與憧憬呢？

在昆特視角，則描寫到了克拉麗莎出現在西門時，想要入城的她與士兵起了怎樣的衝突，以及平民區的情況。這篇不走嚴肅路線，重點放在喜劇效果與唇槍舌戰的火花上。昆特依然是超愛女兒的傻爸爸，寫起來非常輕鬆愉快。

本集請椎名老師設計的新角色有雷柏赫特、貝特朗、亞歷克斯與基貝・克倫伯格共四人。全都是男性呢（笑）。

雷柏赫特是哈特姆特的父親，是個非常優秀且大意不得的文官。在我想像中，就是沒有遇到羅潔梅茵的哈特姆特。貝特朗是肅清過後被帶到孤兒院的少年，也是勞倫斯的異母弟弟。因貴族出身而有著強烈的自尊心，但如今這點正為他帶來危險。亞歷克斯剛成年，是韋菲利特的護衛騎士。現在變得很有型呢。基貝・克倫伯格充滿威嚴，看起來就事必躬親。與亞歷克斯出現在同個畫面裡時完全看得出是親父子，太厲害了。

然後有消息要通知大家。

●《這本輕小說真厲害！２０２１》（寶島社發行）

這次有幸榮獲了單行本小說類第二名！女性類第一名！非常感謝各位讀者的熱情支持。

●第四部漫畫版連載開始

由於有許多讀者都想盡快看到第四部的貴族院改編成漫畫，最終請到了勝木光老師負責繪製，真是可喜可賀。壯觀的貴族院、一下子大量登場的近侍，還有休華茲與懷斯，都將能在漫畫裡頭看到喔。

漫畫版第三部第四集與第二部第五集也正在準備當中，希望能在春天發行。第二部、第三部與第四部同時一起連載，想必也有讀者會感到混亂，但還請期待每一部的漫畫改編吧。

本集封面是在凝重又封閉的氣氛下，各自朝著不同方向的領主一族。我覺得非常完美地體現出了這集的內容。

拉頁海報則是基貝．克倫伯格所介紹的國境門。其實原本境界門也該一起入鏡，但這次主要只呈現了國境門。

由衷非常感謝椎名優老師。

最後，要向購買本書的各位讀者獻上最高等級的謝意。

第五部第五集預計春天發行。期待屆時再相會。

二〇二〇年十月　香月美夜

每回都出場的
卷末漫畫
輕鬆悠閒的家族日常
作畫 椎名優
因為沒接待好克拉麗莎，擔心受到處分的守門士兵
完了完了，這位貴族大人真的是羅潔梅茵大人認識的人！我要被降職了？不對，還是革職？該不會是更慘的下場？
胃部絞痛
對不起，我的近侍真是對不起你。
洗腦的成果
神殿孤兒院
大家過得還好嗎？
羅潔梅茵大人！
過冬準備一切都很順利喔，大家也很認真在做工坊的工作。
歌牌跟計算我們也練習了很多次。
我～
我～
還有我
大家好厲害喔，以後要繼續加油喔。
是，聖女大人!!
……哈特姆特，等一下我私底下有話跟你說。
咦？真的嗎？我好期待!!
走近……

視力8.0

祖父大人，您的視力很好對吧？
嗯，能馬上發現在遠方發動攻擊的敵人，也是騎士該具備的能力。
好比說那裡有棟可以看到大樹的建築物，
後頭有三扇連在一起的窗戶，最右邊那扇可以看到屋裡的桌上放有兩顆洛芬露。

殘酷的現實

嗚嗚……雖然知道這都是神殿長的公務，
無力～～
但實在多得讓人忙不過來啊～
如果有人問我現在最想要什麼東西，
大概就是大量具有斐迪南大人功能的魔導具吧。
羅潔梅茵，這裡錯了。
這個跟這個要整理在一起。
若想要快點看書，就提升你的工作效率。
一號
二號
三號
不行，感覺也會一直被罵。
倒地～
羅潔梅茵大人，請您休息一下吧。

國家圖書館出版品預行編目資料

小書痴的下剋上：為了成為圖書管理員不擇手段!. 第五部，女神的化身. IV/ 香月美夜著；許金玉譯. -- 初版. -- 臺北市：皇冠文化出版有限公司，2022.08
面； 公分. --（皇冠叢書；第 5044 種）(mild；45)
譯自：本好きの下剋上：司書になるためには手段を選んでいられません. 第五部，女神の化身. IV
ISBN 978-957-33-3919-9（平裝）

861.57　　111010883

皇冠叢書第 5044 種
mild 45

小書痴的下剋上

為了成為圖書管理員不擇手段！

第五部 女神的化身IV

本好きの下剋上
司書になるためには
手段を選んでいられません
第五部 女神の化身IV

作　　者—香月美夜
譯　　者—許金玉
發 行 人—平雲
出版發行—皇冠文化出版有限公司
台北市敦化北路 120 巷 50 號
電話◎ 02-27168888
郵撥帳號◎ 15261516 號
皇冠出版社（香港）有限公司
香港銅鑼灣道 180 號百樂商業中心
19 字樓 1903 室
電話◎ 2529-1778　傳真◎ 2527-0904
總 編 輯—許婷婷
責任編輯—陳怡蓁
美術設計—嚴昱琳
行銷企劃—蕭采芹
著作完成日期— 2021 年
初版一刷日期— 2022 年 8 月

法律顧問—王惠光律師

讀者服務傳真專線◎ 02-27150507
電腦編號◎ 562045
ISBN ◎ 978-957-33-3919-9
Printed in Taiwan
本書定價◎新台幣 320 元 / 港幣 107 元

- 「小書痴的下剋上」粉絲專頁：www.facebook.com/booklove.crown
- 「小書痴的下剋上」中文官網：www.crown.com.tw/booklove
- 皇冠讀樂網：www.crown.com.tw
- 皇冠 Facebook：www.facebook.com/crownbook
- 皇冠 Instagram：www.instagram.com/crownbook1954
- 小王子的編輯夢：crownbook.pixnet.net/blog